10
18

12, AVENUE D'ITALIE. PARIS XIIIe

Sur l'auteur

Guillaume Prévost est né en 1964 à Madagascar. Ancien élève de l'École normale supérieure de Saint-Cloud, il est agrégé d'histoire et enseigne aujourd'hui en lycée. Outre des ouvrages spécialisés comme *La Seconde Guerre mondiale, vie et société*, il a publié trois thrillers historiques – *Les Sept Crimes de Rome*, *L'Assassin et le prophète*, *Le Mystère de la chambre obscure* (Nil, 2005 ; Pocket, 2006) – et des romans pour la jeunesse, dont *Le Livre du temps* (Gallimard Jeunesse, 2006).

GUILLAUME PRÉVOST

L'ASSASSIN ET LE PROPHÈTE

10
18

« Grands Détectives »

dirigé par Jean-Claude Zylberstein

NIL ÉDITIONS

Du même auteur
aux Éditions 10/18

LES SEPT CRIMES DE ROME, n° 3947
▶ L'ASSASSIN ET LE PROPHÈTE, n° 4035

ISBN 978-2-264-04531-7

À mon père

Sors enfin du discours, de peur que, passionné par la beauté des mots, tu ne deviennes étranger à la beauté des choses que ces mots signifient !

Philon d'Alexandrie,
De Migratione Abrahami

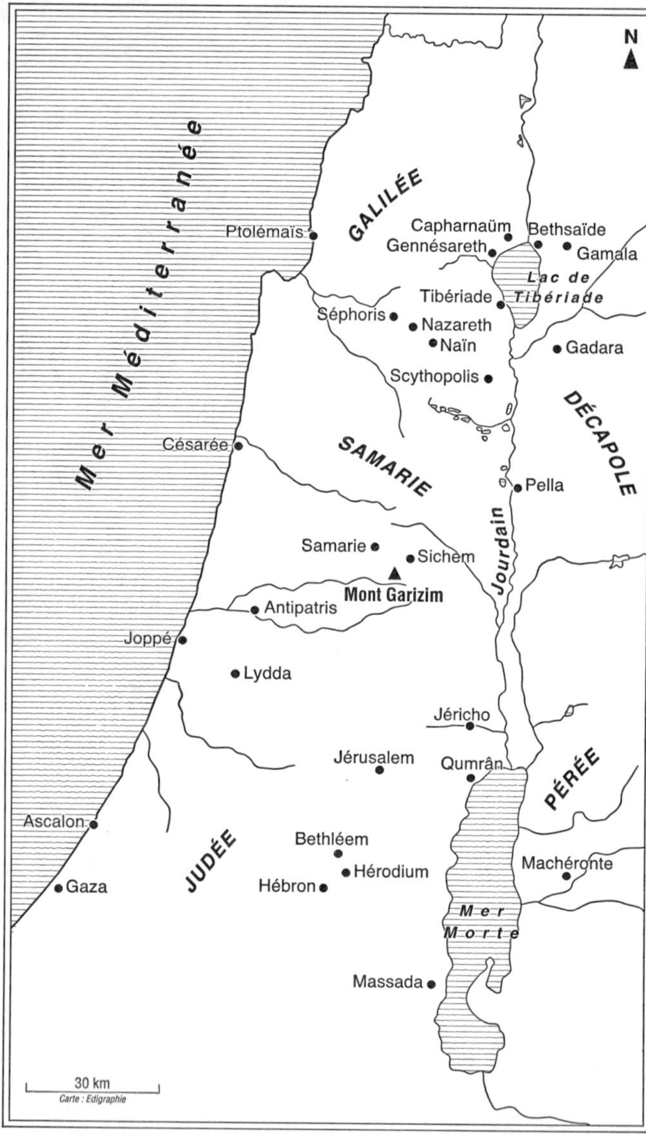

LA PALESTINE VERS 6 APRÈS JÉSUS-CHRIST

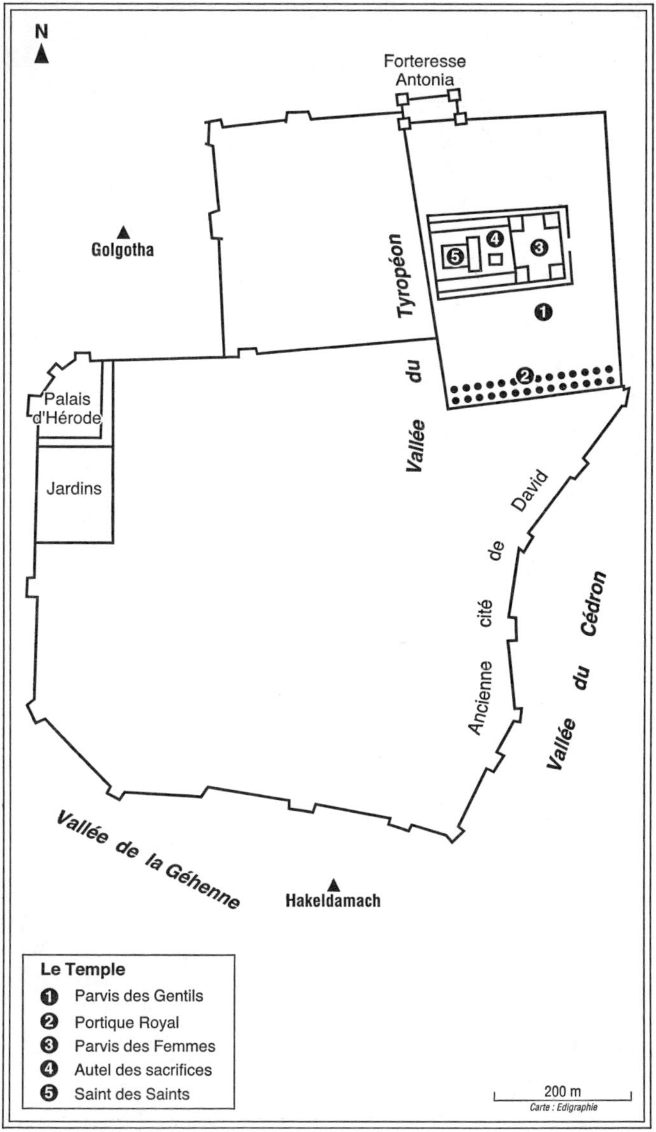

JÉRUSALEM VERS 6 APRÈS JÉSUS-CHRIST

1.

Le Créateur est puissant et sa créature si faible !

Un bras sous le menton, la main qui tient la nuque. Forcer, forcer davantage. Un dernier râle et le cou cède enfin, comme l'arc trop tendu se rompt. Doucement, le corps glisse sur le sol. Tout est fini. Tout commence...

Soudain, un bruit derrière la porte. Des pas qui ralentissent, une oreille qui s'attarde... Le cœur bat dans la poitrine, le souffle s'accélère. Éteindre la lampe ? Ne plus respirer ? Peut-être les gémissements tout à l'heure ont-ils...

Mais non, les pas s'éloignent. Ce n'était rien. Personne n'oserait déranger. Pas ici.

Se calmer. Ne pas trembler. La tunique s'ouvre sans effort. Une poitrine mince et usée, le pauvre corps du bon vieil homme. Le bon vieil homme... N'a-t-il pas été choisi ?

Le couteau, maintenant. Chaque incision doit être féroce, dix coupures larges et profondes. C'est cela... Reste la bouche. Lui se laisse aller, docile, comme s'il avait compris. Comme s'il savait. Ses lèvres saignent un peu. Dans la paume, le lacet de cuir et le parchemin minuscule. Le rouler, le plier. Un nœud, minuscule lui aussi. L'étui. Voilà, ce n'était pas difficile.

Dehors, par la fenêtre, la lune montante éclaire Jérusalem.

Jérusalem !

Philon descendit de cheval et tomba à genoux. Combien de fois en avait-il rêvé ? Combien de fois, aux heures chaudes de l'après-midi, son esprit d'enfant s'était-il envolé vers les murailles de la ville sainte ? Il était ces hommes de David, mille ans plus tôt, remontant les tunnels d'eau pour s'emparer de la forteresse ; il était ces ouvriers de Salomon, dans la sueur et la poussière, ajustant les pierres du premier temple et chantant les louanges du Très-Haut ; il était ce soldat fou, la chair et le cœur en sang, qui sautait des remparts pour défier les armées de Nabuchodonosor. Il était le grand prêtre revêtant la tunique sacrée, le marchand comptant ses pièces, le paysan menant son veau au sacrifice... Il était Jérusalem, son peuple et son histoire ! Et voilà maintenant qu'elle s'offrait à lui, la ville que Dieu avait choisie, la cité unique du Dieu unique !

Philon se frotta les yeux. Derrière lui, la petite troupe de voyageurs s'était tue elle aussi. Ils avaient cheminé ensemble à travers les montagnes, caravane improvisée de pèlerins et de colporteurs, quelques-uns à dos de dromadaires, la plupart sur des ânes. La loi de Rome avait beau s'étendre jusqu'ici, les routes étaient loin d'être sûres... Ils avaient vu le soleil se lever sur les sommets déchirés, puis lécher la pierre grise et les herbes maigres. Encore une journée sèche où rien ne viendrait du ciel. Ils avaient peu parlé durant le trajet, économisant leurs mots comme pour alléger leurs montures. Enfin, vers sept heures, Jérusalem leur était apparue. Nichée au milieu des collines, la ville occupait un éperon rocheux qui dominait deux vallées profondes. Dans la clarté du matin, on aurait dit un coffre ouvert sur un fabuleux trésor : des toits par milliers y brillaient de lumière, enchâssés dans l'ocre des murs et couronnés tout en haut par la blancheur du Temple. « Dix mesures de beauté descendirent sur la terre. Jérusalem en prit neuf et le reste du monde une seule. » Le proverbe était donc vrai…

Philon remonta sur son cheval, adressa un signe à ses compagnons et dévala la pente jusqu'aux premières maisons qui s'étendaient au pied de la ville. Le maquignon de Gaza à qui il avait acheté la bête lui avait parlé d'une écurie où il pourrait laisser l'animal durant son séjour. Malgré l'heure matinale, un petit marché se tenait près de la porte principale, attirant de nombreux voyageurs et quelques chalands. Les vendeurs, drapés dans de longs tissus bleus des pieds à la tête, proposaient des oignons, des dattes et du lait de brebis prétendument moins cher qu'à l'intérieur des murs. Autour d'eux, des gardes romains allaient et venaient, inspectant les étals et les clients. Soudain, un vieillard aux cheveux et à la barbe sales cracha sur leur passage. D'une bourrade, un soldat furieux l'envoya rouler par terre, provoquant un attroupement d'où fusèrent des insultes et des coups.

– Maudits impurs ! hurlait le vieil homme en hébreu. À peine bons pour la vermine et les chiens ! Le Seigneur vous juge !

– Saleté de vieux singe ! Saleté de vieux singe ! répétait le garde en brandissant sa lance.

Philon s'apprêtait à intervenir quand le chef du détachement s'avança, ordonnant à ses hommes de s'écarter :

– Assez ! Assez ! Ce n'est pas lui que nous cherchons. Et toi, dit-il au vieillard en l'obligeant à se relever, disparais d'ici si tu ne veux pas passer ta Pâque en prison.

L'homme s'éloigna en maugréant, mais les badauds attendirent le départ de la troupe pour se disperser. Philon se dirigea alors vers un jeune garçon qui aidait à porter des sacs de dattes :

– Les Romains ne sont pas les bienvenus, on dirait ?

L'enfant avait le visage dur et fermé. Il observa son interlocuteur et fut rassuré sans doute par ses boucles noires et son teint hâlé : un étranger, oui, mais un juif, à coup sûr.

– C'est le vieux qui a raison, lâcha-t-il enfin. Ils n'ont rien à faire à Jérusalem. Si les autres avaient plus de courage, on leur serait tombés dessus et…

Il jeta violemment son sac sur le sol.

– Sans armes ?

– Des armes, on en aura, chuchota-t-il. Croyez-moi, on en aura.

Philon se garda bien de sourire devant la mine volontaire du gamin. Qui sait si à son âge et dans ces circonstances…

– Ils paraissaient en avoir après quelqu'un, non ?

– Allez savoir. De toute façon, ils en ont toujours après quelqu'un. Mais c'est vrai que ces jours-ci ils sont plutôt chatouilleux.

– Alors je ferais peut-être bien de les éviter, moi aussi. D'ici là, je dois me rendre à l'écurie d'Hakeldamach. Une pièce pour toi si tu m'indiques où la trouver.

– L'écurie ? C'est facile, m'sieur, c'est celle qui a le grand toit tout là-bas.

Il montrait, à environ deux cents pas et un peu en hauteur, une bâtisse à la forme allongée qui semblait en piteux état.

– Mais je serais vous, je me méfierais de Yarib, le propriétaire. Payez seulement la moitié de ce qu'il réclame, c'est un escroc.

– Merci du conseil, petit, je m'en souviendrai.

Philon lui glissa deux rondelles de cuivre au creux de la main.

– Et toi, tâche de ne pas trop t'approcher des soldats. Tu auras bien le temps de te battre plus tard.

Le garçon ramassa son sac en haussant les épaules. Philon prit la direction de l'écurie mais en effectuant un large détour par l'ouest pour ne pas rencontrer la patrouille. Il longea des demeures misérables, des citernes vides, des jardins brûlés par le soleil, croisa quelques enfants qui couraient un bâton à la main derrière des moutons faméliques. D'anciens nomades, probablement, qui s'étaient fixés de ce côté-ci de la colline, préférant être pauvres à l'ombre du Temple que seuls dans les déserts arides. Les dernières habitations, des tentes noircies et rapiécées, touchaient presque à la vallée de la Géhenne, là où les gens de Jérusalem déversaient leurs ordures depuis les remparts. Un feu perpétuel y couvait, tentant de réduire en cendres l'accumulation de plusieurs siècles de déchets et dégageant par bouffées des relents de pourriture. Certains soirs, disait-on, on pouvait y entendre les pleurs des nouveau-nés que leurs mères abandonnaient.

Philon obliqua vers la droite et tourna un moment avant d'apercevoir à nouveau le toit de l'écurie. Il pénétra dans une cour aux barrières défoncées et avança jusqu'à l'arrière du bâtiment qui servait de logement aux animaux. Personne ne vint l'accueillir. Il poussa la porte et une odeur fauve le prit aux narines. Il y avait là, faiblement éclairés par une lucarne, deux ânes et trois dromadaires qui ruminaient leur ennui. Les litières ne paraissaient pas avoir été changées et une sorte de jus noirâtre coulait sur le côté. Philon était sur le point de faire demi-tour, résolu à ne pas abandonner son cheval, lorsqu'il sentit une pointe dure percer sous son vêtement.

– Si tu cries, si tu fais un geste, tu es mort.

Une voix d'homme rauque et pressante, légèrement essoufflée.

– Tu es un bon juif ? poursuivit la voix.

Philon prit le temps de répondre. Il n'était pas peureux de nature et avait eu quelquefois affaire à des brigands à Memphis ou à Alexandrie. Sa stature – il était grand et plutôt bien bâti –, son goût de la lutte et de la course lui avaient permis de s'en sortir sans dommage. Mais ses agresseurs d'alors n'avaient pas montré tant de scrupules sur ses origines ou sa religion !

– Tu répugnerais à tuer un bon juif ?

– Je répugnerais à te tuer tout court, mais je le ferai si tu ne me laisses pas le choix.

Pour prouver sa détermination, il passa son bras sous le cou du jeune homme et appuya sa lame plus fortement. Il sentait la peur et la poussière, la manche de sa tunique portait des marques de sang. C'était lui, bien sûr, que les soldats recherchaient tout à l'heure.

– Les Romains sont après toi, c'est ça ?

– Oui et je n'ai plus grand-chose à perdre. Tu ferais mieux de m'obéir.

– Je suppose... je suppose que tu es de ces révoltés qui sont en guerre contre Rome. Et que tu as été blessé lorsque tu t'es enfui. C'est pourquoi tu m'as demandé si j'étais un bon juif, n'est-ce pas ?

Dans la palestre voisinant le grand gymnase d'Alexandrie, Philon n'était pas connu pour être le plus puissant des lutteurs. Mais il était réputé pour savoir exploiter la moindre hésitation de ses adversaires. Il perçut un léger relâchement dans le bras qui l'étranglait, lança un violent coup de coude pour éloigner la lame et roula sur lui-même en entraînant son agresseur. Ils basculèrent dans la paille mouillée tandis que l'homme se tordait de douleur et portait la main à sa jambe. Il avait une large entaille à la cuisse sur laquelle Philon pesait de tout son poids.

– Laisse-moi ! Laisse-moi ! Je n'avais pas l'intention de te faire de mal.

– Et comment croyais-tu t'en tirer ?

– Je suis venu ici pour trouver une monture. Quand tu es entré avec ton cheval, j'ai pensé...

Il tenta de se redresser, mais Philon le maintenait solidement. Il avait les cheveux en bataille, les yeux creusés par la souffrance :

– Écoute, j'ai très peu de temps. S'ils me prennent, ils me tortureront et je ne suis pas sûr de leur résister. Il y a des choses qu'ils ne doivent pas savoir.

– Quel genre de choses ?

– N'espère pas que je te les dise. Si tu veux être utile à Jérusalem, il faut me donner ce cheval. Ou alors, il faut me tuer.

Philon desserra son étreinte. Lui non plus n'aimait pas beaucoup les Romains. Le rebelle avait son âge ou guère plus, il paraissait sincère. Et s'il était vraiment celui qu'il prétendait, les soldats ne se contenteraient pas de le torturer. Quant à l'achever de sang-froid... Philon décida de lui faire confiance, mais prit la précaution de ramasser le poignard au manche sculpté d'ivoire et de le glisser à sa ceinture.

– D'accord, prends ce cheval. Il sera mieux avec toi que dans cette bauge infâme.

– Merci, je te promets de…

Il s'interrompit net : des voix lointaines…

– Les voilà, ils arrivent. Je dois absolument…

Il se releva en grimaçant et Philon dut le soutenir et le porter pour le hisser en croupe. Dehors, les voix se rapprochaient. À en juger par le martèlement des pas, il s'agissait bien de la troupe.

– Dépêche-toi !

Philon ajusta les rênes et s'assura que le rebelle pourrait les tenir convenablement en main. Puis il se précipita sur la porte pour l'ouvrir en grand :

– Tu sais au moins où aller ?

L'autre le regarda sans répondre. Son œil devenait laiteux. Il eut cependant la force de claquer le cheval qui partit en bondissant du côté de la Géhenne, suscitant dans la patrouille des exclamations et des bruits de course :

– Il est là ! Il est là ! Aux lances ! Aux lances !

Trois ou quatre javelots volèrent mais le cavalier était déjà hors de portée. S'il parvenait à garder son équilibre un moment, il serait sauvé… Restait à Philon à se préoccuper de lui-même. Il songea d'abord à se dissimuler, seulement l'écurie offrait peu de cachettes et les Romains la retourneraient de fond en comble. S'enfuir à son tour ? Aucune chance. Alors quoi ? Depuis leur recoin fangeux, les trois dromadaires l'observaient en hochant la tête. Décidément, il détestait le petit air supérieur de ces animaux.

– Le bâtiment ! Encerclez le bâtiment !

Plus qu'un instant. Le jeune homme se laissa tomber à terre, le visage dans la boue. Un premier soldat franchit le porche et se précipita sur lui :

– Par ici ! Il y en a un autre !

On le retourna sans ménagement, lui administrant force coups de pied. Puis on lui piqua la poitrine avec un pilum pour le tenir en respect.

– Il est mort ? interrogea l'un des légionnaires.

Philon ouvrit doucement les yeux comme s'il reprenait conscience.

– Il ne paraît pas si mal, rétorqua le tribun militaire qui commandait le groupe. Peut-on savoir ce que tu fais ici ?

– Je… je ne sais pas. J'étais venu dans cette écurie pour placer mon cheval. Je dois rester quelques jours à Jérusalem et…

– Tu es de ces pèlerins qui viennent pour la Pâque ? coupa le tribun. Les fêtes n'auront pourtant lieu que dans une semaine. Et il est plutôt rare de voir de simples voyageurs à cheval.

Tout son être respirait le soupçon. Il était de taille moyenne mais très carré d'épaules sous un plastron en métal orné de têtes de lion. Il défit son casque à plumeau rouge pour détailler le jeune homme plus à son aise. Ses traits étaient durs et accusés, son œil noir très mobile et ses cheveux coupés court lui retombaient par mèches sur le haut du front. Il ne serait pas facile à duper.

– Mon nom est Philon et j'arrive d'Alexandrie. En réalité, c'est mon frère qui m'a dépêché ici. Il devait inaugurer les portes du Temple que l'on a garnies d'or grâce à sa générosité. Mais il est malade et il n'a pu faire le voyage à temps pour la Pâque.

– Un Égyptien, hein ? Et un genre d'envoyé, qui plus est.

Le tribun fit un signe et ses soldats reculèrent. Philon se mit debout avec une lenteur affectée. Tous échangeaient des sourires devant sa tunique et sa figure maculées.

– Tu brilles moins que les portes de ton Temple, on dirait. C'est le rebelle qui t'a arrangé de la sorte ?

– C'était un rebelle ? Je n'ai rien vu. Je suis entré tout à l'heure avec mon cheval, j'ai appelé, et brusquement cet homme m'est tombé dessus. Il devait se cacher dans la paille, là derrière. Il m'a frappé avec je ne sais quoi et je me suis écroulé par terre. Lorsque j'ai repris connaissance, vous étiez tous au-dessus de moi. Il en voulait à ma monture, c'est ça ?

Le tribun ignora la question :

– Comment expliques-tu ce sang dont tu es barbouillé de tous côtés ?

Philon passa ses doigts sur sa nuque :

– Il m'a écorché, sans doute. Ou bien ce sont les coups dont vos soldats m'ont régalé ?

– Mes légionnaires obéissent aux ordres. Cet homme est un séditieux. Lui et les siens n'aspirent qu'à déclencher une guerre contre l'Empire. Il nous a échappé tôt ce matin dans le quartier des parfumeurs et sa blessure aurait dû l'empêcher d'aller plus loin. Mais il a bénéficié de complicités à l'intérieur de la ville. Tu sais le sort que l'on réserve aux complices de ce genre de traîtres ?

Il avança d'un pas, presque à toucher Philon. Il voulait l'écraser physiquement de son pouvoir et de sa force.

– Oui, évidemment que tu le sais. Aussi tu vas me donner la raison de tout ce sang. Passe que tu en aies dans le dos s'il t'a attaqué par l'arrière. Mais devant ? Es-tu certain de ne pas l'avoir vu en face ? De ne pas lui avoir porté secours ?

Philon soutint son regard. Il était persuadé que le Romain n'aurait aucun intérêt à maltraiter un mécène du Temple. Sauf à disposer de preuves contre lui.

– Vous dites qu'il était blessé. Qui sait s'il ne m'a pas fouillé avec ses mains pleines de sang ?

Le tribun eut une moue où se mêlaient l'ironie et le dédain :

– Tu as réponse à tout, l'Égyptien. Pour autant, cela ne te rend pas innocent à mes yeux. Au contraire... Où dois-tu loger dans Jérusalem ?

– Je suis attendu chez Ézéchias.

– Ézéchias, celui qui est chargé de l'ordre au Sanhédrin [1] ? Quelle coïncidence ! Un rebelle s'enfuit, il vole un cheval et son propriétaire est justement l'invité d'Ézéchias... Avoue qu'à ma place, toi aussi tu t'interrogerais.

– Je ne suis pas à Jérusalem depuis une heure !

– C'est ce qui paraît plus incroyable encore. Mais soit, admettons que tu ne sois pour rien dans cette histoire.

Il détacha chacune des syllabes :

– Admettons-le provisoirement. Eh bien ! Comme je n'aimerais pas qu'il t'arrive autre chose, deux de mes soldats vont t'escorter chez Ézéchias. Ils en profiteront pour vérifier que tu ne nous as pas menti. Ce dont je ne doute pas, tu l'imagines...

Il examina encore Philon des pieds à la tête, particulièrement le poignard dont le manche était décoré de motifs géométriques. Puis il désigna deux hommes pour l'encadrer. Il fit mine ensuite de sortir avec le reste de sa cohorte. Sur le seuil de la porte, il se retourna :

– Au fait, l'Égyptien. Ton couteau. Je ne suis pas sûr qu'il vienne d'Égypte.

1. Grand Conseil de Jérusalem, chargé des questions de religion et de justice.

2.

Sa première entrée dans Jérusalem, Philon l'avait rêvée plus glorieuse. Sa tunique était nauséabonde, couverte de sang et de purin, et il allait flanqué de deux soldats comme un vulgaire brigand. Le plus petit des deux n'ouvrait la bouche que pour prononcer des sons aigus et incompréhensibles – à quelle lointaine province la légion l'avait-elle arraché ? –, le plus grand pour l'insulter. Ce dernier était sans doute le même qui avait frappé le vieillard au marché et l'avait traité de singe, car tout en gravissant les degrés qui menaient à la partie la plus ancienne de la ville, il injuriait les enfants qui s'agglutinaient pour les voir passer :

– Macaques ! Faces de magots ! Déguerpissez ou je vous embroche !

D'où Philon déduisait qu'il avait dû connaître les garnisons africaines et leurs populations de primates indisciplinés. Chacun de ses jurons était ponctué par les sifflements de l'autre, dont on aurait pu croire qu'il avait une sorte de flûte à l'intérieur de la gorge. Et dire que c'était avec des guerriers de cette trempe que Rome se taillait un empire en Méditerranée !

Ils traversèrent la ville en remontant vers l'ouest, quittant les quartiers populaires pour atteindre les quartiers riches. Même si on l'obligeait à garder les yeux baissés, Philon observa que les réflexions des passants prenaient pour cible ses gardiens davantage que lui-même. Les relations avec l'occupant étaient plus tendues encore qu'on ne pouvait l'imaginer.

Enfin, ils arrivèrent devant une magnifique demeure à la mode hellénistique : des murs hauts taillés de belles pierres, un jardin avec des bassins fleuris, une vaste cour à péristyle et, partout, des fontaines qui chantaient. Une esclave, assez jeune et plutôt jolie, les fit patienter un moment dans un vestibule aux couleurs vives. Les légionnaires en profitèrent pour défaire leur casque et s'éponger avec vigueur. Ils paraissaient tous les deux d'une humeur exécrable. Le plus petit, dont les traits semblaient vaguement asiatiques, cessa même tout à fait de siffler. Lorsque Ézéchias fit son entrée, ils le saluèrent à peine :

– Nous sommes ici sur l'ordre du tribun militaire Julius, commença le plus grand. Cet homme a été découvert alors que nous étions sur le point d'arrêter un rebelle dans l'écurie d'Hakeldamach. Il prétend qu'il vient d'Égypte et qu'il doit séjourner chez vous. Confirmez-vous son histoire ?

Ézéchias était un vieillard élégant, à la barbe et à la chevelure soigneusement entretenues, pris dans une tunique souple et délicatement brodée. Son regard aimable allait des soldats au pauvre Philon, cachant mal sa surprise :

– J'attendais un visiteur d'Alexandrie, en effet, le frère d'un de nos bienfaiteurs du Temple.

– C'est bien de moi qu'il s'agit, vénérable Ézéchias, osa Philon en s'avançant. Je suis désolé de me présenter à vous ainsi. Une suite incroyable de circonstances a…

– Ça suffit ! intima le légionnaire. Je ne suis pas là pour subir tes explications une autre fois. La seule chose qui m'importe est de savoir si oui ou non vous vous portez garant de lui. Et si nous le trouverons chez vous au cas où il faudrait l'interroger.

– Vous avez ma parole, répondit Ézéchias après une légère hésitation.

Sa parole devait leur suffire, car les deux soldats tournèrent aussitôt les talons. Le siffleur poussa même un trille enjoué. La satisfaction du devoir accompli, sans doute…

Une fois les légionnaires partis, Ézéchias donna libre cours à sa stupéfaction :

– Mon garçon, mon garçon ! Dans quel état… Comment est-ce possible ?

Philon plongea les mains dans une vasque remplie d'eau et se rinça le visage. Puis il fit le récit de son aventure, sans préciser toutefois à quel point il avait aidé le rebelle, n'étant pas sûr des opinions de son hôte.

– C'est incroyable, nous ne sommes plus en sécurité nulle part ! s'exclama Ézéchias lorsqu'il eut terminé. Mais vous devez être épuisé et je vois aussi que vous avez perdu votre bagage. Nous reparlerons de votre frère et de ces événements plus tard. Nertari va d'abord vous conduire à votre chambre et à la pièce de bains.

Il n'avait pas fini sa phrase que la jeune esclave faisait irruption dans le vestibule, précédant un gros homme tout rouge au bord de la suffocation :

– Maître ! Il y a là un envoyé du Sanhédrin qui a insisté pour…

Le gros personnage écarta la jeune femme et courut en se dandinant vers Ézéchias :

– Mon ami, mon ami ! Il faut venir tout de suite ! C'est monstrueux !

Il avisa alors Philon et ne sut plus s'il devait poursuivre ou se taire.

– Ce jeune homme est des nôtres, le rassura Ézéchias. Continue, Siméon, tu m'inquiètes.

– Jephté ! Jephté a été assassiné cette nuit !

– Jephté ? Cette nuit ? Que le ciel…

– Que le ciel nous protège, oui ! Un crime horrible ! On l'a découvert tout à l'heure chez lui, baignant dans son sang. Ne lui avait-on pas conseillé de quitter ce quartier des parfumeurs ? C'est le pire de tous !

– Jephté… Assassiné…

Ézéchias parut vaciller et Siméon le retint par le bras :

– Hélas, oui ! Comme si nous n'en avions pas assez avec le reste ! Mais il faut se hâter d'aller là-bas : le Sanhédrin doit être sur place avant les Romains.

– Bien sûr. Le temps de me préparer et…

Philon s'interposa :

– Si vous le permettez, Ézéchias, je souhaiterais vous accompagner. Ce rebelle qui m'a assailli ce matin… Les légionnaires disaient l'avoir surpris dans le quartier des parfumeurs. Il y a peut-être un rapport. Comme je suis le seul à l'avoir approché…

– Un rebelle vous a assailli ? Ici, à Jérusalem ? Mais dans quel siècle décidément…

Ézéchias coupa Siméon :

– Laissons cela, veux-tu.

Puis, après un instant de réflexion :

– Puisque le sort a voulu que vous soyez mêlé à cette affaire, jeune homme, je n'irai pas contre lui. Nertari vous prêtera l'une des tuniques de mon fils, afin que vous puissiez vous changer. Maintenant, il faut se dépêcher ou le tribun Julius nous prendra de vitesse.

La maison de Jephté était d'apparence modeste, un peu plus haute seulement et un peu plus large que ses voisines du quartier des parfumeurs. Durant le trajet, Philon n'avait pu apprendre grand-chose, sinon que Jephté était un homme influent et qu'il dirigeait une sorte de parti religieux. Pour le reste, les deux membres du Sanhédrin marchaient côte à côte en s'exprimant à voix basse, de crainte sans doute que la nouvelle ne s'ébruite. Leur mine était suffisamment grave, cependant, pour qu'on puisse juger de l'inquiétude qui les tenaillait.

Un grand Nubien à la peau noire leur ouvrit la porte et les conduisit à l'étage jusqu'à la chambre du mort. Ses yeux rougis trahissaient son chagrin.

– C'est toi qui l'as découvert, Mandou ?

– Oui, maître Ézéchias. Ou plutôt…

Il parlait l'araméen avec l'accent prononcé des peuples du haut Nil :

– Ce matin, maître Jephté ne s'est pas levé comme à l'habitude. J'ai frappé à sa porte, il n'a pas répondu. J'ai pensé : peut-être qu'il va mal. Sa clé était tournée dans la serrure, alors j'ai poussé avec l'épaule jusqu'à ce qu'elle lâche. Et là…

Il détourna le regard et s'effaça pour les laisser entrer. La pièce mesurait dix pas sur cinq et semblait étrangement nue comparée aux riches mosaïques du couloir : une natte de chanvre roulée sur la droite, une petite table en bois avec une cruche et deux bols en pierre, une simple ouverture en guise de fenêtre. La peau de chèvre sur le sol était tachée d'un rouge profond. Un homme à demi nu s'y trouvait étendu au milieu de son sang. Il devait avoir l'âge d'Ézéchias, soixante ans environ, sans rien de sa prestance. Il était maigre, les joues creusées, une barbe mitée et incertaine, le cheveu rare. Ses yeux encore ouverts jetaient vers le plafond d'étranges reflets d'un bleu intense. On aurait même pu le croire éveillé si sa poitrine n'avait été barrée de longues coulures de sang séché. Mais le plus insolite était ailleurs : sa bouche était fermée par un lacet de cuir qui traversait les deux lèvres pour former une boucle artistement nouée. Jephté esquissait ainsi une moue dégoûtée que la pliure inhabituelle des commissures rendait franchement hideuse. On aurait dit un démon de Babylone adressant autour de lui de sombres reproches. Siméon ne put en supporter davantage et sortit précipitamment pour chercher l'air frais de la terrasse.

– Tu es sûr que tu n'as rien bougé, Mandou ?

– Rien, je le promets. Quand j'ai vu le pauvre maître Jephté, j'ai couru avertir la maîtresse. Elle m'a ordonné de tout laisser et de filer au Sanhédrin. C'est là-bas que j'ai parlé à maître Siméon.

– Et les Romains ?

– Ils vont venir. Ils attendaient le retour de la patrouille ou je ne sais quoi.

– Bien. Voyons si d'ici là…

Il inspecta la pièce des yeux, sans faire un seul pas vers le corps. Pour un juif pieux, c'était en effet se rendre impur que d'approcher un cadavre, d'une impureté d'autant plus grande que le crime ici était barbare. Philon s'estimait, lui, dans une situation différente. Après son empoignade avec le rebelle, après avoir roulé dans le sang, les déjections et la boue, il lui serait de toute façon indispensable de se purifier. S'il examinait maintenant le mort, il ne se souillerait donc qu'à moitié…

Sans se soucier d'Ézéchias qui tentait un geste pour le retenir, il traversa la chambre et se pencha sur Jephté.

– À l'évidence, constata-t-il après un moment, on lui a lacéré la poitrine avec une lame tranchante. Les entailles sont profondes, ce qui explique l'abondance du sang. Elles forment aussi… oui, une sorte d'alignement ou de dessin parallèle, légèrement en biais de la droite à la gauche. On en compte… dix. Dix entailles dont deux nettement plus courtes. Un peu comme les griffures d'un animal. Comme si… Comme si une bête fauve s'était jetée sur lui toutes griffes dehors. Pourtant…

Il se tourna vers Ézéchias qui le fixait intensément.

– Pourtant, ce ne sont pas ces blessures qui ont causé le décès. Il y a des marques très visibles sur le cou. Des marques de rougeurs et de gonflements. Jephté a dû être étranglé d'abord et blessé ensuite avec la lame. Voilà pourquoi, je suppose, personne ne l'a entendu crier.

– Assurément mon garçon, vous avez un don pour observer et pour déduire ! Mais si notre malheureux ami était déjà mort, pourquoi s'acharner sur lui de la sorte ? Et pourquoi ce lacet ridicule autour de la bouche ?

– Je l'ignore. Peut-être… Croyez-vous que je puisse le dénouer avant l'arrivée des Romains ?

– Non ! répliqua le vieil homme. Mes pouvoirs de police ne vont pas jusque-là et tous les meurtres sont du ressort de l'autorité impériale. Or le tribun Julius est assez jaloux de ses prérogatives. De plus, n'oubliez pas que nous allons aujourd'hui au Temple. À quelques jours de la Pâque, toucher ainsi ce pauvre Jephté… Ce ne serait pas convenable.

– Pardonnez-moi, j'avais cru comprendre que vous souhaitiez aller au plus vite.

– En effet. Il est important que le Sanhédrin ait une vue claire des événements, au cas où l'on voudrait nous cacher quelque chose. D'un autre côté, si Julius a le sentiment que nous nous substituons à son enquête, il nous en écartera tout à fait. Ce qui serait pire. Soyons donc diplomates, et diplomates avant tout.

Philon se leva à regret.

– Vous avez probablement raison. Toutefois je suis curieux de savoir ce que les Romains diront de cette énigme. Si la chambre était fermée de l'intérieur, comment l'assassin a-t-il pu y pénétrer ? Et comment a-t-il pu en ressortir ? Cette fenêtre dans le mur est bien trop étroite pour…

On cognait le vantail à l'étage inférieur. Mandou se précipita.

– C'est sûrement Julius lui-même, chuchota Ézéchias avec une pointe d'inquiétude. Il ne confie à personne ce genre d'affaires…

– Alors il vaudrait mieux qu'il ne me trouve pas ici. Il me soupçonne déjà d'avoir aidé le rebelle, s'il me voit avec le cadavre…

– C'est juste. Il y a une salle de réception au rez-de-chaussée. Attendez-moi là-bas, j'irai vous chercher.

Philon courut vers l'escalier et sauta la dernière marche au moment précis où les Romains se faisaient ouvrir. Il vit briller les casques dans la lumière et bondit sur la première porte devant lui. Elle était fermée.

– C'est ici la maison de Jephté ? demanda le timbre grave du tribun militaire Julius.

– Oui, maître, bredouilla Mandou.

Philon se jeta dans le renfoncement de l'escalier. Il y avait une autre porte sur sa droite. Précautionneusement, il fit jouer le loquet et se glissa dans ce qui devait être un salon plongé dans l'obscurité. Il ne repoussa pas tout à fait le battant, l'oreille collée à l'ouverture.

– Tu es l'esclave de Jephté, c'est ça ? continuait Julius sur le ton de l'interrogatoire. Et à ce qu'on m'a dit, le dernier à l'avoir vu vivant ? Mène-moi donc jusqu'à lui et tâche de ne pas me mentir. Tu ne serais pas le premier esclave à avoir tué son maître.

Des pas pesants résonnèrent sur les marches : Julius était accompagné d'au moins trois légionnaires. Arrivés en haut, Ézéchias et Siméon durent le saluer car le tribun ironisa :

– Eh bien ! Le Sanhédrin est plus prompt à retrouver ses morts que ses ennemis !

– L'affaire est d'importance, riposta Ézéchias. Vous savez qui était Jephté et quelles conséquences sa disparition peut avoir pour nous.

– Je le sais, Ézéchias, bien sûr que je le sais. Mais je vous ai connu plus de sang-froid par le passé. D'ailleurs, il y a une autre affaire dont je voulais vous parler. Un Égyptien que nous avons appréhendé tout à l'heure. Selon ses dires…

Ils s'éloignaient dans le couloir au milieu du cliquetis des lances et leurs propos devenaient indistincts. Philon voulut sortir de sa cache pour mieux entendre lorsqu'il perçut un mouvement derrière lui. Quelqu'un l'observait dans son dos. Il fit volte-face, prêt à se défendre :

– Qui est là ? lança-t-il.

Dans la pénombre, il distingua une forme vague sur l'une des banquettes.

– Vous ne manquez pas d'audace, répondit une voix marquée par le chagrin. Vous n'avez donc aucun respect ? Vous entrez ici comme un voleur et c'est à moi que vous demandez des comptes ?

Une femme… Philon mesura son erreur. La veuve de Jephté, sans doute. Il n'avait aucune excuse, en effet.

– Je suis impardonnable, madame, l'obscurité m'a trompé. Quoi… quoi que vous puissiez penser, en ce jour de deuil et de recueillement, je suis votre serviteur.

Il mit un genou à terre et récita quelques mots tout bas.

– *Amen…* conclut-elle lorsqu'il eut fini.

Philon se redressa. Elle était appuyée sur une sorte d'oreiller et enveloppée dans un voile qui lui couvrait les cheveux. Il distinguait mal ses traits mais ressentait avec force la violence contenue dans sa voix :

– Qui que vous soyez, vous n'en serez pas quitte pour une prière. Je veux savoir d'abord ce qui vous autorise à entrer ici. Et soyez convaincant, ou bien j'avertis ceux qui vous recherchent.

– Je… je me nomme Philon, madame, j'arrive d'Alexandrie. J'ai suivi Ézéchias jusque chez vous et…

Elle l'interrompit :

– Ézéchias, hein ? Et quels sont vos rapports avec lui ?

– Je le connais seulement depuis quelques heures : c'est lui qui m'accueille à Jérusalem. J'ai été mêlé ce matin à un incident qui a peut-être à voir avec le meurtre et…

– Quelle sorte d'incident ?

– Un rebelle que les Romains ont pris en chasse dans le quartier des parfumeurs. J'ai supposé qu'il pouvait y avoir un lien.

– Un rebelle, dans ce quartier, tiens…

– Je suis le seul à l'avoir vu et c'est la raison pour laquelle Ézéchias m'a autorisé à l'accompagner.

– À quoi ressemblait-il ?

– Le rebelle ? Un homme jeune, la barbe et les cheveux presque roux, un nez très fin.

– Cela ne me dit rien. Du moins ne l'ai-je pas aperçu dans le voisinage. Mais vous, quel est votre intérêt dans tout cela ?

– Mon intérêt ? Je n'en ai pas. Je suis venu à Jérusalem au nom de mon frère qui a envoyé de l'argent pour la décoration du Temple. C'est tout.

Si Philon espérait amadouer son interlocutrice, c'était raté : il la sentit au contraire se raidir.

– Vous êtes donc comme Ézéchias, avec ceux du Temple ?

– Ceux du Temple ?

– Les prêtres, les lévites [1], toute cette clique au service des Romains.

– Eh bien ! Je ne sais pas exactement ce que vous voulez dire. Mais si je me suis caché à l'arrivée du tribun Julius, c'est surtout que je souhaitais l'éviter. Nous avons eu une altercation à propos du rebelle.

Il y eut un assez long silence, durant lequel Philon n'osa pas bouger, de peur que la veuve se mette à hurler. Elle semblait perdue dans ses pensées.

– Alexandrie, murmura-t-elle… Pourquoi pas, après tout ?

Puis, plus haut :

– Je n'ai pas le choix, j'imagine, je vais vous faire confiance. Donnez-moi de la lumière, il faut que je vous voie.

Sans bien comprendre, Philon déposa les cadres de végétaux tressés qui obturaient les fenêtres. Le soleil envahit la pièce, jouant sur la mosaïque blanche et rouge du sol, éclairant un à un les coffres de bois blond, la petite table ovale avec ses vases en albâtre, le tapis en poils épais tendu sur le mur du fond. Allongée

1. Prêtres de catégorie inférieure, affectés aux tâches subalternes dans le Temple.

sur l'une des deux banquettes, la femme de Jephté le dévisageait comme si elle cherchait à voir à l'intérieur de lui. Elle était d'une beauté stupéfiante et beaucoup plus jeune qu'il ne l'aurait cru. Ses yeux en amande étaient d'un noir très pur, ses lèvres charnues semblaient dessinées à l'encre violette et son teint cuivré resplendissait sous la blancheur du voile. Comme le voulait la tradition, elle avait déchiré son vêtement à la droite du cœur en signe d'affliction. La déchirure laissait entrevoir l'ombre de sa peau et le jeune homme frissonna. Il s'obligea à la regarder en face.

– J'ai besoin de votre aide, déclara-t-elle finalement. Ce crime… ce n'est pas un crime comme les autres. J'en ai la certitude. Et pas seulement parce qu'il s'agit de mon père.

Philon ne masqua pas sa surprise :

– De votre père ?

– De mon père, oui.

Elle eut un pâle sourire :

– J'ai deviné votre méprise tout à l'heure. Cela n'a aucune importance. Je m'appelle Bethsabée, je suis la fille de Jephté. Ma mère est morte il y a longtemps et nous ne vivions plus ici que tous les deux, avec Mandou. Pour revenir à cet horrible événement… Nous n'avons rien vu, rien entendu. L'assassin est entré, et puis sorti, comme par magie. Aucune trace. Juste ce crime abominable. Mon pauvre père, lui si bon…

Elle effaça une larme et reprit, d'un ton enflammé :

– Je veux le venger, vous comprenez ? Coûte que coûte. Quel que soit le temps, quels que soient les obstacles, je trouverai l'homme qui a fait ça. Et il le paiera de sa vie, j'en fais ici le serment.

– Les Romains et le Sanhédrin sont là, tenta de l'apaiser Philon. Ils mettront tout en œuvre pour arrêter le coupable et pour le châtier.

– Ne croyez pas cela. Chacun poursuit ses propres desseins et leurs manœuvres n'ont rien à voir avec la vérité. Quand ils comprendront ce qui s'est réellement passé, il sera trop tard. Ah ! si seulement je n'étais pas une femme… Et si je n'avais pas ces maudites jambes !

Elle se frappa la cuisse, laissant Philon désemparé.

À cet instant, la silhouette d'Ézéchias s'encadra dans la porte :

– Il faut partir, vite ! Les Romains s'apprêtent à fouiller la maison. Siméon les retarde, mais nous avons très peu de temps !

3.

Après s'être lavé soigneusement dans la première piscine, Philon descendit les marches qui menaient à l'intérieur du bain rituel. Le bassin, de forme rectangulaire, était taillé sous une voûte en pierre et alimenté en eau de source par un coûteux système de canalisations. C'était en effet le privilège des riches que d'avoir leur propre *miqveh*, la plupart des habitants de Jérusalem se contentant des bains que l'on ouvrait au public à proximité du Temple. Le jeune homme prononça quelques paroles de bénédiction, avança au milieu du miqveh et s'immergea à trois reprises dans la fraîcheur de l'eau claire. Il en éprouva aussitôt un sentiment de plénitude. Après les troubles du matin, il avait l'impression de retrouver ce qu'il était au plus profond de lui-même, la part heureuse et confiante de son âme, purifiée de l'impur et seule digne de paraître au regard du Tout-Puissant. Tandis qu'il se séchait et qu'il passait la tunique que lui avait préparée Nertari, il fut même gagné par une douce euphorie. Tout à l'heure, enfin, il verrait le Temple !

Une fois habillé, il traversa le jardin à la recherche d'Ézéchias. Celui-ci l'attendait à l'ombre d'amandiers dont les fleurs blanches et roses commençaient à poindre. La table avait été dressée à la romaine et Philon prit place sur l'une des banquettes, devant une profusion de mets froids : perdrix à l'aneth tranchées dans leur gelée, poissons blancs dans une croûte de sel, plusieurs salades de pois chiches et de lentilles agrémentées de raisin et de figues, assaisonnements de purées d'ail ou de concombre et galettes d'orge grillées au miel. Ézéchias trempa ses doigts dans une jarre à larges bords, versa de l'eau sur sa main droite puis sur sa main gauche, récita à mi-voix le « Béni sois-tu, Éternel, qui fais naître le pain de la terre ». Il saisit ensuite une cruche en bronze à l'anse élégamment travaillée et versa deux rasades d'un vin grenat tout en invitant son hôte à boire.

– Buvez, buvez, vous devez avoir soif ! Siméon me quitte à l'instant : les Romains n'ont pas progressé d'un pouce. Ils ont fouillé la maison, inspecté chaque pièce, exploré le jardin. Aucune trace du meurtrier. Impossible de savoir comment il est entré ni comment il est sorti.

– Ils ont aussi ausculté le cadavre ?

– Pas encore. Un médecin de la forteresse Antonia devrait s'en charger cet après-midi. Si j'ai bien compris, le tribun Julius ne tenait pas à le faire lui-même. Heureusement, il a autorisé l'un des nôtres à rester sur place. C'est au moins l'assurance que le corps ne sera pas profané. Quoi qu'il arrive, j'ai dit à Siméon que nous serions au Temple. Il nous préviendra s'il y a du nouveau.

– Vous croyez le tribun Julius capable de faire la lumière sur ce crime ?

– Si le ciel le veut ! C'est un homme intelligent, il sait deviner ce qu'on lui cache. Bien que son mépris l'aveugle parfois. Et puis, nous sommes en Judée, il n'a pas la tâche facile.

– Vous voulez parler des rebelles ?

– Les rebelles ? Ah !

Ézéchias détacha le morceau le plus charnu de la perdrix et le nappa généreusement de purée d'ail.

– Il n'y a pas que les rebelles... Ou plutôt, il n'y aura bientôt plus que des rebelles ! Depuis trois mois que les Romains sont à Jérusalem, le pays entier est au bord de la révolte.

– Pourtant, cela fait plus d'un demi-siècle que la Palestine est conquise.

– Officiellement, oui. Mais durant toutes ces années, nous avons conservé nos coutumes et même certains de nos rois. Hérode [1] devait peut-être son trône à l'empereur, il était sans doute un tyran, mais au moins, il était à moitié juif. D'ailleurs, n'a-t-il pas entrepris de reconstruire le Temple ? Et dans un sens, c'était la même chose pour son fils, Archélaos [2].

– Cependant... C'est bien le Sanhédrin qui a obtenu la destitution d'Archélaos, n'est-ce pas ? C'est donc à cause du Sanhédrin que les Romains administrent aujourd'hui la province eux-mêmes ?

Ézéchias prit le temps de vider sa coupe avant de répondre :

– Ce n'est pas faux. Vous savez, j'étais de cette ambassade qui s'est rendue à Rome il y a un an. Pour rencontrer Auguste [3] et lui exposer nos griefs. Archélaos était mauvais et cupide, les Romains le savaient. Seulement de notre côté, nous avons été naïfs. Nous pensions qu'Auguste aurait assez de sagesse pour désigner un souverain qui s'accorderait mieux à nos désirs. En réalité, nous lui avons fourni le

1. Hérode le Grand, roi de Judée de 37 av. J.-C. à 4 av. J.-C.

2. Fils aîné d'Hérode le Grand, gouverna la Judée de 4 av. J.-C. à 6 ap. J.-C.

3. Empereur romain de 27 av. J.-C. à 14 ap. J.-C.

prétexte qu'il cherchait depuis un moment. Il a chassé Archélaos, mais il a envoyé ses légions à la place.

– On vous en a voulu, ici ?

– Eh bien ! Nous étions nous-mêmes fort divisés au sein de l'ambassade. Certains…

Il hésita.

– Certains ont senti que le remède serait pire que le mal. Au soir de la première entrevue avec Auguste, il a même été question de partir. Moi et quelques autres souhaitions poursuivre, au contraire, et négocier tout ce qui pouvait l'être. Le nombre de soldats dans la ville sainte, par exemple. Je crois pouvoir dire que c'est grâce à nous si l'essentiel des troupes se trouve aujourd'hui à Césarée et non à Jérusalem. Vous me direz que c'est une victoire bien modeste, néanmoins je persiste à penser qu'Auguste avait pris sa décision avant notre arrivée. La présence romaine était inéluctable.

Philon eut alors une intuition :

– Est-ce que… est-ce que par hasard Jephté aurait fait partie de cette ambassade ?

Ézéchias lâcha la bouchée qu'il s'apprêtait à prendre.

– Il… Il en faisait partie, oui.

– Et il était de ceux qui voulaient rompre avec l'empereur ?

– Le plus convaincu d'entre eux, certainement. Si vous aviez connu Jephté, vous… Ah ! Il vaut peut-être mieux reprendre ces choses par le début.

Il essuya son couteau et quitta sa position allongée pour s'asseoir, comme s'il prévoyait de tenir un long discours.

– Voyez-vous, Jephté était quelqu'un d'important dans notre communauté. Non pas qu'il ait été particulièrement riche ou actif au Sanhédrin. Non, il était plus que cela. Il était l'un des chefs du parti pharisien. Vous avez sans doute entendu parler des pharisiens ?

– De réputation, oui. Mais sur le fond, j'en ignore l'essentiel.

– Alors je vais tâcher d'être simple. Disons que depuis plus d'un siècle deux partis importants se disputent le pouvoir à Jérusalem, les sadducéens et les pharisiens. Les sadducéens sont en quelque sorte les partisans du Temple : les prêtres, les lévites, les familles fortunées qui occupent ici des positions influentes. Ils ont toujours eu le souci de l'ordre, ce qui les a conduits à soutenir ceux qui nous dominent aujourd'hui. Tant que les Romains n'entravent pas le bon fonctionnement du Temple, le déroulement des sacrifices ou la collecte des dîmes, ils peuvent compter sur l'appui des sadducéens.

– Situation fréquente dans les provinces de l'Empire.

– Sans doute. Sinon que s'y ajoutent chez nous des rivalités religieuses. Face aux sadducéens, qui veillent jalousement sur l'autorité du Temple, les pharisiens estiment que le culte doit être l'affaire de tous. Que chacun peut approcher la pureté des prêtres, pourvu qu'il suive à la lettre les règles de la Torah. Et que si le Temple est le cœur sacré de notre dévotion, il n'en est plus le lieu exclusif… De tels propos ont irrité les puissants mais ont forcé la sympathie du petit peuple qui écoute et respecte les pharisiens. Sans compter que ceux-ci organisent des écoles et que, outre l'enseignement des Écritures, ils offrent mille conseils pour la vie de tous les jours. Leur emprise est devenue si réelle que les sadducéens ont dû leur ménager une place au Sanhédrin ou dans les ambassades. À contrecœur, vous le devinez…

– Et ces pharisiens s'opposent à l'occupation romaine ?

– Pas ouvertement. Mais pour eux, il va de soi que des païens en armes dans la ville sainte constituent un odieux sacrilège. C'était déjà l'avis de Jephté lorsque nous étions à Rome : mieux valait un mauvais souverain juif qu'un empereur impie et blasphémateur. D'une certaine manière, les événements lui ont donné raison.

– Peut-on imaginer que ce crime ait à voir avec toutes ces querelles ?

Ézéchias baissa les yeux et son ton se fit moins sûr :

– Je ne le souhaite pas. Un meurtre si cruel ne peut être... ne devrait être que l'œuvre d'un dément. Mais ce qu'il faut craindre par-dessus tout, c'est que le peuple s'embrase. De tous les sages pharisiens, Jephté était l'un des plus aimés. Or à qui la rumeur va-t-elle attribuer cet assassinat ? Aux Romains ? Aux sadducéens ? Dans un cas comme dans l'autre, le sang risque de couler.

– Ce qui signifie par ricochet que la mort de Jephté sert aussi les rebelles. S'ils souhaitaient le soulèvement de Jérusalem, ce meurtre peut les y aider.

– C'est une autre hypothèse, admit-il, mal à l'aise. Toutefois les rebelles voient plus loin que Jérusalem. La Judée, la Samarie, la Galilée, la Décapole... c'est toute la Palestine qu'ils veulent entraîner dans la guerre. Et de ce point de vue, les Romains les y ont bien aidés : ils ont décrété un recensement des juifs pour les semaines à venir. Or qui dit recensement dit nouvel impôt... L'empereur compte ses sujets avant de les faire payer. Il n'en faut pas davantage pour échauffer les esprits.

– Une insurrection vous semble donc possible ?

– Hélas ! Depuis des semaines, je m'efforce de convaincre le Sanhédrin qu'il faut s'unir et montrer au peuple que nous œuvrons pour lui. Qu'une révolte face à un ennemi si puissant ne causerait qu'une répression plus terrible encore. Et que Jérusalem pourrait bien tout y perdre.

Il se servit une autre coupe. Ses mains tremblaient.

– Personne n'a voulu m'écouter, évidemment. L'occupation a élevé les barrières et creusé les fossés. Sadducéens, pharisiens, chacun cherche d'abord à prendre parti contre l'autre. Il reste un espoir cependant. Je dois me rendre demain à Césarée pour plaider une dernière fois devant le procurateur[1]. S'il accepte de différer le recensement, nous éviterons peut-être le pire. Dans le cas contraire…

Il y eut un long silence dont Philon profita pour revenir à son assiette. Il mêla la chair fondante de l'oiseau aux parfums subtils des lentilles et de la figue, arrosa le tout du vin fruité des collines d'Hébron. L'air était chaud, le ciel lumineux, une brise légère animait le feuillage. N'eût été la mine accablée du vieillard, on aurait pu croire l'un de ces moments simples et parfaits qui réjouissent le cœur des hommes. Mais par-delà l'horizon la tempête s'annonçait.

– Pardonnez-moi, cher Ézéchias. Puis-je vous demander… Connaissiez-vous bien Jephté ? J'entends, mis à part vos divergences ?

La question tira son interlocuteur de ses méditations :

– Jephté ? Oh ! oui. Nous étions amis plus jeunes. Nous allions souvent à la synagogue ensemble. Hélas, après la mort de sa femme, il a beaucoup changé. Ce

1. Représentant de l'empereur romain dans les provinces conquises.

qui aurait dû nous rapprocher – j'étais déjà veuf moi-même – nous a éloignés, sans que je puisse expliquer pourquoi. Il est devenu plus froid, plus distant. Plus pointilleux, aussi, concernant l'observance et la foi. Il a rejoint les pharisiens et adopté leurs pratiques. Jusqu'à devenir l'un de leurs membres les plus éminents et porter le fer contre ceux du Temple. Mais il savait aussi parler aux humbles et leur consacrait une grande partie de son temps. Il excellait entre autres dans l'interprétation des Écritures, qu'il avait l'art de rendre sensibles aux ignorants. Son décès causera un vrai chagrin dans le peuple.

– Et… sa fille ?

– Bethsabée ? Je ne sais trop qu'en penser. Le malheur l'a frappée, c'est incontestable. Malgré cela j'ai toujours senti chez elle une sorte de défiance. Je crois qu'elle ne m'aime pas beaucoup.

– Le malheur, disiez-vous ? Quel genre de malheur ?

Philon prononça ces mots avec le plus de détachement possible. La réponse, pourtant, lui importait davantage qu'elle ne l'aurait dû.

– Il y a d'abord eu cet accident qui l'a privée de ses jambes. Et puis la mort de sa mère, quand elle était encore enfant. Tout cela a probablement influé sur son caractère.

– Elle ne peut plus marcher, c'est cela ?

– Quelqu'un doit la porter dans tous ses déplacements. Mandou, en général. Pour ma part, j'avoue éviter de me trouver en sa présence. Tous ces drames, tous ces pleurs… Et maintenant, le meurtre de son père. Qui sait ? On ne peut exclure qu'elle attire le mauvais sort.

Il brisa un coin de galette au miel et se leva brusquement.

– Allez, l'après-midi avance ! Nous devons nous rendre au Temple avant l'heure des sacrifices. Gad, le grand prêtre, est impatient de vous voir !

4.

Jérusalem, Jérusalem tout entière était un miracle !

Plus il la découvrait, plus Philon réalisait ce que la cité du Très-Haut avait d'unique. Loin des mers et des cours d'eau, perdue au milieu de terres désolées, juchée sur des collines mal accessibles, à l'écart des routes et du commerce, jamais Jérusalem n'aurait dû voir le jour. Et pourtant, quelle puissance, quelle vie ! Des milliers et des milliers de pèlerins l'arpentaient, des cheveux défaits ou coiffés en tresses, des barbes fournies ou des mentons glabres, des bras nus ou couverts de bracelets, des peaux laiteuses ou des teints hâlés, des bouches qui mêlaient l'araméen et l'hébreu, le romain et le grec, les patois d'Idumée ou de Samarie : les juifs du monde entier affluaient pour la Pâque !

Pour prendre le chemin du Temple, Ézéchias longea le palais d'Hérode, demeure fastueuse et fortifiée qu'habitait le procurateur de Rome lorsqu'il résidait dans la ville. Hérode était un tyran sanguinaire qui avait fait assassiner la moitié des siens et brûler vifs ses opposants, mais la splendeur de ses jardins et la beauté des cours de marbre attiraient toujours de nombreux flâneurs. Puis les deux hommes franchirent la porte qui menait aux quartiers commerçants du Tyropéon. C'est là qu'Ézéchias avait bâti sa fortune.

Son grand-père était un riche paysan de Gamala, au nord du pays, et c'est son père qui avait eu l'idée de s'installer à Jérusalem pour vendre le blé familial. Lui-même avait pris la suite, étendant son négoce à bien d'autres produits : pourpre de Tyr, verrerie de Sidon, vins d'Ascalon et de Lydda, papyrus et baumier de Jéricho, poissons séchés de Gennésareth, bœufs gras de Pérée… Il possédait maintenant de grands entrepôts derrière le marché et évoqua avec fierté les énormes jarres d'huile marquées de son sceau qui attendaient pour être livrées au Temple. Il parla aussi de sa dernière entreprise, une boulangerie édifiée près de la porte des Eaux, capable de fournir chaque jour des pains ronds ou torsadés pour plus de mille personnes. Lorsque Philon lui demanda si son fils manifestait des dispositions semblables pour le commerce, le vieil homme se rembrunit : son fils n'avait pas voulu rester à Jérusalem et avait choisi de retourner dans le Nord, sur la terre de ses ancêtres. Philon jugea le sujet délicat et préféra ne pas insister.

Ils traversèrent ainsi le marché, à l'ombre de vastes portiques protégeant badauds et marchandises du soleil. Le matin était consacré aux produits de bouche et, après le passage des nettoyeurs – la cité de l'Éternel devait se distinguer par son impeccable propreté –, l'après-midi voyait s'installer les artisans : potiers, céramistes, vendeurs d'outils et de couverts, tisserands, peaussiers, faiseurs d'onguents ou herboristes, plus d'une trentaine d'étals entre lesquels se pressait une foule bruyante. Soudain, à l'extrémité de la place, un homme d'âge incertain monta sur la margelle d'une fontaine pour haranguer les passants :

– Il viendra, mes amis, soyez sûrs qu'Il viendra ! Ne perdez pas espoir, élevez vos prières ! Il surgira bientôt de l'Ouest et la mer des incroyants s'ouvrira devant lui ! Il brandira le glaive de feu et Jérusalem sera libérée ! Oui, libérée ! C'est la Pâque, mes amis, la Pâque du Sauveur !

Il ne put en ajouter davantage car les six légionnaires qui contrôlaient discrètement les lieux se précipitèrent pour intervenir. Ils le firent descendre sans trop le brusquer – inutile de risquer une émeute – et l'attirèrent à l'écart tandis qu'il continuait à crier :

– La Pâque du Sauveur, mes amis, la Pâque du Sauveur !

La plupart des chalands n'avaient rien suivi de la scène, et seuls quelques-uns protestèrent. Philon se tourna vers Ézéchias :

– Qui était-ce ?

– Oh ! Un de ces illuminés qui annoncent un peu partout la venue du Messie. Ils sont de plus en plus nombreux depuis l'arrivée des Romains.

– Le peuple les écoute ?

– Ici, au marché, il n'y a aucune chance, l'endroit est trop surveillé. Mais quand on s'éloigne du centre, on les rencontre souvent au coin des ruelles qui prêchent devant de petits groupes d'exaltés. Les gens veulent croire que l'occupation romaine est l'ultime épreuve infligée par le Très-Haut et que nos douleurs sont celles de l'enfantement du Sauveur. Le jour du Jugement et de la revanche !

– Vous ne partagez donc pas leur espérance ?

– Je vois surtout qu'ils soufflent dangereusement sur les braises. Et qu'ils se rendront peut-être complices d'un grand massacre. Le Roi de tous les rois, béni soit-Il, se moque bien de ces agitateurs en guenilles.

Ils débouchèrent sur le viaduc qui permettait d'enjamber la vallée du Tyropéon et Philon s'arrêta net, saisi d'émotion. Devant lui se dressait le Temple du Tout-Puissant dans son incroyable majesté. Il surplombait la cité de David de près de quarante coudées [1] et s'étendait sur une longueur de mille autres environ. Un morceau de Jérusalem céleste descendu sur la ville. Ses gigantesques blocs de pierre blanche, rehaussés de lamelles d'or, brillaient au soleil jusqu'à obliger le pèlerin à détourner les yeux. En contrebas, des dizaines, des centaines d'ouvriers s'affairaient pour aménager les soubassements ou consolider les murs. Devant chaque entrée, une file imposante de fidèles patientait, voisinant avec des animaux menés par leurs propriétaires.

– Je n'ai jamais rien vu de tel, murmura Philon.

– C'est la maison de l'Éternel...

Ils avancèrent jusqu'à la porte principale qui perçait le mur de l'Ouest et ouvrait sur le parvis des Gentils. Il s'agissait d'une esplanade gigantesque capable d'accueillir plusieurs fois la population de Jérusalem. Sept ou huit mille personnes y circulaient en tous sens, attendant les sacrifices, tandis que les balayeurs s'escrimaient contre les poussières qui montaient du chantier. Les seules colonnades achevées étaient celles du portique Royal qui fermait le côté sud et qui montrait à cette heure une intense activité. Philon s'y rendit pour régler l'impôt des juifs – une pièce d'un sicle d'argent pour lui et son frère – et fut presque choqué de la cohue qui régnait :

– Est-ce... est-ce toujours ainsi ?

– Aujourd'hui, ce n'est rien, s'amusa Ézéchias. Vous verrez à la Pâque !

L'ensemble tenait en effet davantage des bazars de Perse que de l'établissement religieux. Il y avait d'abord le coin des valeurs où se convertissaient les

1. Une coudée correspond environ à 0,5 m.

monnaies de tout l'Empire en argent du Temple, le seul accepté pour les offrandes à Yahvé. Comme aucune norme précise ne réglait ces échanges, des disputes éclataient souvent entre changeurs et pèlerins. Leurs exclamations étaient cependant couvertes par des bêlements sonores et des meuglements inquiets : juste à côté, un vaste espace accueillait les animaux destinés aux sacrifices. Il suffisait, après en avoir choisi un – veau, chèvre, mouton, tourterelle ou colombe dans sa cage en bois –, de marchander avec les prêtres qui dirigeaient la vente et de faire conduire la bête jusqu'à l'autel. Enfin, le portique abritait une série d'échoppes où l'on pouvait acheter du vin, de l'encens, de la fleur de farine pour les oblations, ainsi que toutes sortes de colifichets : petits colliers, bracelets de chevilles, boîtes à épices, bagues et anneaux plus ou moins précieux, objets sculptés en bois ou en ivoire, etc. Ces magasins n'étaient pas les moins fréquentés car la Loi imposait au fidèle de dépenser à Jérusalem le dixième de ses revenus. Cela donnait une idée des sommes considérables que l'on brassait ici.

– Vous savez à qui appartiennent la plupart de ces boutiques ? chuchota Ézéchias à l'oreille du jeune homme. À Gad, le grand prêtre, et à ses proches. Et c'est exactement le genre de privilèges que les sadducéens veulent conserver. Venez, il est temps d'aller à sa rencontre, maintenant.

Il prit le jeune homme par le bras et l'entraîna vers le centre du parvis où se tenait, imposant, le sanctuaire du vrai Dieu. Sa reconstruction, voulue par Hérode, avait nécessité le travail acharné de mille prêtres formés tout exprès aux métiers de la pierre. Il s'élevait désormais comme un gigantesque cube de marbre et d'or de plus de cent coudées de haut, ceint d'un mur fortifié qui interdisait son accès aux païens. Philon aurait voulu suivre le parcours des simples fidèles, passer la première balustrade, traverser d'abord la cour des Femmes puis gagner celle des Hommes, s'approcher par degrés du lieu des sacrifices et de la Présence, mais Ézéchias en décida autrement. Il coupa par une porte latérale du mur d'enceinte et le conduisit à l'intérieur de l'une des six tours qui protégeaient l'édifice. Là, le commandant du Temple les fit patienter un moment avant de les introduire dans une petite pièce garnie de sièges et de tentures, qui servait d'ordinaire aux réunions restreintes du Sanhédrin. Au fond de la salle, éclairé par deux immenses chandeliers, le grand prêtre trônait sur un fauteuil en bronze frangé de bleu. C'était un homme dans la force de l'âge, quarante ans peut-être, les traits droits et autoritaires, la barbe fine, les cheveux dissimulés sous un large bonnet. Il portait sur sa tunique de lin la courte robe de l'éphod garnie des douze pierres précieuses qui symbolisaient les douze tribus d'Israël.

– Voici donc notre visiteur d'Égypte… Avancez un peu que je vous voie.

Philon fit un pas en avant sous le regard inquisiteur du grand prêtre.

– C'est un honneur pour nous d'accueillir à Jérusalem le parent d'un si généreux bienfaiteur. On m'a rapporté qu'il était souffrant, hélas ?

– Mon frère a contracté une mauvaise fièvre lors d'un de ses voyages sur le Nil.

– Pour la collecte des impôts, je présume ?

– En effet. Il est chargé de percevoir les taxes depuis Alexandrie jusqu'à Éléphantine. Et lorsque la saison est humide dans ces contrées…

– L'eau est toujours un don du ciel mais l'homme ne sait pas forcément le recevoir. Nous en savons quelque chose ici, qui manquons cette année cruellement de pluie. Je l'associerai à nos prières, tout à l'heure. Avez-vous vu les portes dorées, au moins ?

– Pas vraiment. Nous sommes venus dès que possible et...

– Elles sont splendides. Nos orfèvres ont su leur donner l'éclat de la lumière divine. Je suis sûr que votre frère aurait été comblé par le résultat, peut-être aussi comblé que nous l'avons été par sa faveur. Pour le remercier...

Il se leva jusqu'à une table basse qui portait un petit coffret argenté. Il l'ouvrit pour en extraire un objet brillant qu'il tendit à Philon :

– Voici une réplique de la clé de la porte supérieure. Vous la lui remettrez en signe de notre gratitude. Avec la reconnaissance éternelle du Temple.

Philon aurait dû se sentir immensément honoré par un tel présent, pourtant quelque chose dans les yeux du grand prêtre le mettait mal à l'aise. Il s'empressa de ranger la clé dans le pli intérieur de sa tunique, où elle rejoignit sa bourse et quelque menue monnaie.

– Par ailleurs, poursuivit Gad en revenant à son siège, je souhaitais aussi vous mettre en garde. Il m'est venu aux oreilles que vous aviez rencontré quelques difficultés ce matin avec l'autorité romaine. À propos d'un rebelle... Et que l'on vous avait aperçu aussi sortant de chez Jephté. Vous offusquerez-vous de mon conseil ? Profitez de cette semaine de fête, réjouissez-vous le cœur, tournez votre âme vers le Seigneur. N'est-ce pas le meilleur moment pour le faire ? Ne vous encombrez donc pas l'esprit avec ces questions de police. Il y a un peu de mécontentement dans le peuple, c'est vrai. Et les conditions dans lesquelles Jephté est mort nous attristent tous. Mais que diriez-vous si nous autres de Judée allions poursuivre les assassins de Thèbes ou d'Alexandrie ? N'ai-je pas raison, Ézéchias ?

Celui-ci acquiesça, la mine sombre, et Philon se demanda si ce discours ne s'adressait pas davantage au vieil homme qu'à lui-même.

– D'ailleurs, je crains qu'Ézéchias n'ait trop à faire d'ici à la Pâque pour s'occuper vraiment de ces choses. Vous vous rendez à Césarée demain, c'est cela ?

L'intéressé hocha à nouveau la tête.

– Voilà une mission importante. Je souhaite que vous puissiez réussir, car ce recensement ne nous vaudrait rien de bon... Et pensez à transmettre les amitiés du Temple au procurateur Coponius. Maintenant, pardonnez-moi, je dois me préparer pour les sacrifices.

Il agita légèrement le poignet pour signifier que l'entretien était terminé. Au moment où il se retournait pour prendre congé, Philon crut distinguer comme un mouvement derrière l'une des tentures. Un courant d'air ou le frôlement d'une silhouette ? Il voulut s'approcher pour en avoir le cœur net, mais Ézéchias le pressa de partir.

Une fois dehors, et avant qu'ils aient pu échanger la moindre remarque, le commandant du Temple se précipita sur eux :

– Je guettais votre sortie : le tribun Julius vous demande à la forteresse Antonia.

– Tout de suite ?

– Tout de suite, oui, et tous les deux.

– C'est l'heure des sacrifices et nous comptions...

– Les instructions sont formelles : je dois vous conduire sur-le-champ.

5.

Le tribun militaire Julius allait de long en large, passant et repassant devant la fenêtre qui dominait l'esplanade du Temple. Depuis la pièce qui lui servait de quartier général, la vue était imprenable sur le sanctuaire et l'on parvenait presque, en plissant les yeux, à distinguer les fidèles qui se pressaient aux cérémonies. Philon se demandait ce qu'il faisait là, debout, alors qu'on avait invité Ézéchias à s'asseoir et qu'un curieux personnage vêtu de noir l'observait avec insistance depuis le banc opposé.

– Philon, c'est ainsi que tu t'appelles, n'est-ce pas ?

Le ton de Julius n'augurait rien de bon.

– Philon d'Alexandrie… Philon d'Égypte ! Étonnant tout de même ! Dis-moi, l'Égyptien, sais-tu ce qui s'est produit ici il y a dix ans ?

Le légionnaire montrait du doigt le lieu de la Présence et le jeune homme haussa les épaules en signe d'ignorance.

– Il y a eu une grande révolte à Jérusalem. Sous je ne sais plus lequel de vos rois. Ce que je sais, par contre, c'est que les insurgés se sont réfugiés sur ces parvis et qu'ils ont tenu plusieurs jours face aux soldats qui les assiégeaient. Plusieurs jours ! Grâce à l'épaisseur des murs et des tours qui protègent ce… ce… bah ! Je ne comprends même pas que vous appeliez cela un temple. Une maison vide, en réalité, bâtie pour un Dieu sans visage et sans statue. Un Dieu dont vous prétendez qu'il est partout et nulle part mais dont vous vous interdisez de prononcer le nom ! Et malgré cela, des dizaines, des centaines de milliers de gens seront bientôt là pour l'adorer ! Avouez que vous n'êtes pas faciles à saisir, vous les juifs...

– Personne n'oblige les Romains à occuper...

Julius explosa :

– Je sais ! Je sais ce que tu penses ! Personne n'oblige Rome à être le premier empire du monde ! Personne n'oblige Rome à occuper la Palestine ! Vous n'avez que ces mots à la bouche, tous ! Sans voir que si nous n'étions pas là, vous en seriez encore à vous faire la guerre, avec tous vos rois, vos chefs de clan, vos partis religieux et je ne sais quoi d'autre... Sans voir que Rome vous offre la paix, le commerce, la prospérité. L'ordre ! Oui, l'ordre !

– L'ordre n'est pas la liberté.

L'espace d'un éclair, Philon crut que le tribun allait le gifler. Celui-ci parvint à se maîtriser et reprit d'un ton plus calme :

– Pas la liberté de se révolter, en tout cas, non. Et sur ce chapitre, ne comptez pas sur moi pour vous laisser Jérusalem. J'ai obtenu le renfort de trois mille hommes, ils seront là dans deux jours. Même s'il faut raser les murs du sanctuaire, je tiendrai cette ville.

Il regarda Philon droit dans les yeux :

– Tu peux le dire à tes amis.

– Mes amis ?

– Ne joue pas l'innocent. Tu espérais vraiment me tromper avec ces fables ? Ce rebelle qui t'a attaqué par-derrière et dont tu ne sais rien ? C'est pourtant bien avec ton cheval qu'il s'est enfui. Et par un hasard extraordinaire, tu te trouves deux heures plus tard chez ce pharisien assassiné.

Ézéchias se leva d'un bond :

– Je suis le seul fautif, tribun Julius. Je n'aurais jamais dû amener ce jeune homme avec moi, je le reconnais. Mais la nouvelle de ce crime m'avait tourné la tête et…

– Ne vous fatiguez pas, Ézéchias. Je ne crois pas beaucoup aux coïncidences. Ce meurtre est à mon avis l'œuvre des rebelles qui comptent l'utiliser pour soulever le peuple. Or il leur a fallu des appuis. Et ce jeune homme arrive trop bien.

Il pointa vers Philon un index accusateur :

– Au fait, l'Égyptien, n'y aurait-il pas dans ta famille un David ou un Jacob ?

Philon ne sut que répondre :

– Je ne vois pas…

– David ou Jacob. Un père, un oncle, un cousin ? Parle !

– Pas… pas parmi mes proches, non.

– Pardonnez-moi encore, intervint à nouveau Ézéchias. Cet interrogatoire… Vous vous adressez au fils de l'une des meilleures maisons d'Alexandrie et vos questions sont pour le moins étranges.

– Étranges, oui, c'est le mot qui convient. Æmilius, expliquez-leur ce que vous avez découvert.

Le petit bonhomme en noir, qui s'était tu jusque-là, quitta son banc pour prendre la parole :

– Mon nom est Æmilius, je suis le médecin attaché à cette garnison. Le tribun militaire m'a demandé de me rendre cet après-midi chez un dénommé Jephté pour examiner sa dépouille. Pour commencer, je dois préciser que j'ai connu bien des guerres et des combats sanglants. Je pensais tout savoir sur la férocité des hommes et sur le plaisir que certains éprouvent à tuer leurs semblables. Pourtant un cas comme celui-ci, je n'en avais jamais vu. Mon impression… mon impression est que la victime a été assassinée pour d'autres raisons que sa simple mort. Je veux dire que l'on ne souhaitait pas seulement qu'elle disparaisse, mais faire de sa disparition une sorte… une sorte d'exemple. Ou mieux, un avertissement. Quel genre d'avertissement, pour qui et pour quoi, voilà ce que j'ignore.

Il marqua une courte pause pour essuyer ses tempes, comme si le souvenir du cadavre le troublait encore.

– Le criminel l'a d'abord étranglé en lui brisant le cou de façon qu'il ne puisse ni crier ni se débattre. Cela n'a pas dû être très difficile, car l'homme était plutôt faible et déjà âgé. Ensuite… ensuite il l'a pour ainsi dire tué une seconde fois en lui lacérant la poitrine avec un couteau. Il pourrait s'agir d'un acte de vengeance, évidemment, une forme de haine ou de folie. Mais la manière dont le meurtrier a conclu son geste laisse entendre au contraire qu'il avait tous ses esprits. Vous avez sans doute remarqué ce cordon qui cousait ensemble les deux lèvres de Jephté ? Eh bien ! lorsque je l'ai défait pour ouvrir sa bouche, j'ai trouvé ceci sous sa langue…

Il sortit de sa poche un minuscule étui en cuir de l'épaisseur d'une phalange, qu'il présenta à Ézéchias.

– C'est un *tefillin*, commenta celui-ci. Les plus pieux d'entre nous les attachent au bras gauche, aussi près que possible du cœur. Ces sachets contiennent le plus souvent des versets de la Bible. De l'Exode ou du Deutéronome, en général. C'est un moyen de porter avec soi la sagesse du Très-Haut, car les livres disent : « Mes paroles que voici, vous les mettrez en vous, dans votre cœur, vous en ferez un signe attaché à votre main. » Mais…

Il ouvrit délicatement l'étui :

– Ce tefillin est vide, apparemment.

– Lorsque je l'ai dégagé, il y avait à l'intérieur un morceau de parchemin, roulé plusieurs fois sur lui-même et maintenu par un cheveu.

– Un cheveu... C'est la tradition, en effet. Et ce parchemin, où est-il maintenant ?

Le tribun Julius s'avança en agitant une feuille de couleur jaune, de la taille d'une paume et passablement froissée :

– Il est ici. Nous avons eu du mal, Æmilius et moi, à en interpréter les caractères et il a fallu qu'on nous aide. C'est aussi pour cela que je vous ai fait venir : ces mots mis ensemble n'ont aucun sens pour nous.

Il proposa la feuille à Ézéchias, qui après l'avoir parcourue rapidement entreprit de la lire tout haut[1] :

Mais, au jour du Naziréen,
dernier-né de David depuis le pays d'Égypte,
si le sang de Jacob verse son propre sang,
s'il pèche à nouveau à la face de son Dieu,
alors Je ferai monter le Bélial depuis les abîmes,
et avec lui la troupe d'Assur au sein d'Israël !

Il y eut un moment de stupeur dont Philon profita pour déchiffrer le texte à son tour :

– C'est bien de l'hébreu, confirma-t-il, mais le dessin des lettres est plutôt archaïque. De l'hébreu ancien, sans doute, peut-être même d'avant l'Exil[2].

1. À l'origine, l'hébreu s'écrivait uniquement avec des consonnes. Seule la lecture à haute voix permettait de restituer les voyelles.

2. En 587 av. J.-C., Nabuchodonosor s'empare de Jérusalem et déporte une partie de sa population à Babylone : c'est l'Exil.

– Tu connais donc l'histoire des langues, l'Égyptien ?

– Contrairement à ce que vous imaginez, tribun, je suis loin d'être un soldat ou un guerrier. C'est aux études que je consacre le plus clair de mon temps.

– Des études, rétorqua le Romain, celui qui a écrit ces lignes a dû en faire, lui aussi...

Ézéchias se lissait nerveusement la barbe :

– C'est à cause de ce parchemin que vous nous interrogiez tout à l'heure sur un David ou sur un Jacob, n'est-ce pas ?

– Et comment ! La similitude n'est-elle pas évidente ? J'arrête ce garçon au matin, un meurtre se produit, et voilà que l'on découvre dans la bouche du mort un message obscur sur un inconnu venu d'Égypte qui verserait le sang de Jacob. C'est plus qu'il n'en faut...

– Vous faites fausse route, Julius, j'en suis persuadé. Pour moi, ce parchemin n'est rien d'autre qu'une prophétie.

– Une prophétie ?

– Oui. Sur l'arrivée du Messie.

Le tribun partit d'un vaste éclat de rire :

– Le Messie ! Ne me dites pas que vous croyez à ces sornettes ? Que vous êtes comme ces imbéciles que l'on ramasse dans les rues en train de...

– L'important n'est pas ce que je crois. Et je ne prétends pas non plus que ce texte soit authentique. Sauf erreur de ma part, il n'est d'ailleurs pas emprunté directement aux Livres.

Il interrogea Philon du regard.

– Ces phrases ne m'évoquent rien de précis, admit le jeune homme. Ni dans les écrits hébreux ni dans la traduction grecque qu'on utilise en Égypte... S'il s'agit de citations, elles ne sont probablement pas exactes.

– Dans ce cas alors, pourquoi parler de prophétie ? s'enquit Æmilius.

– À cause de tous ces termes, répondit le vieil homme. Le « jour du Naziréen », d'abord. Un naziréen est quelqu'un d'important chez nous, quelqu'un de très croyant qui voue son existence au Tout-Puissant. Ce n'est pas un prêtre, car il ne sert pas le Temple, mais il doit vivre au milieu des hommes dans une piété constante jusqu'à l'accomplissement de ses vœux. Certains voient dans les naziréens des prophètes, d'autres estiment que c'est parmi eux que se lèvera un jour le Sauveur. Le « jour du Naziréen » signifierait que ce moment est proche.

– Du moins les rebelles ont-ils tout intérêt à le faire croire…

– C'est aussi mon avis, tribun. Mais ce n'est pas tout. Depuis longtemps, il se dit dans le peuple que le Messie sera de la lignée de David, le plus grand roi que nous ayons jamais eu. Cette ascendance attribuée au Naziréen, « dernier-né de David », appuierait l'idée qu'il a été choisi par le Seigneur…

– Et qui est ce Jacob ?

– Ce Jacob, comme vous dites, était le petit-fils d'Abraham. C'est de lui que sont nées les douze tribus qui forment aujourd'hui Israël. Ainsi, « le sang de Jacob » désigne en réalité l'ensemble des juifs. Et par là même, ce sont tous les juifs qui sont mis en garde : s'ils continuent à vivre dans le péché, le Tout-Puissant leur enverra le Bélial pour les punir : *« … s'il pèche à nouveau à la face de son Dieu, alors Je ferai monter le Bélial depuis les abîmes… »* Le Bélial, autrement dit le démon. Ce type d'avertissement est assez courant dans les prophéties.

Par la fenêtre, Julius considéra un moment le Temple d'où montaient les premières fumées des sacrifices. Il semblait suivre une réflexion intérieure et son ton prit une nuance lointaine :

– Accepter la présence romaine, est-ce un péché aux yeux de ce genre de prophétie ?

Ézéchias n'eut aucune hésitation :

– Pour un juif, la présence de soldats étrangers à Jérusalem est nécessairement une souillure. D'une certaine manière, le texte y fait même allusion : Assur était autrefois la capitale des conquérants assyriens et « la troupe d'Assur » représente les envahisseurs. Des envahisseurs souvent associés au démon…

– Envahisseurs assyriens ou romains, cela ne fait pas grande différence, je suppose ?

Puis, comme si la réponse lui importait peu, il conclut pour lui-même :

– Oui, je le crois bien capable d'inventer un tel stratagème.

– Allons, Julius ! s'emporta Ézéchias. Vous ne pensez pas sérieusement que notre jeune ami, à peine arrivé d'Alexandrie…

Le tribun militaire se retourna. Toute trace d'indécision avait subitement disparu en lui :

– Ce n'est pas de l'Égyptien dont je parle. Même si je n'ai pas encore décidé à quel point il était lié à cette affaire et si je lui déconseille de se trouver à nouveau sur mon chemin. Non, c'est au chef des rebelles que je faisais allusion. Judas le Galiléen. Vous avez déjà entendu ce nom, bien sûr ?

– Il se… il se murmure ici ou là.

– C'est lui qui fédère les insurgés. Il est intelligent et rusé, et ce parchemin pourrait fort bien être une manœuvre de sa part. D'abord il assassine le pharisien pour provoquer la colère du peuple, ensuite il l'enflamme avec cette histoire de prophétie. Conjugué à la fête de la Pâque et à la foule des pèlerins… Je suis presque certain qu'ils vont tenter quelque chose. Ces jours-ci. Mais je saurai les accueillir, comptez sur moi.

– Cela n'explique pas comment il a pu entrer puis sortir de chez Jephté, objecta Ézéchias.

– Judas ne l'a peut-être pas tué de ses propres mains. Sans doute même le coupable est-il ce rebelle que nous avons débusqué dans le quartier des parfumeurs. Quant à la façon dont il a procédé…

Il se gratta le front.

– Il a pu bénéficier d'un complice à l'intérieur de la maison. L'esclave, par exemple.

– Mandou ? Il était attaché à son maître comme à son propre père !

– Ne soyez pas stupide, Ézéchias ! Un esclave est d'abord un esclave !

Après avoir un temps tergiversé, Philon se lança :

– Si je puis me permettre, tribun. Je ne suis pas très au fait de ce qui se passe ici, mais… Il me semble que si l'on avait voulu soulever Jérusalem, il aurait été plus simple d'écrire ce texte en araméen. L'araméen est la langue utilisée par le peuple, celle qu'il parle et qu'il lit le plus couramment, y compris ici, à Jérusalem. Au lieu de cela, l'hébreu des anciens est pratiqué seulement par un petit nombre, des scribes et des lettrés pour la plupart. De même, cette allusion à la « troupe d'Assur »… Il n'est pas certain que la majorité des fidèles la comprenne. Mettre en cause l'actuel… l'actuel occupant aurait été plus… plus sûr et plus logique.

Julius le toisa :

– Voilà exactement le genre de défense que prendrait à son compte Judas le Galiléen. Subtil et hypocrite. Mais continue, l'Égyptien, où veux-tu en venir ?

– Ma foi, je ne sais pas moi-même. Il me semble pourtant que cela vaut aussi pour ce pauvre Jephté. Je ne vois pas en quoi ces griffures et la façon dont on a mutilé son corps pourraient favoriser la cause des insurgés. Et puis… imaginez que l'on n'ait pas découvert le parchemin ? C'est un détour bien compliqué pour le porter à la connaissance du peuple !

– Dans ce cas, pourquoi cette mort et ce message, tu peux me le dire ? Pourquoi cette dénonciation des envahisseurs ? Pourquoi si près de la Pâque alors que les rebelles affûtent leurs armes ? Que faisait l'un d'entre eux justement ce matin dans le quartier des parfumeurs ? Tu voues peut-être ta vie à l'étude, mon garçon ; j'ai, moi, la responsabilité de cette ville. Or tout me laisse à penser que certains de tes amis ont décidé de me la prendre…

Lorsqu'ils purent finalement quitter la forteresse Antonia, l'heure des sacrifices était passée et le Temple se vidait de ses fidèles. Ézéchias proposa d'aller admirer les portes dorées, mais Philon se sentait épuisé par le voyage et les tumultes du jour. Il préféra rentrer pour s'étendre un peu, tandis qu'Ézéchias finissait de préparer son entrevue avec le procurateur de Rome.

En fait de repos, le jeune homme dormit six heures d'affilée.

À son réveil, la nuit était déjà tombée et son hôte demeurait invisible. Il sortit dans le jardin et trouva sous les amandiers de quoi étancher sa soif et rassasier sa faim. L'air était tiède, la clarté de la lune faisait jouer l'ombre des arbres dans l'eau pâle du bassin, et toute une famille de criquets chantait bruyamment.

Assez vite, ses pensées le ramenèrent aux événements de la journée. L'agression, le meurtre, les soupçons du tribun. Cette prophétie étrange, écrite à la manière des anciens. Les rebelles ? Julius croyait dur comme fer tenir là les coupables. C'était oublier qu'ils combattaient au nom du Tout-Puissant et que l'assassinat de Jephté, homme de sagesse et de foi, offensait gravement le ciel. Judas le Galiléen pouvait-il l'ignorer ? Et fonder ainsi sa guerre sainte sur un péché abominable ? Dans ce cas, la question de la pureté de Jérusalem ne serait qu'un subterfuge pour prendre le pouvoir.

Quant au contenu du parchemin lui-même... De mémoire, Philon passa en revue les prophètes du Livre, cherchant celui auquel le texte pourrait le mieux correspondre. Il connaissait bien les Écritures pour les avoir lues dès son plus jeune âge en hébreu comme en grec, puis pour les avoir étudiées à la synagogue de longues heures durant. La Bible avait conservé la prédication d'une vingtaine de ceux que l'on appelait aussi des nabis ou des inspirés : Samuel, Élie, Élisée, Isaïe, Jérémie, Ézéchiel, Osée, Joël, Amos, Abdias, Jonas, Michée, Nahum, Habacuc, Sophonie, Aggée, Zacharie, Malachie et Daniel. Le parchemin trouvé sur Jephté était d'un style rappelant l'écriture d'avant l'Exil, ce qui permettait d'éliminer tous les prophètes ayant vécu et professé *après* la déportation à Babylone. Notamment Abdias, Jérémie, Ézéchiel, Aggée, Joël, Zacharie, Jonas, Malachie et Daniel.

Par ailleurs, le message faisait référence aux conquérants d'Assur, ce qui impliquait que son auteur n'ait pas vécu antérieurement aux invasions assyriennes. Les plus anciens des nabis, Samuel, Élie et Élisée, n'avaient donc pu servir de modèle. Restaient sept prophètes, contemporains de la puissance des Assyriens, auxquels ce message pouvait faire référence : Amos, Osée, Isaïe, Michée, Nahum, Habacuc et Sophonie. Le jeune homme ne connaissait pas par cœur le détail de leurs prédications et il se promit d'y replonger le plus tôt possible. Avec l'espoir d'y trouver quoi ? Il n'en avait pas la moindre idée. Ce dont il était sûr, par contre, c'était de n'avoir jamais lu le passage en question dans aucun des livres sacrés.

Il en était à se demander si son hôte ne posséderait pas chez lui les rouleaux des prophètes lorsqu'il perçut comme un pas feutré ou un craquement de branches qui venait de la droite, et prit soudain conscience du silence qui l'enveloppait. Plus rien ne bougeait. Même les criquets ne chantaient plus… Il eut juste le temps d'apercevoir un reflet noir et déformé dans l'eau du bassin et il se jeta instinctivement sur le côté, entraînant la banquette dans sa chute. Avec un sifflement rageur, un objet brillant passa un demi-pouce à peine au-dessus de son visage. Puis il y eut un bruit de course effrénée. Philon redressa la tête et vit une forme sombre qui s'enfuyait vers le fond du jardin. Il lui emboîta le pas, mais trébucha aussitôt sur une jarre remplie de fleurs. Le temps qu'il se relève à nouveau et la forme avait disparu.

Il courut néanmoins dans la direction qu'elle avait suivie jusqu'à atteindre le mur qui entourait la propriété. Personne… À cet endroit, l'enceinte mesurait bien sept ou huit coudées de haut et, sans échelle, il n'y avait aucune chance de… Ses yeux s'accoutumant à l'obscurité, il distingua alors une petite porte, tout juste de la taille d'un homme. Il la poussa : elle était ouverte. Elle donnait sur une sorte de ruelle qui desservait l'arrière de plusieurs belles demeures. Un chemin pour les jardiniers ou les domestiques, peut-être. Il s'engagea au hasard dans la ruelle, et dut se rendre à l'évidence : elle était déserte.

L'homme avait réussi à s'échapper…

De retour dans le jardin, Philon inspecta les alentours du bassin et finit par découvrir, fiché dans le sol, le couteau qu'on lui destinait. Il eut d'abord un mouvement de surprise. La lame était légèrement courbe et effilée, mais surtout le manche en ivoire était sculpté de motifs géométriques qu'il reconnaissait sans la moindre hésitation. Ce poignard était identique à celui qu'il avait pris au rebelle le matin même dans l'écurie d'Hakeldamach ! Le poignard... L'arme des rebelles ! C'était donc eux qui l'avaient attaqué à deux reprises ! Le tribun Julius n'avait peut-être pas tort en leur imputant le meurtre de Jephté !

Il revint vers la maison en toute hâte pour informer Ézéchias de ces derniers rebondissements. La pénombre régnait d'un couloir à l'autre et il eut un peu de mal à retrouver l'aile ouest où le membre du Sanhédrin avait ses appartements. En sueur, essoufflé, en proie à une vive excitation, il ne vit pas tout de suite Nertari qui se précipitait vers lui, une torche à la main. Elle n'était vêtue que d'une tunique légère qui lui couvrait à peine le genou :

– Eh bien, que se passe-t-il ? chuchota-t-elle. Vous êtes perdu ?

– Je dois rencontrer Ézéchias, répondit Philon, c'est urgent.

– Je suis désolée, le maître vient juste de s'endormir. Il a travaillé tard et il doit partir demain à la première heure pour Césarée. Il a demandé qu'on ne le dérange pas.

– Il y a certaines choses dont je dois l'entretenir, c'est très important !

– Plus important que sa mission auprès du procurateur de Rome ? Une question de paix ou de guerre, ce sont ses propres paroles.

– Peut-être, mais...

– Je ne vous laisserai pas le réveiller, j'ai des ordres. Si vous désirez discuter avec lui, il faudra attendre demain.

Devant le regard buté de la jeune femme, Philon hésita à la repousser contre le mur et à forcer le passage. Ou bien à hurler le nom d'Ézéchias jusqu'à ce qu'il sorte. Finalement, il préféra ne pas insister. Il patienterait jusqu'à l'aube. Simplement, avant de faire demi-tour, il glissa à l'esclave :

– Faites-moi prévenir avant son départ, que j'aie un peu de temps pour lui parler. Et envoyez aussi quelqu'un vérifier les portes du jardin : celle du fond est restée ouverte.

Une fois dans sa chambre, Philon récupéra sous son lit la besace où il avait pris soin de cacher le premier couteau au manche d'ivoire. Il comptait le comparer à celui qu'il venait de ramasser.

C'est alors qu'il comprit : la besace était vide. Il n'y avait en réalité qu'une seule et même arme. Quelqu'un s'était introduit dans sa chambre et lui avait volé le poignard avant de s'en servir contre lui.

6.

La nuit fut agitée. Philon lutta contre le sommeil pour être sûr de ne pas manquer le départ d'Ézéchias, mais il finit par s'assoupir. Lorsqu'il ouvrit enfin les yeux, le soleil était déjà haut. Il s'habilla en toute hâte, noua le poignard du rebelle à l'intérieur de sa tunique et partit furieux à la recherche de Nertari. Plusieurs domestiques s'affairaient dans la demeure et il erra un moment avant de trouver la jeune esclave aux cuisines où elle donnait des ordres.

– Pourquoi ne m'avez-vous pas réveillé ?

Il l'attrapa par le poignet, elle se dégagea d'un geste brusque :

– Ne me touchez pas ! C'est le maître qui n'a pas voulu qu'on vous dérange. Il a dit que vous aviez besoin de repos et qu'il serait de retour au plus tard dans trois jours. Que d'ici là vous étiez ici comme chez vous. Il a dit aussi que l'enterrement de Jephté aurait lieu deux heures avant midi au cimetière de la porte des Moutons. Que vous pourriez vous y rendre si vous le souhaitiez.

– Mais il était indispensable que je lui parle ! Un homme m'a attaqué hier soir dans le jardin, avec un couteau ! Un couteau qu'il avait dérobé dans ma propre chambre !

Elle baissa à peine les yeux, comme si la nouvelle ne la surprenait guère.

– Un rôdeur s'est introduit dans la maison, en effet. Il a commis plusieurs vols, dont une fibule en or que le maître m'avait offerte. Je crois que vous aviez raison : l'un des serviteurs qui s'occupe du jardin avait laissé une porte ouverte. C'est par là sans doute que…

– Alors pourquoi m'avoir lancé ce poignard ?

– Je ne sais que vous répondre. Avec toute la violence de ces derniers jours… Peut-être qu'il s'est cru découvert et qu'il a pris peur ?

Sa voix tremblait légèrement et Philon eut l'intuition qu'elle mentait. Elle soutint cependant son regard avec un air de défi et le jeune homme comprit qu'il ne tirerait rien d'elle jusqu'au retour d'Ézéchias. Dorénavant, il devrait se méfier. Il se fit malgré tout indiquer l'emplacement de la synagogue des Alexandrins dans la vieille ville, ainsi que le chemin de la porte des Moutons. Puis il se retira dans sa chambre pour prendre une légère collation de fruits, de lait caillé et de galettes aux graines de térébinthe.

La journée s'annonçait particulièrement chaude…

Deux heures avant midi, Philon traversa la cité vers le nord. Dans les ruelles, la presse était de plus en plus sensible et le marché aux produits frais débordait de cris et d'agitation. Les vendeurs de grenades ou de vinaigre dilué faisaient des fortunes auprès des pèlerins assoiffés, tandis que les légionnaires tentaient d'encadrer la bousculade, notamment les enfants qui couraient en tous sens et lançaient des cailloux à la dérobée.

Philon laissa le Temple à sa droite, contourna la forteresse Antonia et rejoignit la procession mortuaire après avoir passé la fontaine aux Moutons, au-delà des murs. Plus tard seulement, il apprit que la communauté des pharisiens avait acheté l'une des grottes du versant du Cédron pour inhumer ceux de ses membres qui le désiraient. Ordinairement, Jephté aurait dû être enterré le jour même, mais le caractère exceptionnel des événements avait retardé la cérémonie. Ce qui n'empêchait pas cinq cents personnes au moins de suivre la litière sur laquelle reposait le cadavre, simplement enveloppé d'un linceul blanc. La coutume voulait que le défunt soit placé ainsi à l'intérieur de la grotte, le temps que les chairs se dessèchent et que l'on puisse rassembler ses os à l'intérieur d'un sarcophage de pierre. Au milieu des lamentations des pleureuses et des flûtes des musiciens, il était cependant difficile de deviner ce que chacun savait exactement des circonstances du décès. Apparemment, le chagrin et la douleur l'emportaient sur la colère ou la révolte : la plupart de ces gens devaient ignorer la vérité. Certains membres de la famille avaient déchiré leurs vêtements, quelques hommes s'étaient frotté le visage avec de la terre ou de la cendre. Beaucoup parmi eux portaient le signe distinctif des pharisiens, une bande bleue prolongée de franges au bas de leur tunique.

Philon remonta le cortège pour apercevoir Bethsabée. La jeune femme était portée sur une autre litière, un peu moins haute, et du voile qui lui couvrait le visage n'émergeaient que deux prunelles d'un noir flamboyant. Il n'aurait su dire si elle l'avait remarqué ou non. Durant la célébration, il observa attentivement les réactions de ses voisins, cherchant dans l'assemblée une silhouette qui lui rappellerait son agresseur de la veille ou tout autre indice qui le mettrait sur la piste du meurtrier. Sinon, pourquoi Ézéchias lui aurait-il conseillé d'assister aux funérailles ? Mais l'assistance avait l'air sincèrement éplorée, du moins si l'on exceptait les quatre légionnaires qui s'épongeaient abondamment entre deux soupirs accablés.

Enfin, après une nouvelle salve de chants et de prières, on roula une énorme pierre ronde pour obstruer l'entrée de la grotte. La procession commença alors à se disloquer.

Philon s'apprêtait à regagner la ville à son tour quand il vit s'approcher Mandou qui jetait des coups d'œil inquiets autour de lui :

– Ma maîtresse demande que vous veniez cet après-midi, murmura-t-il. Elle a besoin de vous.

– Cet après-midi ? Et son deuil ? Je ne voudrais pas…

– Elle s'arrangera pour être seule. Elle compte sur vous.

– C'est que…

L'esclave s'éloignait déjà.

Philon jugea la requête plutôt surprenante. D'un autre côté, il n'était pas mécontent de revoir la jeune femme. Et peut-être qu'il pourrait découvrir des choses utiles à son enquête ?

La synagogue des Alexandrins se situait dans la ville basse, à proximité de l'hippodrome que le roi Hérode avait fait construire au sud du Temple. Elle occupait un petit édifice où les pèlerins de la cité égyptienne pouvaient se réunir pour étudier la Torah, voire résider durant leur séjour. Par chance, Philon fut accueilli par celui qu'il venait voir :

– Abydélios, mon maître ! Je suis si heureux de vous trouver !

– Philon ? Philon, c'est bien toi ? Que le bonheur éclaire cette journée ! On m'avait dit que tu viendrais à Jérusalem, mais je n'espérais pas…

Ils s'étreignirent et le vieux rabbi écrasa une larme. Il avait eu pendant vingt-cinq ans la charge de la grande synagogue d'Alexandrie, et c'est lui qui avait enseigné à Philon presque tout ce que celui-ci savait des Écritures. Puis, l'âge venant, il avait souhaité s'installer à Jérusalem pour finir sa vie auprès du Temple. Aujourd'hui, il s'occupait de recevoir ses compatriotes lors des pèlerinages, de présider aux lectures saintes et, une fois par semaine, de faire l'école aux enfants du quartier.

– Tu es un homme, maintenant. Un grand et un bon juif, que le Seigneur m'entende ! Et ton frère, dis-moi ?

– Il est souffrant depuis quelques semaines, il m'a fait promettre de vous saluer.

– Quel garnement c'était ! Incapable de tenir en place ! Gentil sur le fond, un bon garçon. Moins doué que toi pour l'étude et le commentaire, c'est sûr. Et ton père ?

Le sujet était délicat, Abydélios le savait.

– Eh bien ! Nous nous croisons le moins souvent possible…

– Il n'a pas changé, hein ? Il veut que tu reprennes ses affaires ou que tu entres au service des Romains, c'est cela ? Les pères croient toujours être les meilleurs juges pour leurs fils. Il n'y a pourtant qu'un juge ici-bas. Mais toi, qu'as-tu décidé ?

– Je… J'hésite encore… J'ai suivi les leçons d'Arius Didyme ces deux dernières années. Grammaire, rhétorique, dialectique, géométrie… Mais c'est la philosophie qui m'a le plus intéressé. Surtout Platon et Aristote…

Les mille rides du vieux sage lui composèrent un air de reproche :

– Méfie-toi de tous ces païens, Philon. Au bout du compte, ils nous éloignent de la vérité.

– Je ne sais pas, rabbi. Il me semble que leur pensée s'inspire parfois des mêmes principes que... Je veux dire que la Bible n'est pas si éloignée d'une partie de leur système. Qu'ils ont pu y puiser des fondements pour...

– Bah ! Je ne veux même pas en entendre davantage. Et ton ami Memnos qui prétendait l'an passé que tu rejoindrais les thérapeutes [1] ! Quel drôle de religieux tu aurais fait avec les idées de ton Platon !

– J'ai songé un moment à me retirer chez les thérapeutes, c'est vrai. Je n'étais pas assez sûr de moi, cependant.

– Alors tu as bien agi. Celui qui se tourne vers le Tout-Puissant ne doit lui présenter que sa meilleure part. Mais je t'ennuie avec toutes ces questions. Parle-moi plutôt de ce voyage. Comment trouves-tu Jérusalem ? As-tu vu les portes dorées du Temple ?

– Pour être franc, j'ai manqué de temps depuis mon arrivée. Le hasard a voulu que je sois mêlé à cette affaire autour de la mort de Jephté. Vous le connaissiez peut-être ?

– Jephté ? Un haut dignitaire pharisien. Nous avons discuté ensemble une fois ou deux, rien de plus. Je crois que c'était un homme honnête et d'une foi scrupuleuse. Ce qui lui a valu quelques accrochages avec ceux du Temple. Lui et le grand prêtre Gad ne s'appréciaient guère...

– La vieille rivalité entre pharisiens et sadducéens ?

– Je ne suis là que depuis trois ans, tu sais. Mais au-delà des appartenances, je crois que leurs

1. Sorte d'ordre monastique juif menant une existence contemplative sur les bords du lac Maréotis, près d'Alexandrie.

personnalités s'accordaient mal. Il a… il a été tué par un fou furieux à ce qu'on raconte ?

– On l'a sauvagement assassiné, oui. Le meurtrier a réussi à s'enfuir et l'on n'en sait pas beaucoup plus. À part…

Philon balança avant de poursuivre. N'avait-il pas toute confiance dans le vieux rabbi ?

– On a découvert un morceau de parchemin sur le mort. Une sorte de prophétie.

Il récita :

Mais, au jour du Naziréen,
dernier-né de David depuis le pays d'Égypte,
si le sang de Jacob verse son propre sang,
s'il pèche à nouveau à la face de son Dieu,
alors Je ferai monter le Bélial depuis les abîmes,
et avec lui la troupe d'Assur au sein d'Israël !

– J'ajoute que j'ai pu voir ce parchemin. Il était en hébreu de l'ancien style. Cela pourrait-il correspondre d'après vous à un passage des Écritures ?

Abydélios ferma les yeux, comme toujours lorsqu'il faisait appel à son immense mémoire des textes.

– Non, finit-il par répondre. Ce ne sont pas des versets du Livre. Quoique certaines tournures… Une prophétie, dis-tu ? On peut penser aux rouleaux des prophètes, en effet. En tout cas, c'est ce qui s'en rapproche le plus.

– C'est aussi la raison de ma visite, rabbi. Je souhaiterais consulter ces rouleaux. Particulièrement ceux d'Amos, d'Isaïe, d'Osée, de Michée, de Nahum, d'Habacuc et de Sophonie.

Abydélios apprécia en connaisseur :

– Les sept prophètes de la période assyrienne, n'est-ce pas ? À cause de la ville d'Assur ? La déduction est assez bonne. Je me réjouis que tu aies l'esprit toujours aussi clair ! Viens, je vais te donner cela.

Ils traversèrent la grande salle de réunion, avec ses deux rangées de colonnes et ses banquettes poussées contre les murs, où une demi-douzaine d'hommes assis méditaient en silence sous leurs châles de prière. À son extrémité, une niche dans le mur avait permis d'installer un beau coffre sculpté à deux battants qui renfermait les exemplaires du Livre. À droite en hébreu, à gauche en grec. Abydélios choisit sept rouleaux dans la partie droite et conduisit Philon dans une pièce attenante, dotée d'une table inclinée pour faciliter la lecture.

– Prends ton temps, il y a plusieurs hôtes dont je dois m'occuper.

Philon se mit au travail. Il commença par le rouleau le plus épais, celui d'Isaïe, qui était aussi son nabi préféré. La force de sa prédication était telle, son verbe si puissant et sa poésie si rude que l'on croyait l'entendre tonner par-delà les siècles contre les juifs infidèles ou les chefs incapables. Puis il relut le livre d'Amos qui blâmait la corruption des riches et la misère des pauvres ; celui d'Osée qui comparait Israël à une femme adultère ; celui de Michée qui intentait un procès à son peuple au nom du Tout-Puissant ; celui de Sophonie qui annonçait la destruction de Jérusalem avant sa restauration future ; celui d'Habacuc, qui interrogeait le ciel sur les causes du châtiment divin ; et celui de Nahum, enfin, dont les feuilles de cuir enroulées avaient été plusieurs fois recousues, qui prédisait l'effondrement de l'Empire assyrien.

À l'issue de ce premier inventaire, Philon remarqua que sur les sept inspirés, cinq seulement évoquaient nommément la cité d'Assur : Osée, Isaïe, Michée,

Nahum et Sophonie. Selon toute vraisemblance, c'était donc l'un de ces cinq nabis que l'auteur du parchemin avait pris pour modèle. Mais il n'était pas facile de poursuivre le raisonnement plus loin : Isaïe faisait allusion à la descendance du roi David, Osée voyait monter d'Égypte le fils de Dieu, Michée mentionnait le crime de Jacob, Nahum mettait en garde contre le Bélial et Sophonie implorait le jour du Jugement... À moins que le meurtrier n'ait voulu imiter les cinq prophètes à la fois !

De plus, si Philon ressentait comme une familiarité entre le parchemin et ces textes, il était incapable de voir en quoi cela éclairait le meurtre de Jephté.

Aussi, lorsqu'il quitta la petite pièce pour restituer les rouleaux, Abydélios lui trouva la mine déconfite :

– Tu n'as pas obtenu ce que tu cherchais, mon fils ?

– Des confirmations, rabbi, mais aucune certitude. Ce message est en rapport étroit avec les prophètes, j'en suis convaincu. Sans doute Isaïe, Michée, Nahum, Osée ou Sophonie... Ou bien les cinq ensemble ! Ce n'est pas un hasard si...

Il avisa alors, dans la salle des colonnes, un dernier fidèle qui restait seul sous son châle de prière. Le jeune homme reprit, beaucoup plus bas :

– Ce n'est pas un hasard si l'assassin a déposé ce parchemin sur sa victime. Ce n'est pas un hasard non plus si ces mots et ces phrases ont été écrits à la manière des nabis. Tout cela doit avoir un sens particulier pour lui. Si nous parvenions à le découvrir...

Abydélios sourit. C'était bien le même garçon enthousiaste qui courait dix ans plus tôt à travers la synagogue d'Alexandrie pour lui soumettre l'interprétation d'un psaume qu'il venait juste de lire.

– Tu as oublié, mon fils ? Je te l'ai pourtant répété autrefois. Celui qui veut comprendre les inspirés doit l'être d'abord un peu lui-même…

Invisible sous le tissu, l'inconnu hocha la tête avec un rictus mauvais.

7.

En sortant de la synagogue des Alexandrins, la chaleur tomba comme un sac de pierres sur les épaules de Philon. Il se réfugia sous un figuier où un marchand ambulant vendait des lanières de poisson séché, des tranches de melon jaune et une boisson qui lui parut délicieusement fraîche, à base de lait de chèvre et de menthe sauvage. Il prit ensuite la direction du quartier des parfumeurs, se retournant à plusieurs reprises pour s'assurer qu'il n'était pas suivi. À proximité de la maison de Jephté, il fit semblant de s'intéresser aux onguents et aux flacons d'odeur que proposait une vieille femme dans sa minuscule échoppe. Tandis qu'elle lui vantait les vertus de ses huiles essentielles au jasmin ou à la cannelle, le brillant incomparable de ses fards au cinabre et à l'antimoine, Philon surveillait les alentours du coin de l'œil. Pas de Romains en vue. C'était aussi bien, car il ne tenait pas à tomber à nouveau entre les mains du tribun Julius. Pour finir, il acheta un baume au girofle, censé faire tomber la fièvre, cicatriser les blessures et, accessoirement, éloigner les mauvais esprits – toutes vertus dont Philon se dit qu'il aurait peut-être l'usage bientôt.

Puis il alla cogner à la porte de Jephté. Mandou lui ouvrit avec le même regard angoissé qu'il avait déjà aux funérailles de son maître.

– Vite !

Il attira Philon à l'intérieur et fit claquer le verrou. Il le conduisit ensuite jusqu'à la pièce de réception où Bethsabée attendait, allongée sur des coussins comme à leur première entrevue. À nouveau, le jeune homme fut frappé par la perfection de son visage, l'éclat noir de ses yeux, son teint admirablement cuivré, la détermination farouche qui émanait de ses traits.

Elle lui indiqua le siège face à elle :

– Asseyez-vous, je vous en prie. Merci d'être venu.

– J'avoue que votre invitation m'a un peu surpris.

Il avait prononcé ces mots mécaniquement, mais ce n'était pas exactement ce qu'il voulait dire. Il se rendit compte qu'il était intimidé.

– Je n'avais pas le choix, veuillez m'en excuser. Ainsi que je vous l'expliquais hier, je suis… je suis résolue à trouver celui qui a tué mon père. Quoi qu'il en coûte.

Sa voix reflétait une grande maîtrise, comme si des années durant elle avait appris à cacher ses émotions. Une conséquence de son infirmité ?

– Or je n'ai confiance en personne. Ni dans le Sanhédrin ni dans les autorités romaines.

– Je vous assure pourtant qu'Ézéchias s'est employé de toutes ses forces à…

– Ézéchias est parti à Césarée voir le procurateur Coponius. C'est de notoriété publique. De plus, il n'a aucun intérêt à froisser les gens du Temple : il est un de leurs plus gros fournisseurs. Il ne fera donc rien qui pourrait les contrarier vraiment.

– Et qu'est-ce qui pourrait contrarier les gens du Temple ?

– Que l'on découvre l'assassin de leur rival, le chef des pharisiens.

– Vous n'imaginez tout de même pas que les sadducéens ont quelque chose à voir avec ce crime ?

– Je n'ai aucune certitude. Je constate simplement que si quelqu'un doit être soulagé après la disparition de mon père, c'est bien le grand prêtre Gad. Il était sa cible principale.

– Il y avait des raisons à cela ?

– Gad a été nommé grand prêtre il y a cinq ans, du temps d'Archélaos. Il a tissé autour de lui un filet de corruption et de vénalité où se trouvent aujourd'hui prises la moitié des familles les plus riches de la ville. C'est d'ailleurs ce qui lui a permis de sauver sa place après la chute d'Archélaos. À plusieurs reprises, mon père l'avait accusé de confondre le trésor du Temple avec sa propre cassette. Il menaçait même d'en apporter la preuve.

– Cela ne justifierait pas ce… ce crime affreux.

– Peut-être que non. Cependant cela justifie pour Gad que l'on n'aille pas y fouiller de trop près. C'est le genre de choses qu'Ézéchias n'ignore pas, évidemment.

– Mais il n'y a pas que le Sanhédrin ! Les Romains s'emploient aussi à chercher le coupable. Et ils n'ont aucune raison de ménager les sadducéens !

– Ne croyez pas cela. Les Romains désirent avant tout maintenir l'ordre dans Jérusalem, et l'ordre passe d'abord par le Temple. Sans compter que le tribun Julius est obsédé par les rebelles. La mort de mon père devrait lui permettre d'obtenir plus facilement des renforts.

Philon dut reconnaître qu'elle avait raison :

– Trois mille soldats arriveront d'ici à demain, en effet. Julius s'attend à une manœuvre de Judas le Galiléen.

– Vous voyez ! Dans ces conditions, l'identité du meurtrier, je veux dire du « véritable » meurtrier, devient très secondaire. Je crains même…

Elle coula un regard subreptice vers Mandou qui se tenait toujours appuyé contre le chambranle de la porte.

– Je crains même que si les Romains et le Temple tombent d'accord pour incriminer les rebelles, ils ne prétendent que Mandou a été leur complice. Cela les arrangerait tous. Ils auraient à la fois le mobile, l'explication du crime et quelqu'un à qui le faire payer. Plus de révolte populaire, plus d'insinuations sur le grand prêtre.

L'esclave eut un geste d'impuissance et le jeune homme comprit son attitude inquiète depuis le matin.

– En supposant qu'ils ne veuillent pas chercher plus loin, ce dont je doute, commença Philon… Que pouvez-vous attendre de moi ? Je ne suis qu'un étranger ici, je n'ai aucun pouvoir, ni…

Bethsabée posa la main sur son genou et il sentit une drôle de chaleur l'envahir.

– Justement. Dès que vous êtes entré dans cette maison, j'ai senti que vous pouviez m'aider. Ne me demandez pas comment, il en a toujours été ainsi. Depuis toute petite, je devine ce que valent les gens. Et je me trompe rarement.

Il y avait dans son ton beaucoup d'assurance. Philon songea à ce qu'Ézéchias lui avait confié du malaise qu'il ressentait en présence de la jeune femme.

Elle poursuivit :

– Seul quelqu'un d'étranger aux intrigues des uns et des autres peut avoir assez de volonté pour y voir clair. Et pour aller jusqu'au bout.

– Mais qu'est-ce qui vous fait penser, bredouilla-t-il… Qu'est-ce qui vous fait penser que j'aurais, moi, cette volonté ? Je ne suis ici que pour fêter la Pâque et représenter mon frère qui n'a pu faire le voyage. Pour le reste…

– Allons !

Elle retira sa main et la douce chaleur s'envola comme par enchantement.

– N'êtes-vous pas impliqué dans ces événements depuis l'origine ? D'abord ce rebelle qui vous attaque, ensuite Ézéchias que l'on charge de l'enquête ; et puis cette pièce où nous sommes, où par hasard vous vous cachez. Il y a aussi l'enterrement auquel vous êtes venu ce matin ; mon invitation, qui vous paraît étrange, voire inconvenante… Et pourtant vous êtes là.

Philon se leva. Il avait brusquement besoin d'air et s'approcha de la fenêtre ouverte. Sans doute tous ces parfums que la vieille lui avait fait respirer. Bethsabée, elle, roulait et déroulait entre ses doigts l'une des mèches de cheveux bruns qui lui tombait sur l'épaule.

– Avant de vous décider, reprit-elle d'une voix très calme, il y a certains éléments concernant mon père que vous devriez connaître…

Comme il se taisait toujours, elle continua :

– Il avait… il avait changé ces derniers temps. Il devenait plus irritable, moins accessible. Lui d'ordinaire si affectueux, il était préoccupé. Lointain… Il rencontrait beaucoup de monde, aussi. À la maison ou au-dehors.

– Quel genre de personnes ? demanda Philon, soulagé de ne plus être au centre de la conversation.

– Du genre qui n'aime pas à être reconnu, le plus souvent. Ils montaient directement à l'étage et se gardaient bien de me saluer. J'entendais des voix étouffées, c'est tout. Mais Mandou vous confirmera que la plupart d'entre eux dissimulaient leur visage.

– Ils rendaient visite à votre père dans sa chambre ?

– En général, oui. C'est depuis cette époque qu'il s'enfermait à clé.

– Vous croyez qu'il avait peur ?

– J'en suis presque sûre. Une fois, j'ai surpris une conversation. C'était un matin très tôt, avec mon oncle Élie. L'oncle Élie est un vieil original qui vit à l'écart de la ville. Une sorte d'ermite. Mon père avait beaucoup d'estime pour lui, il était un peu son confident. D'après ce que j'ai compris, ils discutaient d'un texte qui aurait disparu ou qu'ils recherchaient. Un texte qui avait beaucoup d'importance à leurs yeux. De ce que j'ai pu saisir, il y était question d'un danger, d'une menace. De quelque chose de grave, en tout cas, qu'il fallait absolument combattre. Mon père était très énervé. Il n'a pas prononcé un mot du reste de la journée.

– Vous l'avez interrogé à ce sujet ?

– Il a toujours été très discret sur ses activités. D'autant que nous n'avions pas forcément les mêmes opinions.

– Et cela s'est produit quand ?

– Oh ! Il y a trois mois, peut-être. Oui, trois mois, juste après son retour de Qumrân.

– Qumrân ?

– La forteresse des esséniens, du côté de la mer Morte. Il s'y rendait en certaines occasions. Vous connaissez les esséniens ?

– J'ai fréquenté les thérapeutes à Alexandrie, leur communauté est très proche de celle des esséniens.

– Alors vous devez savoir que les esséniens ont rompu depuis longtemps avec le Temple et qu'ils rejettent son autorité. Ils se sont exilés dans le désert et s'organisent à leur manière. Mon père pensait que les pharisiens auraient tout à gagner en s'alliant avec eux. Qu'ils pourraient dénoncer ensemble les abus de certains prêtres.

– Ce qui s'est produit ?

– Je n'irai pas jusque-là. Les esséniens ont une conception de la religion assez particulière. Ils vivent repliés sur eux-mêmes, loin des préoccupations de Jérusalem. Les négociations étaient longues et imprévisibles. Mais si j'ai fait allusion à ce texte tout à l'heure, c'est pour une autre raison encore. Il s'est produit un incident hier. Les Romains ont envoyé un de leurs médecins pour examiner… pour examiner le corps. J'avais exigé que Mandou reste à proximité, afin de…

Pour la première fois, elle dut se reprendre, comme si elle luttait pied à pied pour ne pas être emportée par le chagrin.

– Enfin, vous comprenez… En l'auscultant, le médecin a fini par découvrir un étui avec un parchemin roulé à l'intérieur. Ce parchemin, Mandou a réussi à l'apercevoir. Selon lui, il y avait des mots écrits en tout petit, avec des lettres comme il n'en avait jamais vues. C'est bien cela, Mandou ?

L'esclave hocha la tête en silence.

– Vous croyez qu'il pourrait y avoir un rapport entre ce parchemin et le fameux texte dont parlaient l'oncle Élie et mon père ?

Philon sentit à nouveau la sueur perler à son front. Le parchemin… Impossible de révéler la vérité pour le moment. Ni ce qu'il avait lu ni ce qu'il en avait déduit. C'était trop tôt. Mais difficile de lui mentir aussi.

– Eh bien ! éluda-t-il. La question mérite en effet d'être posée. Pour cela, il faudrait interroger votre oncle Élie qui détient sans doute une partie de la réponse. Maintenant…

Changer de sujet, à tout prix…

– Maintenant, cela n'explique pas non plus que le meurtrier ait pu entrer chez vous et disparaître ainsi.

Une ombre passa sur le beau visage de Bethsabée :

– À l'enterrement, ce matin, certains invoquaient la magie noire ou la sorcellerie.

– Il n'y a pas de magie qui tienne, rétorqua Philon, d'une voix qu'il voulait assurée. L'assassin a trouvé un moyen qui nous échappe encore de commettre son crime, un point c'est tout. D'ailleurs, si vous le permettez, pourrais-je revoir la chambre de votre père ?

– Vous accepteriez donc de m'aider ?

Le jeune homme hésita :

– Ne suis-je pas... ne suis-je pas impliqué depuis l'origine ?

– C'est très généreux de votre part. Allez-y, je vous rejoins avec Mandou.

Débarrassée du cadavre, la chambre de Jephté paraissait plus dépouillée encore. La peau de chèvre sanglante avait été retirée et seule une tache sombre en demi-lune témoignait de l'atrocité du drame. Pour le reste, la natte de chanvre était toujours roulée dans le coin à droite, la table en bois portait ses deux bols et sa cruche, la lampe à huile était posée sur le rebord de l'unique fenêtre. Le tout exprimait la simplicité et l'ascétisme des pharisiens, du moins de ceux qui mettaient en pratique leur dogme de pureté et de détachement. Philon supposa que le corps de Jephté avait été emmené dans une autre pièce avant d'être lavé, enduit d'aromates et préparé pour les funérailles. Il se pouvait donc que l'endroit recèle encore quelques indices, si toutefois il y en avait jamais eu.

Il s'intéressa d'abord à la porte, dont les multiples éclats montraient à l'évidence qu'elle avait été enfoncée. Le verrou en fer béait lamentablement, la gâche était tordue vers l'intérieur, autant de signes qui confirmaient qu'on l'avait bien forcée depuis le couloir.

Philon se tourna vers Mandou qui gravissait l'escalier, Bethsabée dans ses bras :

– La porte a cédé facilement ?

– Je m'y suis repris trois fois. Le bois est plutôt solide.

Il posa délicatement la jeune femme sur la dernière marche, un coussin dans le dos.

– Et la clé ?

– Elle est tombée quand ça s'est ouvert. Vous voulez la voir ?

– Pas pour l'instant. Quoi qu'il en soit, si la clé était dans la serrure, l'assassin avait la possibilité de sortir par la porte. Or, visiblement, il ne l'a pas fait. À moins… Quelles sont les autres issues de la maison ?

Bethsabée fut la plus prompte :

– Il y a deux entrées. L'une qui donne sur la rue, l'autre sur le jardin.

– Toutes les deux fermées ?

– Oui. C'est Mandou qui s'en charge. Tous les soirs il met les verrous et range les clés dans un petit coffret qu'il y a sous l'escalier.

– Rien d'inhabituel de ce côté ?

– Rien, répondit la jeune femme. Et si c'est le sens de votre question, aucune clé ne manquait non plus.

– Il ne reste alors que la terrasse.

L'esclave fit non de la tête :

– Quand les nuits deviennent plus chaudes comme ces jours-ci, je dors sur la terrasse. Je peux jurer que personne n'a grimpé ici.

Le jeune homme ne fit aucun commentaire. Il avança simplement jusqu'à la fenêtre qui mesurait environ deux mains de largeur. Aucun adulte ni aucun enfant n'aurait pu s'introduire par là. Elle donnait sur la rue et, en se tordant le cou, on pouvait apercevoir l'échoppe de la vieille parfumeuse où il avait acheté son baume au girofle – qui, lui semblait-il, commençait à exhaler une odeur douceâtre. Il inspecta soigneusement l'ouverture et le mur, mais ne trouva aucune trace suspecte. Il se souvenait d'une histoire qu'on lui avait racontée à Alexandrie, un habile voleur qui utilisait des singes pour dévaliser les habitations. Il les avait dressés à grimper jusqu'aux fenêtres et à lui rapporter les objets de valeur. L'histoire était peut-être vraie. En revanche, on concevait mal un criminel apprenant à des singes à étrangler puis à lacérer leurs victimes !

Au passage, il remarqua que le réservoir de la lampe à huile, seule fantaisie du lieu avec sa forme étoilée, était plein à ras bord, et que les cinq mèches qui servaient à donner de la lumière étaient presque intactes.

– Vous avez touché à cette lampe ? lança-t-il à Mandou.

– Maître Ézéchias m'avait dit de ne rien bouger. J'attendais un peu pour remettre de l'ordre.

– Vous avez bien fait.

Philon s'approcha ensuite de la table. La cruche était presque vide et l'un des bols contenait un fond d'eau. Des récipients en pierre, songea-t-il, qui seuls garantissaient la pureté des liquides d'après les pharisiens. Si Jephté recevait des invités, ceux-ci ne venaient pas pour s'enivrer de boissons fortes.

Au pied de la table, le sol en argile séché avait absorbé une bonne partie du sang versé. Ne subsistait qu'une ombre brune en demi-cercle qui s'arrêtait net là où la peau de chèvre était autrefois posée. De l'autre côté, les coulures partaient en fines rigoles encore légèrement humides. Selon toute probabilité, une fois sa besogne achevée, l'assassin devait être couvert de sang. Comment s'était-il débrouillé alors pour éviter...

Le jeune homme se mit à quatre pattes et observa attentivement le sol. Il n'y avait aucune autre tache, sinon, à deux pas de l'entrée, une petite auréole de la taille d'une grosse pièce de monnaie. Et puis une autre encore, moins distincte, dans l'encoignure du mur, juste derrière la porte. Qu'est-ce que cela pouvait bien signifier ? Ces marques étaient-elles plus anciennes et sans rapport avec le crime ? À moins qu'elles n'aient été causées par le transport du cadavre ?

Tout cela le laissait pensif.

Il ressortit de la chambre, étudiant sous l'œil circonspect de Mandou la mosaïque du couloir. Aucune autre tache en forme de cercle n'était visible au sol. Dépité, il revint vers Bethsabée :

– Pourriez-vous m'expliquer comment s'est déroulée la soirée d'hier ?

Assise ainsi sur la marche d'escalier, les jambes repliées sous elle, le contraste était saisissant entre sa beauté, sa fragilité, la tragédie qu'elle avait vécue et sa force de caractère.

– Je vis à l'étage inférieur, vous l'aviez deviné, débuta-t-elle. Avant de me coucher, j'ai pris un bain dans la petite piscine que mon père a fait aménager pour moi à côté de la chambre. C'est l'une des seules choses qui me soulage et me permet de faire un peu d'exercice.

Elle sourit tristement :

– Et dans l'eau, je suis comme n'importe qui. À ce moment-là, Mandou était dans la cuisine où il s'occupait de changer l'une des briques du four. Je l'ai entendu taper avec son maillet à plusieurs reprises. Quand il a eu fini, il m'a portée jusqu'à ma couche et je me suis endormie.

– Il n'y a pas eu de cris ou d'éclats de voix ?

– Pas que je sache. Mais ma chambre est située à l'opposé de la maison.

– Et vous ? demanda-t-il à l'esclave.

– Après avoir laissé la maîtresse, répondit Mandou, j'ai fermé les deux portes et je suis monté.

– Vous êtes sûr d'avoir tourné les verrous ?

Il s'offusqua :

– Je fais ça tous les jours ! En plus, il y a de l'agitation ces temps-ci. Il faut être prudent ! Si seulement j'avais su…

Il s'en voulait, évidemment.

– Les clés, vous les avez déposées dans le coffret sous l'escalier ?

– Tout comme d'habitude, je vous l'ai dit !

– À l'étage, rien ne vous a semblé anormal ?

– Je me suis arrêté devant la chambre du maître. Il n'y avait aucun bruit, juste un peu de lumière sous la porte. J'ai pensé qu'il priait ou qu'il se reposait.

– Ensuite ?

– Je suis passé prendre ma natte et ma couverture. Je dors deux pièces plus loin que le maître, ça me permet d'entendre ses ordres quand il appelle. Après je suis allé sur la terrasse. Je me souviens que la lune était presque ronde et qu'on y voyait comme en plein jour.

– Aucune chance qu'un individu s'y soit caché, alors ?

– Je l'aurais vu. Et croyez-moi que…

Sa phrase resta en suspens. Philon avait le sentiment qu'il était sincère.

– Je vais quand même vérifier sur la terrasse, annonça-t-il.

Il traversa le couloir et monta les sept marches qui permettaient d'accéder au toit. Comme dans la plupart des demeures populaires de Judée, celui-ci était plat et conçu pour accueillir la famille aux beaux soirs d'été. On y mangeait, on s'y amusait, on s'apostrophait entre voisins – les terrasses n'étaient souvent distantes que d'une ou deux coudées d'une maison à l'autre –, on y dormait lorsque la chaleur devenait étouffante. Celle de Jephté ne faisait pas exception, mais le quartier étant un peu plus cossu que la moyenne, les habitations étaient moins serrées et bordées en partie par un jardin. La terrasse la plus proche se trouvait ainsi à six bonnes coudées, et sauter par-dessus tout ce vide et à cette hauteur représentait un réel danger. À moins de s'agripper avec les mains sur le rebord d'en face, ce qui supposait d'être un acrobate confirmé. De plus, si beaucoup de demeures disposaient d'un escalier à l'extérieur pour faciliter les allées et venues, ce n'était pas le cas de celle-ci – à cause de l'infirmité de Bethsabée ? Si l'on ajoutait à cela que Mandou n'avait rien remarqué d'étrange sur la terrasse... De quelque manière que l'on tourne le problème, le meurtrier avait donc dû passer par l'intérieur de la maison. Ce qui laissait le mystère entier.

C'est alors qu'un détail attira l'attention du jeune homme. Une empreinte. Une empreinte dans la rigole des eaux de pluie, juste au bas du petit parapet, là où les deux toitures étaient les moins espacées. Une empreinte bien nette, au milieu de résidus de terre. Une empreinte de la taille d'une grosse pièce de monnaie. Une image, instantanément, s'imposa à l'esprit de Philon. L'image des pèlerins qu'il avait croisés la veille sur la route d'Hébron à Jérusalem. La majorité d'entre eux allaient à pied et s'aidaient d'un bâton pour avancer. Puis une autre image, presque aussitôt. Celle des jeunes athlètes qui s'entraînaient dans le grand gymnase d'Alexandrie. Brutalement, tout devint clair.

Il se précipita sur l'esclave et la jeune femme qui arrivaient à peine.

– Cette maison en face, à qui appartient-elle ?

– Elle est vide depuis quelques semaines, fit Bethsabée. Pourquoi ?

– Il me faudrait une planche. Une planche solide, d'au moins six coudées de long. Vous auriez ça ?

Mandou se mit à genoux pour installer sa maîtresse le plus confortablement possible.

– Une planche ? répéta-t-elle. Peut-être chez Yoël, le menuisier. Son atelier est à deux rues d'ici. Mandou pourrait...

– Oui, oui, il me la faut tout de suite.

Ils comprirent à son air que le jeune homme ne plaisantait pas. Mandou se rua dans l'escalier.

– Vous avez découvert quelque chose ? demanda Bethsabée en ajustant son voile pour se protéger de la réverbération.

– Peut-être... Enfin, une supposition. Mais qui résoudrait tout.

– C'est-à-dire ?

Il s'assit en tailleur à côté d'elle :

– Pouvez-vous garantir la fidélité de Mandou ?

– Mon père a voulu l'affranchir à plusieurs reprises. Il a toujours refusé.

– Alors si Mandou est innocent, je pense que...

Il scruta les terrasses voisines pour être sûr qu'on ne les espionnait pas. Mais le soleil frappait fort et elles étaient encore désertes.

– Le meurtrier n'a eu aucune difficulté à pénétrer chez vous. Son inquiétude a été plutôt d'en sortir.

– Pardon ?

– Votre père connaissait son assassin, j'en suis convaincu. C'est lui qui l'a fait entrer dans la maison. Probablement lorsque vous étiez à votre bain et que Mandou s'activait dans la cuisine. Cela n'aurait rien de surprenant, d'ailleurs, puisqu'il avait l'habitude de recevoir. Ensuite... Je suis désolé, je n'ai aucune explication pour le meurtre lui-même. Je présume simplement que lorsque Mandou est monté, Jephté était déjà mort. La lampe de sa chambre était encore remplie d'huile ce matin et les mèches n'avaient pratiquement pas brûlé... C'est le signe que le meurtrier a éteint très tôt, sans doute pour faire croire que votre père dormait et ne voulait pas être dérangé. Pour le reste, je ne sais pas vraiment comment il comptait s'enfuir. J'imagine que dans la nuit il a dû redescendre, mais qu'il a trouvé les deux portes closes et qu'il n'a pas su où chercher les clés. Entre parenthèses, cela pourrait signifier qu'il ne faisait pas partie de vos familiers. Logiquement, il a dû essayer aussi par le toit. Mais là, Mandou lui barrait le passage. Et puis la terrasse est tout de même à dix coudées du sol ! D'une certaine manière, il était pris au piège.

La jeune femme frissonna :

– Il aurait pu... il aurait pu nous tuer.

– Non. Je suis persuadé que c'est uniquement à votre père qu'il en voulait. Et surtout, il a eu une autre idée pour se tirer d'affaire : il est retourné dans la chambre, il a verrouillé la porte et il a attendu.

– Il a attendu ?

– Je ne vois que cette solution. Il a misé sur le fait qu'il n'y avait personne à l'étage à part votre esclave et qu'il vous était impossible à vous d'y venir seule. Il était donc sûr qu'à un moment ou à un autre Mandou redescendrait, laissant la voie libre vers la terrasse. Soit pour vaquer à ses occupations s'il ne s'apercevait de rien, soit pour vous alerter s'il remarquait quelque chose. Dans les deux cas, notre homme aurait eu le temps de se réfugier sur le toit.

– Mais... Ce n'est pas du tout ce qui s'est produit ! Quand Mandou s'est rendu compte que mon père ne répondait pas, il a pris peur et il a cherché aussitôt à forcer la porte. Sans même me prévenir ! Et pourtant, lorsqu'il l'a ouverte, l'assassin n'était déjà plus là !

– Si, justement ! L'assassin était toujours dans la chambre ! En entendant les coups sur l'huisserie, il a eu le réflexe de se cacher derrière la porte. Lorsque celle-ci a cassé, Mandou a dû être horrifié par le spectacle. Il a peut-être fait un pas ou deux en avant, certainement pas plus. Surtout il n'est pas allé vérifier si quelqu'un se dissimulait dans le coin du mur, derrière le battant ! Ensuite, il s'est dépêché d'aller vous avertir à l'étage inférieur. Le meurtrier pouvait donc s'enfuir.

– Mais vous disiez vous-même que la terrasse...

– Sauter sur l'autre toit était périlleux, en effet. Cependant, il n'avait pas le choix. Et qui plus est, je crois qu'il s'est aidé d'un bâton. J'ai assisté à ce genre d'exercice sur les stades d'Alexandrie. Un coureur qui s'élance en s'appuyant sur une sorte de canne ou de perche pour franchir un obstacle ou une corde tendue. Cela permet d'aller plus haut et plus loin. Vous comprenez l'intérêt, ici.

– Cela paraît extraordinaire !

– C'est la raison pour laquelle les Romains n'ont rien soupçonné. Et je peux prouver ce que j'avance.

Dans la chambre de votre père, il y a deux marques rondes sur le sol, de la taille d'une grosse pièce d'argent. L'une non loin de la table, l'autre derrière la porte. Peut-être le meurtrier avait-il posé son bâton dans un coin de la pièce ? Quand Mandou a pesé sur l'huisserie, l'homme s'est dit que son bâton risquait fort de le trahir. Il l'a récupéré, mais dans l'affolement, il a pu toucher le sang de sa victime. D'où les deux traces, dont l'une derrière le battant de la porte. Là où il se tenait lorsque Mandou a ouvert.

Philon crut déceler une lueur d'admiration dans le regard de Bethsabée. Encouragé, il poursuivit :

– Bien sûr, je n'ai pas compris tout de suite de quoi il s'agissait. C'est tout à l'heure, au bord du toit… – il montrait le petit parapet, à l'opposé de la terrasse : – Il y a exactement le même type de trace. Une empreinte circulaire dans la rigole qui sert à l'évacuation des eaux. Comme s'il avait pris appui sur le bâton pour prendre son élan et bondir jusqu'à la maison d'en face. Si vous m'assurez en plus qu'elle est inhabitée.

– La famille qui l'occupait est partie il y a cinq mois pour la Décapole.

– Alors le meurtrier a eu de la chance. Ou bien c'est qu'il avait prémédité son affaire.

À cet instant, il y eut du mouvement dans l'escalier et Mandou déboucha sur le toit, suant et soufflant sous le poids de la planche qu'il rapportait.

– Qu'allez-vous faire ? interrogea Bethsabée.

– En avoir le cœur net.

Les deux hommes se dirigèrent vers l'extrémité de la terrasse et ajustèrent la planche entre les deux toitures pour former une sorte de passerelle. Philon monta sur la bordure, avança prudemment sur le pont de fortune, un pied, puis l'autre… Le bois avait l'air de tenir bon. Il s'engagea franchement et en trois enjambées se retrouva au sommet de la maison voisine. Mandou s'apprêtait à le suivre, mais Philon l'arrêta :

– Non, lui intima-t-il. On ne peut pas laisser Bethsabée sans surveillance. Restez avec elle, je n'en ai pas pour longtemps.

L'esclave obéit sans difficulté.

Philon embrassa alors la terrasse du regard. Elle était presque identique à celle qu'il venait de quitter, sinon qu'elle disposait dans la partie sud d'un escalier extérieur. Fébrile, le jeune homme traversa le toit et dévala la succession de marches qui couraient le long du mur pour descendre jusqu'au jardin. L'endroit était silencieux. L'absence des propriétaires se notait au désordre végétal. Des feuilles encombraient l'allée, les mauvaises herbes s'attaquaient aux quelques massifs de fleurs en piteux état, de l'eau sale et jaunie stagnait dans un petit bassin. Chaque demeure était séparée de la voisine par une haie de buissons et d'arbustes plus ou moins hauts et plus ou moins denses. Il devait être assez facile de passer d'un jardin à l'autre si l'on ne craignait pas de s'écorcher un peu les mains. Côté ruelle, un treillage de branches fines interdisait le passage.

Soudain, une tache blanche au pied d'un arbousier éveilla l'intérêt de Philon. Dans la partie la plus touffue de la haie, roulée en boule entre deux racines, il retira une sorte de cape d'un tissage grossier. Il la déplia avec précaution ; elle était maculée de sang. Le sang de Jephté, bien sûr. C'est de cette manière que l'assassin s'était protégé tandis qu'il s'acharnait sur sa victime. Et ce n'était pas tout. Glissé à terre sous le feuillage, l'Égyptien dégagea aussi un bâton taillé. Un bâton à la fois souple et solide, de la hauteur d'un homme. La preuve irréfutable que tout s'était déroulé comme il l'avait imaginé.

Philon s'accroupit pour observer la clôture. Sur la droite, l'alignement de buissons semblait moins dense et plusieurs tiges paraissaient avoir été brisées comme si l'on avait élargi une trouée. Effectivement, à la place du meurtrier, c'est à cet endroit qu'il serait passé. Il prit le bâton pour écarter les feuilles et les épines et se faufila en rampant à travers la haie.

Un autre jardin, pas vraiment mieux entretenu que le précédent. Des outils, des chutes de bois et de poterie laissaient deviner cependant que la maison était occupée. Il alla frapper à la porte de derrière, imaginant un prétexte quelconque, mais personne ne répondit. L'heure des sacrifices approchait, beaucoup de gens du quartier se rendaient au Temple. Pourtant, se dit-il, quelqu'un dans le voisinage avait bien dû remarquer quelque chose ! Un inconnu qui surgissait de nulle part et qui traversait les jardins... On avait pu en parler, s'inquiéter, surtout après le meurtre de Jephté. Les Romains avaient-ils seulement pensé à interroger les habitants les plus proches ? Et ensuite, qu'avait fait l'assassin ? Avait-il franchi une nouvelle clôture ? Philon considéra l'agencement de buis, d'arbousiers, de lauriers-roses sauvages, plus ou moins inextricable selon les endroits. Il y avait là aussi, à l'évidence, moyen de se glisser. Côté ruelle, un enchevêtrement de petites planches avait été disposé pour faire obstacle et renforcer la haie. Il en écarta quelques-unes sans grand effort. Une autre issue possible... Le meurtrier n'avait eu que l'embarras du choix !

Après réflexion, le jeune homme se décida finalement pour la rue. Toujours à l'aide de son bâton – mais pourquoi l'assassin l'avait-il donc abandonné ? – il se fraya un chemin jusqu'à l'extérieur, parmi les racines et le feuillage. Tout était calme, aucun passant pour lui adresser la moindre remarque. La venelle était en réalité une voie secondaire qui prenait dans la rue principale, là où commençait seulement le quartier des parfumeurs ; ici encore, l'assassin avait eu de la chance.

Philon s'épousseta. Il n'avait que quelques égratignures et quelques brindilles dans les cheveux. Avant de retourner chez Bethsabée, il résolut de pousser jusqu'à la maison suivante. Qui sait si le meurtrier ne s'y était pas introduit aussi par la clôture ? Il agita le petit heurtoir en bois sur la porte. Au bout d'un moment, un jeune homme d'une vingtaine d'années lui ouvrit :

– Oui ?

– Pardonnez-moi de vous déranger. Je suis envoyé par le Sanhédrin à propos de la mort de Jephté. Votre voisin…

L'autre fit signe qu'il comprenait.

– Vous savez sans doute que l'on n'a pas retrouvé le criminel ? Eh bien nous avons de bonnes raisons de penser qu'il aurait pu s'enfuir par les jardins. Et nous aurions souhaité vous poser quelques questions à ce sujet.

Son interlocuteur le jaugea des pieds à la tête, s'attardant même sur le bâton. Il hésita visiblement avant de répondre :

– Venez. Mon cousin pourra peut-être vous renseigner.

Il le fit entrer dans le couloir et Philon reconnut le même type d'architecture que dans la demeure du pharisien : l'escalier qui montait à l'étage, les pièces qui se distribuaient autour. Sinon qu'ici l'intérieur semblait plus négligé : pas de tapis au mur, pas de mosaïque, aucun souci de décor. Dans son dos, la porte claqua et il ne put s'empêcher de sursauter. Il eut alors la sensation que le plafond s'abattait sur sa tête et que le sol se rapprochait à une vitesse vertigineuse. Puis tout devint noir.

8.

Le girofle. Il y avait une odeur écœurante de girofle et de graisse un peu rance. Philon ouvrit les yeux. L'odeur venait de lui. Il voulut toucher le petit pot à baume dans sa tunique mais il avait les mains attachées. Les pieds aussi, d'ailleurs. La maison, le jeune homme hésitant, la porte qui claque, tout lui revint d'un coup. On l'avait assommé. Violemment. L'arrière de sa tête le lançait, son cou avait dû gonfler et ses oreilles bourdonnaient comme une ruche affolée.

Autour de lui, il faisait sombre. Il était allongé contre un mur, dans une pièce apparemment vide, dont la fenêtre était voilée par un treillis. Il se rendit compte qu'il avait terriblement soif. Combien de temps était-il resté ainsi ? À en juger par les éclats de lumière qui filtraient, on était encore le matin. Il avait dû perdre connaissance tout l'après-midi et toute la nuit.

Et cette maison, à qui appartenait-elle ? À l'assassin de Jephté ? Cela expliquerait qu'il ait pu s'échapper sans que personne l'aperçoive. Il se trouvait à trois jardins à peine de sa victime ! Mais dans ce cas alors, pourquoi ne pas s'être débarrassé de Philon ? Pour l'interroger ? Pour savoir ce qu'il avait dit aux Romains ? Ce qu'il avait découvert sur la prophétie ? D'après Bethsabée, son père s'intéressait à un texte mystérieux de la plus haute importance. S'agissait-il du parchemin plié dans le tefillin ? Était-ce ce même parchemin qui avait provoqué sa mort ? Quelle menace pouvaient bien représenter cinq ou six versets imités des nabis ? Il était si loin le temps d'Assur !

Toutes ces questions lui faisaient la tête plus lourde et plus embrouillée encore.

C'est alors que le visage de Bethsabée se pencha sur lui. Elle lui caressa doucement les cheveux et passa sa main sur sa nuque endolorie. Elle était belle, ses grands yeux noirs le regardaient avec infiniment de tendresse. Elle lui souriait. Même si le jeune homme ne comprenait pas vraiment comment elle avait pu arriver là, il se sentait beaucoup mieux. Il était sauvé. Elle approcha ses lèvres de son oreille et se mit à lui chanter un très vieil air en hébreu : « Comme le raisin sur la vigne, comme l'épi sur le champ, le ruisseau sur la colline, l'homme revient en Canaan… » Apaisé, il se laissa bercer un moment en s'enivrant de son parfum.

Mais tout à coup, son ton se fit plus dur. Elle lui mordit la joue et la blancheur de son voile devint aveuglante.

– Réveille-toi !

Philon cligna des yeux, ébloui par les rayons du soleil, une douleur cuisante à la tempe.

– Allez, redresse-toi !

Il obéit et crut qu'on cherchait à lui arracher la tête. Il gémit tout en battant des paupières, sur le point de s'évanouir encore. Puis le sang irrigua à nouveau ses veines et il commença lentement à distinguer des formes. C'était la même pièce, mais la fenêtre n'était plus obstruée. Il y avait quatre hommes, dont celui qui venait de le gifler, une sorte de géant roux à la crinière et à la barbe hirsutes, plus haut et plus large que tous les lutteurs du gymnase d'Alexandrie. Derrière lui, le jeune homme hésitant qui lui avait ouvert la veille côtoyait un genre de guerrier, harnaché de protections de cuir et arborant deux épées à la ceinture. Plus en retrait, un individu d'âge moyen, dont le visage énergique révélait la sensibilité et l'intelligence. Philon eut le vague sentiment de l'avoir croisé quelque part.

Le géant leva le poing très haut :

– Crevure ! Je sais pas ce qui me retient de… Où est Samuel ?

– Samuel ? Je… Qui est Samuel ?

– Vous voyez ? J'étais sûr qu'il parlerait pas ! Laissez-moi lui rafraîchir la mémoire.

Il s'apprêtait à le frapper quand celui qui portait les deux épées s'interposa.

– Attends ! Quel est ton nom ?

– Philon.

– Philon…

Il s'accroupit à ses côtés et l'aida à se caler contre le mur avec une sollicitude exagérée.

– Écoute-moi bien, Philon. Le Samuel dont on te parle, c'est le frère de mon ami, là.

Il désignait le colosse dont les yeux lançaient des éclairs.

– Si tu ne nous racontes pas ce qu'on veut savoir, c'est lui qui va poser les questions. Je te préviens, quand il en a après quelqu'un, même moi je ne pourrais pas l'arrêter. Alors tu vas nous avouer gentiment ce que tu as fait de Samuel.

Philon cherchait désespérément à reprendre ses esprits. Il voyait toute la scène à travers une sorte de brouillard mouvant, incapable de comprendre qui étaient ces hommes et ce qu'ils lui voulaient. Était-il toujours en train de rêver ? Ces brûlures dans la tête et la nuque… Non, cela n'avait rien d'un rêve. Samuel… Il y avait bien un Samuel à l'académie d'Arius Didyme, là où il apprenait la philosophie. Mais quel rapport ?

– Je…

Sa bouche était pâteuse et il manquait de salive.

– Je ne comprends pas quel Samuel…

– D'accord. Peut-être que ceci…

Le guerrier agita sous son nez une lame qui avait surgi de sa main comme par magie. Le couteau à manche d'ivoire du rebelle.

– On a dégoté ce poignard dans ta tunique. C'est le poignard de Samuel.

Le poignard de Samuel. Les insurgés ! Évidemment ! Il était tombé dans un repaire d'insurgés ! Comment ne l'avait-il pas compris plus tôt ?

– Ce couteau, bredouilla-t-il. Je peux tout expliquer. J'ai… j'ai soif.

– La vermine, lâcha le géant, tout prêt à lui fracasser le crâne de son poing gigantesque. C'est ton sang que je vais te faire boire !

Le guerrier se releva, obligeant le frère de Samuel à reculer une fois de plus. Soif ou pas, Philon supposa qu'on ne lui offrirait pas de troisième chance. Lentement, péniblement, il se mit à relater ce qui s'était produit dans l'écurie d'Hakeldamach : l'inconnu qui s'était jeté sur lui, leur lutte, la blessure à la jambe, les soldats, le cheval… le poignard. Au fur et à mesure de son récit, il lui semblait que son cerveau fonctionnait un peu mieux et que la tension retombait légèrement dans la pièce.

– Tu dis qu'il a pu s'enfuir, grogna le colosse, la mine incertaine. Mais qu'est-ce qui nous oblige à te croire ? Pourquoi tu l'aurais pas tout simplement donné aux soldats ? Parce que nous, on t'a vu avec les Romains.

– Si la légion avait capturé votre frère, rétorqua Philon, elle l'aurait fait savoir. Ne serait-ce que pour l'exemple.

L'argument parut toucher.

– Dans ce cas... Mon frère, il est où maintenant ?

– Je ne peux pas vous répondre, je regrette. S'il est parvenu à rester en croupe, il a pu se réfugier n'importe où.

– Et qu'est-ce que tu fabriquais hier chez Jephté ? demanda le guerrier.

Les rebelles surveillaient la rue, bien sûr.

– En fait... Je réside chez Ézéchias, celui qui est membre du Sanhédrin.

Au nom d'Ézéchias, Philon perçut comme une sorte de flottement, sans pouvoir l'interpréter en bien ou en mal. Il poursuivit néanmoins :

– J'avais suivi Ézéchias chez Jephté, juste après la découverte du corps. Il se trouve qu'hier, au moment des funérailles, sa fille m'a prié de venir la voir pour me demander conseil.

Les trois rebelles se tournèrent vers le quatrième homme, resté impassible durant l'interrogatoire. Comme s'ils attendaient une sentence.

– Apportez de la bière, déclara-t-il au bout d'un moment. Avec du pain et des fruits. Et laissez-nous seuls.

Les autres s'exécutèrent sans un mot, le plus jeune revenant l'instant d'après avec ce qui lui avait été commandé. Sur un geste de son chef, il saisit aussi le poignard et coupa les liens qui entravaient Philon. Celui-ci se jeta gloutonnement sur le pot de bière et la miche de pain, sans se soucier du regard de son hôte. Plus tard, il réfléchirait plus tard...

Lorsqu'il se fut un peu restauré, Philon observa l'homme à son tour. Il se tenait debout, négligemment appuyé sur le bâton qu'avait utilisé le meurtrier de Jephté pour s'enfuir. Se pouvait-il que ce soit lui qui…

Toujours silencieux, le chef des rebelles s'approcha. Sa démarche montrait autant de force que de souplesse. Il avait les traits hâlés par le soleil, une barbe bien entretenue et les cheveux attachés en arrière. Sans se hâter, il se pencha sur Philon comme pour inspecter sa tunique. Le jeune homme eut subitement honte de l'odeur de vieux mouton et de girofle éventé qui s'en dégageait. L'autre hocha la tête avant de lui tendre la main :

– Je m'appelle Judas. Judas le Galiléen.

Interloqué, Philon hocha la tête à son tour :

– J'ai… j'ai entendu parler de vous.

– Je vous présente toutes mes excuses pour la manière dont mes hommes se sont comportés. Mais… la ville est pleine de pièges ces temps-ci. Samuel a disparu, Jephté a été assassiné.

– Vous voulez dire que Jephté…

– Jephté était l'un de nos principaux soutiens, oui. C'est lui qui a payé cette maison et qui l'a mise à notre disposition. Elle nous permettait de nous rencontrer discrètement et de discuter ensemble de nos projets. Jérusalem est la clé du soulèvement. Si Jérusalem nous suit, tous les juifs nous suivront.

– C'est… c'est donc vous qui rendiez visite à Jephté à l'insu de sa fille ?

– Sa santé s'était dégradée ces dernières semaines. Il était plus sage que je me déplace.

À le voir ainsi, tranquillement appuyé sur ce bâton, Philon fut pris de vertige. C'était bien Judas le

Galiléen le mystérieux visiteur de Jephté ! Le tribun Julius ne s'était pas trompé !

– Mais il y a trois nuits... C'est aussi vous qui...

– Vous pensez que je pourrais l'avoir tué, c'est ça ?

Le rebelle sourit et son visage s'éclaira furtivement. Ce visage... Où Philon avait-il déjà pu l'entrevoir ?

– Outre qu'il s'agirait d'un crime impardonnable, continua-t-il, et d'un péché horrible de surcroît, ç'aurait été le meilleur moyen d'attirer l'attention des Romains sur nous. C'est ce qui s'est produit d'ailleurs, et je crains qu'il ne nous faille bientôt abandonner cette cachette. Il y a beaucoup trop de soldats dans le quartier. Quant à moi, si cela peut vous rassurer, j'ai passé les cinq derniers jours à Béthel, afin de veiller à l'entraînement de mes hommes. Je suis de retour à Jérusalem depuis ce matin. À point nommé pour vous, à ce qu'il semble.

– Et vous auriez la moindre idée sur l'auteur de ce crime ?

– Les Romains avaient plus d'une raison d'éliminer Jephté. Le chef des pharisiens complotant avec le chef des rebelles. Vous imaginez !

– Vous supposez donc que le tribun Julius était au courant ?

– Julius ? Je ne sais pas. Mais tout finit toujours par s'ébruiter. De plus, cette sordide mise en scène lui a permis d'obtenir les renforts qu'il réclamait.

– Vous avez vu cela aussi.

– Deux mille hommes sont en train de prendre position dans la ville. Il faudrait être aveugle pour ne pas les voir.

Sans doute Philon aurait-il été mieux avisé de se taire, mais le pot de bière qu'il venait de vider lui donnait toutes les audaces :

– Avez-vous eu connaissance lors de vos conversations d'un texte qui aurait particulièrement tenu à cœur à Jephté ? Un texte disparu ou qu'il aurait entrepris de rechercher ?

La surprise de Judas ne lui parut pas feinte :

– Un texte ? Quel genre de texte ?

Philon expliqua brièvement ce que l'on avait découvert dans la bouche du mort. Il espérait que le Galiléen aurait pu recueillir une confidence ou saisir une allusion à propos du parchemin. Apparemment, il n'en était rien :

– « Le jour du Naziréen, répéta le rebelle, songeur. La troupe d'Assur »... C'est peut-être un signe.

– Un signe ?

– Le Très-Haut ne pourra tolérer longtemps l'occupation de Son sanctuaire, n'est-ce pas ? Eh bien, ce que les juifs ont laissé faire, c'est aux juifs de le défaire. Il suffit que l'un d'entre nous se lève...

– Ces versets seraient donc en faveur de la révolte ?

Le regard de Judas brillait d'un éclat nouveau. Qui sait s'il ne se figurait pas lui-même dans le rôle du Naziréen ?

– Notre révolte est celle du Seigneur, murmura-t-il. Il ne saurait en être autrement.

Philon posa la question qui lui brûlait les lèvres :

– Vous allez vaincre les Romains ?

– Dans ce monde-ci, je l'ignore. Ce dont je suis sûr, c'est qu'accepter la soumission de Jérusalem, c'est rompre avec ce que nous sommes. C'est accepter la mort de notre foi et celle de notre peuple. Vous venez d'Égypte, avez-vous dit. Regardez comment sont les nôtres là-bas. Ils mangent comme les Romains, ils s'habillent comme les Romains, ils travaillent comme les Romains. Bientôt, ils penseront comme les Romains. Avant de finir un jour par croire comme eux.

C'est la raison pour laquelle nous n'avons pas d'autre choix : il faut se rebeller aujourd'hui. Demain, nous n'en serons plus dignes. Et que fera de nous le Tout-Puissant si nous n'avons pas seulement cherché à défendre Sa maison ? Quelle mansuétude pourrons-nous implorer alors que nous aurons trahi Son alliance ? Voilà pourquoi le temps importe peu. Vous comprenez ? Pas plus que ma défaite, ou celle de mes hommes… Combattre est désormais plus important que vaincre.

Mille objections se bousculèrent dans la tête de Philon, mais il les savait inutiles. Et la détermination du rebelle avait de quoi impressionner. Il préféra revenir au crime :

– Jephté partageait vos avis ?

– Jephté… Il m'aimait bien, je crois. Il me connaissait depuis tout jeune. Et quand les Romains sont entrés dans Jérusalem il y a trois mois, c'est vers lui que je me suis tourné. J'avais déjà levé des troupes en Galilée et en Décapole, il me fallait quelqu'un sur qui je puisse compter dans la ville sainte. C'était un homme de bien, réellement. Rien à voir avec le grand prêtre et ses valets, que leur mémoire se flétrisse ! D'une certaine manière, je crois même qu'il m'attendait. Il m'a proposé de l'argent pour acheter des armes et m'a présenté à certains de ses amis. Des pharisiens, en général. Jephté était convaincu qu'il fallait réunir une armée au plus vite. Que tout le peuple juif était menacé. Il avait…

Il chercha le mot juste.

– Oui, il avait un sentiment d'urgence. Jamais je ne l'ai vu aussi impatient que ces dernières semaines. À moins qu'il ne se soit douté de…

Il s'interrompit avec un mouvement de la main, comme pour chasser une idée noire.

– Heureusement, reprit-il, l'annonce du recensement a précipité les choses. Beaucoup de nos compatriotes ont réalisé ce que signifiait la présence romaine. De nouveaux impôts, d'abord. Et cela n'est pas pour rien dans l'accueil que nous réservent les villages. Mais aussi le sacrilège. Et quel sacrilège ! Car qui est cet empereur de Rome qui prétend dénombrer les juifs ? Le recensement de Son peuple est le privilège unique du Seigneur. Lui seul peut l'ordonner. Nous saurons le rappeler à Auguste.

– Pourtant, avança timidement Philon, il subsiste une chance que le recensement n'ait pas lieu. Ézéchias doit rencontrer tantôt le procurateur Coponius. Peut-être obtiendra-t-il un délai, voire un ajournement pur et simple ?

– Ézéchias…

Le rebelle se tut. Il avait prononcé ce nom dans un souffle, presque d'une voix plaintive. Et brusquement, le jour se fit dans l'esprit de Philon. Ézéchias… Cette allure, ce sourire élégant. Ce fils qui avait préféré regagner le berceau familial à Gamala plutôt que de rester à Jérusalem. Gamala… Le nord, la Galilée ! Ce malaise aussi, chaque fois que le vieil homme évoquait les rebelles. Cette crainte, peut-être, de deviner qui se cachait derrière l'assassin de Jephté. Et tout à l'heure, dans cette pièce, lorsque Judas s'était penché sur son prisonnier. Ce n'était pas l'odeur du girofle qui l'incommodait, non. C'était l'une de ses propres tuniques qu'il découvrait sur les épaules d'un autre !

– Vous êtes… vous êtes le fils d'Ézéchias ?

Le rebelle eut une moue indéfinissable :

– Quelle ironie, n'est-ce pas ? Mon père se bat pour empêcher le recensement et la guerre, tandis que je prie, moi, pour qu'ils aient lieu tous les deux.

– Il sait que vous êtes à Jérusalem ?

– Bien sûr. Ou en tout cas, il le soupçonne. Même si nous avions de sérieux différends, il s'est arrangé pour me suivre de loin et pour me protéger. À moins qu'il n'ait craint qu'on ne fasse le rapprochement avec lui. Qui sait ? Mais je suis parti depuis cinq ans déjà, et des Judas, il y en a plein la Palestine. Il n'a pas grand-chose à redouter.

– Votre brouille est donc antérieure à l'arrivée des Romains ?

– Hélas ! Dès que j'ai été en âge de comprendre, j'ai réalisé qu'il était faible. Faible de bien des façons.

Il n'en dit pas davantage, son ton était empreint de tristesse. Philon eut subitement un doute :

– Et… maintenant que je connais tout cela. Sur vous, sur Jephté. Que comptez-vous faire de moi ?

– Oh ! soyez tranquille. Mon père est un faible, mais ce n'est pas un imbécile. S'il vous a entraîné dans cette enquête, c'est qu'il vous croyait capable de la résoudre. Et comme je l'ai expliqué, j'ai toujours été proche de Jephté. Je veux que son assassin soit châtié. Avant tout. Par ailleurs, si Bethsabée a sollicité votre aide, c'est qu'elle a pour vous de l'estime. Or je me souviens que son jugement était plus sûr que celui de bien des hommes. C'est pourquoi je vous crois aussi concernant Samuel et l'écurie d'Hakeldamach.

Il lui tendit le bâton.

– Je garde le poignard, mais ceci est à vous. Vous allez pouvoir partir. Tout de suite, si vous le souhaitez.

Il avait à peine prononcé ces mots qu'il y eut un grand vacarme à l'étage inférieur. Des coups puissants, le bruit d'une porte fracassée et des cris d'affolement :

– Les Romains ! Les Romains !

9.

Ce qui suivit, Philon le vécut dans un état second, comme si une part de lui-même se regardait agir. Avant qu'il ait pu réaliser ce qui arrivait, Judas était déjà dans le couloir, hurlant ses ordres :

– L'arrière de la maison ! Surveillez l'arrière !

Le rebelle disparut, englouti semblait-il par les vociférations et les premiers claquements de lames.

Philon se redressa en s'aidant du bâton. Ses jambes étaient molles, sa tête tournait, son corps lui faisait si mal qu'il aurait pu compter un par un chacun de ses os. Les Romains… S'ils l'attrapaient ici, dans le repaire des insurgés, il n'y aurait pas de clémence. Pour les révoltés, la crucifixion.

Cette idée lui fouetta le sang. Il fit un pas, puis deux ; rien de cassé, il pouvait marcher. Il poussa jusqu'au couloir et jeta un œil dans l'escalier d'où montait une clameur effroyable. La mêlée était indescriptible. Les légionnaires avaient défoncé la porte d'entrée avec une sorte de bélier et ils étaient une dizaine à avoir fait irruption avec leurs glaives et leurs boucliers. Chacun des coups portés sur les plaques de métal rendait un bruit sinistre : bong ! bong ! L'un des soldats les plus avancés avait eu le casque arraché et une longue estafilade lui barrait le visage. Il tituba un instant avant de s'écrouler. Face à lui, le géant roux leva son épée en signe de victoire, puis l'abattit avec une force surhumaine sur un autre Romain. Au total, les rebelles étaient cinq à contenir l'assaut de la porte principale et, malgré leur vaillance, le combat paraissait inégal. Sur la gauche, coincé contre le mur, le plus jeune lâcha un cri. Sa lame venait d'être brisée net et son adversaire s'apprêtait à le frapper à nouveau. Un poignard vola, le légionnaire porta la main à son épaule et le jeune homme esquiva sa charge *in extremis*.

C'est alors qu'un sifflement aigu couvrit le tumulte : l'un des soldats brandissait le poing vers le haut de l'escalier. Philon mit un temps avant de comprendre que c'était lui que le soldat désignait ainsi. La stridulation se fit plus aiguë encore. Le siffleur ! Celui qui l'avait escorté chez Ézéchias le premier jour. Il l'avait reconnu !

– Va-t'en ! lui enjoignit Judas depuis le bas des marches. Va-t'en !

Des heurts sourds se faisaient entendre aussi du côté du jardin. Bientôt, la porte de derrière céderait à son tour. Que faire ?

– Va-t'en, je t'en conjure !

Philon serra le bâton de toutes ses forces. Il n'avait aucun moyen de se défendre, aucun moyen de les secourir. Le Galiléen avait raison : il devait fuir.

Il rebroussa chemin vers l'ouverture qui donnait sur le toit. La terrasse était déserte et, malgré le soleil éblouissant, il distingua l'escalier extérieur dans le coin opposé. S'il parvenait à l'atteindre... Il commença à courir quand il perçut un martèlement de pas précipités sur la pierre. Un légionnaire. Un légionnaire qui montait les marches vers lui. Philon ralentit en retenant son souffle. Au moment où le casque brillant émergea du bord du toit, il fit tournoyer son bâton et lui assena un formidable coup à hauteur du nez. Le soldat émit une sorte de gargouillis écœurant et décrivit une courbe parfaite avant d'aller s'écraser au sol dix coudées plus bas. Il se mit aussitôt à geindre. Ses compagnons ne tarderaient pas à venir aux nouvelles…

Philon considéra la terrasse de la maison voisine. Il ne restait qu'une solution. Il calcula la distance nécessaire et recula de quelques pas pour prendre son élan. Il respira profondément. Dans le jardin, des exclamations signalaient que le blessé venait d'être découvert. Le temps de compter jusqu'à dix, les Romains seraient sur le toit.

Philon s'élança. Une foulée, deux foulées. Il ne prendrait jamais assez de vitesse. Trois foulées. Comment bien placer le bâton ? Cinq foulées, six foulées. La bordure était tout près, ne pas la rater… Sept foulées. Il planta sa perche dans la rigole d'évacuation et donna une forte impulsion avec les jambes. Il sentit le bâton s'arquer, son corps qui s'arrachait du sol, vit sous lui les légionnaires qui accouraient, l'un d'eux justement les yeux au ciel.

Déjà le rebord en pierre de l'autre terrasse. Philon lâcha le bâton, allongea ses pieds le plus loin possible et roula en boule sur l'argile séchée. Il avait réussi… il avait réussi !

Il se redressa et glissa un œil en arrière. Le repaire des rebelles était assiégé, des Romains arrivaient en renfort au bout de la rue. Il ne donnait pas cher des insurgés…

Courir.

Il se précipita vers l'escalier extérieur de la nouvelle terrasse et bondit de marche en marche jusqu'au jardin. C'était le même jardin qu'il avait traversé la veille, avec les outils, les morceaux de bois et les poteries. Par chance, il n'y avait toujours personne – nul doute que si les occupants étaient présents, ils se barricadaient dans la maison pour échapper à cette furie.

Sans s'attarder davantage, il plongea sous la haie. Le souffle court, le visage et les mains griffés au sang, il déboucha dans la propriété abandonnée des voisins de Jephté. Les massifs abîmés, le bassin rempli de feuilles... Le jeune homme tenta de se calmer. Il se soulagea de toute la bière qu'il avait bue une heure plus tôt et tâcha de réfléchir. Les Romains ne tarderaient pas à investir le quartier, si ce n'était déjà fait. Or deux légionnaires au moins l'avaient vu s'échapper, dont le siffleur qui l'avait identifié. Il y aurait nécessairement des recherches. Regagner la rue était impensable, attendre ici, suicidaire. Seule Bethsabée pourrait l'aider.

Les sens aux aguets, il observa la maison de Jephté à travers les buissons. Aucun bruit, aucun mouvement suspect. Peut-être les légionnaires n'auraient-ils pas l'idée de le poursuivre chez le pharisien ? Il tâtonna un instant avant de trouver un passage moins touffu dans la haie. Il s'y engagea en se protégeant le visage avec sa tunique, ce qui lui donna l'impression désagréable d'être un gibier qu'on dépeçait. De la rue, au milieu du vacarme, lui parvinrent les bribes d'une conversation en latin :

– ... plus nombreux !

– ... les toits... tout de suite. Tout de suite !

Philon se jeta à quatre pattes et traversa le jardin en souhaitant que l'arrière de la maison soit resté ouvert. Arrivé sous l'auvent, il actionna la clenche. Le verrou n'était pas mis. Il se faufila à l'intérieur sur la pointe des pieds. Tout était calme. Ouf ! Il était à l'abri.

Presque aussitôt, hélas ! des coups sinistres retentirent à la porte principale. Se cacher, se cacher encore. Mais où ? Il avait la pièce de réception à sa droite, un dégagement sombre qui menait vers un petit couloir sur sa gauche. Quelqu'un dévalait maintenant l'escalier : Mandou, qui allait ouvrir.

Pas le temps de discuter. Philon choisit la gauche. Il s'enfonça dans l'obscurité, entrebâilla le premier battant et découvrit une chambre, décorée de jolis tapis et d'une mosaïque éclatante au mur. Pas de meubles, sinon un coffre tout simple. Aucun endroit où se dissimuler. Un bref instant, il songea à retourner vers le jardin, mais une voix d'homme qui s'éleva depuis l'entrée l'en dissuada :

– Écarte-toi, esclave ! Nous avons ordre de fouiller cette maison.

« Nous… » Ils étaient au moins deux.

Philon se rua sur la seconde porte. Bethsabée poussa un léger cri :

– Mais…

Le bain… La jeune femme était au bain !

Philon mit un doigt sur sa bouche avant de murmurer :

– Les soldats… Ils sont là.

En même temps, il cherchait des yeux une issue ou un objet quelconque pour se défendre. Mais il n'y avait que des vases d'huiles parfumées, des cubes de savon, des assiettes en terre avec des pétales et des herbes séchés, une robe en lin et des serviettes soigneusement pliées, plus quelques coussins contre l'un des murs. Pas de quoi arrêter un légionnaire. Et les deux seules fenêtres de la pièce auraient tout juste permis à un gros chat de s'enfuir !

Les deux jeunes gens se dévisagèrent. Bethsabée lui tendit le bras :

– Venez !

– Que je…

On entendait des pas à l'étage supérieur. Deux ou trois hommes.

– Vous préférez qu'ils vous trouvent ?

Gêné, Philon descendit les cinq marches qui menaient vers le fond du bassin. Celui-ci était de forme circulaire et d'un diamètre de sept à huit coudées, ce qui laissait assez d'espace pour nager un peu. L'eau était tiède, ce qui supposait aussi des canalisations de vapeur pour la chauffer. « La seule chose qui me soulage », avait dit Bethsabée.

Philon détourna la tête pour ne pas voir sa nudité. Elle se moqua de lui :

– Il y a plus important, vous ne croyez pas ?

Elle lui prit la main et l'entraîna contre la margelle du bassin, sur le côté le plus proche de l'entrée. Une porte claqua. Peut-être celle du jardin ? Les Romains se rapprochaient.

– Écoutez-moi bien, chuchota-t-elle. Lorsqu'ils entreront, vous plongerez. D'où ils sont placés, il y a une chance pour qu'ils ne vous remarquent pas.

– Mais vous…

– Chut ! Ils arrivent.

Philon prit une grande inspiration avant de se laisser couler. Tout lui parut soudain flou et mouvant, les sons étouffés. Il voyait s'agiter le corps de Bethsabée qui répandait au-dessus de lui des poignées de pétales et d'herbes séchés. Ses seins étaient d'une rondeur exquise, soulignée par la caresse de l'eau, tandis que son ventre ondoyait avec grâce. Il y avait aussi la naissance de ses cuisses et…

La porte s'ouvrit avec violence :

– Et là, qu'est-ce que… ?

Un légionnaire fit irruption, glaive au poing. Sur le seuil, il hésita.

– Depuis quand les Romains sont-ils autorisés à suivre le bain des femmes juives ? attaqua Bethsabée, la voix dure et cassante.

– Pardonnez-moi, répondit l'autre en bon araméen. Un rebelle s'est sauvé d'une maison voisine. Nous sommes obligés de vérifier que…

– Un rebelle ? coupa-t-elle. Auriez-vous oublié que mon père a été assassiné il y a trois jours ? Et que les soupçons se portent justement sur les rebelles ? Et vous voudriez que j'en accueille un chez moi ?

– Non, bien sûr, seulement…

Visiblement, il paraissait ennuyé et peu préparé à ce genre de querelle.

Philon, lui, ne discernait que des bruits indéterminés, mais il pouvait ressentir l'indignation de la jeune femme à chaque frémissement de ses jambes. Des jambes qu'elle avait longues et fines, et plus nerveuses qu'il ne se l'était imaginé. L'exercice qu'elle se donnait dans la piscine, sans doute. Il réalisa aussi qu'il ne tiendrait pas éternellement sous la flottille de pétales et que, à un moment ou un autre, il lui faudrait bien reprendre de l'air.

Soudain, il y eut un remous et Bethsabée fut comme aspirée vers le haut. Elle avait pris appui sur ses mains pour s'asseoir sur la margelle, offrant son corps ruisselant au regard du légionnaire.

– Vous voulez autre chose ? interrogea-t-elle d'un ton de défi. Ou bien devrai-je questionner le tribun Julius sur les manières de ses soldats ?

Le Romain eut un peu de mal à détacher ses yeux de la jeune femme. De son côté, Philon commençait à trouver le temps long. D'autant qu'il devait, par de discrets mouvements des doigts, empêcher sa tunique gonflée d'eau de remonter à la surface.

Le légionnaire finit par soupirer, dépité. Il fit semblant d'examiner la pièce à distance et tourna les talons, en prenant soin de refermer derrière lui.

Philon émergea alors, les poumons sur le point d'éclater. Bethsabée lui fit signe de se taire. Il y eut un court silence, puis quelques échanges de voix dans l'entrée. Les Romains s'en allaient.

Presque aussitôt, depuis le couloir, Mandou frappa à la porte :

– Maîtresse… Maîtresse ! Tout va bien ?

– Tout va bien, Mandou. Nous avons récupéré notre ami d'Égypte. Va prendre une tunique pour lui à l'étage et pose-la dans ma chambre.

Philon resta un moment interdit avant de balbutier un remerciement. Bethsabée glissa dans l'eau à nouveau. Elle avait un air de reproche :

– Vous nous avez fait très peur, hier.

– Je suis… je suis tombé sur les rebelles.

Il lui fit le récit des événements depuis son départ, lui rapportant en détail sa discussion avec Judas.

– Judas ? s'étonna-t-elle. Judas le Galiléen est le fils d'Ézéchias ? Si je m'étais doutée…

– Vous le connaissiez ?

– Il lui arrivait de passer à la maison lorsqu'il était plus jeune. Mais je le croyais définitivement parti pour le nord.

– Il avait rompu avec Ézéchias ?

– En quelque sorte. Judas a toujours eu un côté austère et rigoriste. La morale, la pureté, la religion, ce qui se fait, ce qui ne se fait pas. C'est aussi pour cela qu'il était proche de mon père. Ézéchias, lui, a toujours privilégié le plaisir. Le plaisir et l'argent.

Elle en parlait avec une sorte de désinvolture qui surprit Philon.

– Et vous ? s'entendit-il demander.

– Moi ?

Elle décrivait de petits cercles au milieu de la piscine. Son aisance était surprenante.

– Ce que je pourrais vous apprendre sur moi risque de ne pas vous plaire.

En toute logique, Philon aurait déjà dû sortir du bassin, quitter la pièce pour revêtir une tunique propre et aller poursuivre cette conversation dans un endroit plus convenable. Au lieu de cela, il restait comme hypnotisé, espérant que cet instant se prolonge assez longtemps pour… Pour quoi, au fait ?

– Laissez-moi juge, observa-t-il.

Elle disparut dans un tourbillon d'eau avant de réapparaître devant lui, à quelques pouces à peine.

– Je vous aurai prévenu, monsieur l'Égyptien. Disons, pour aller à l'essentiel… Je veux dire, l'essentiel pour vous, pour mon père ou pour les habitants de Jérusalem. Je… je ne crois plus comme vous.

S'il n'y avait eu la margelle, Philon aurait reculé.

– Vous ne…

– Non. Plus de la manière dont vous l'entendez. Depuis cet accident.

Elle le regardait très droit dans les yeux, comme pour jauger sa capacité à bien comprendre son histoire.

– J'avais neuf ans, à l'époque. Je jouais sur le toit avec l'une de mes cousines. C'était un jour de printemps, un peu comme celui-ci, la chaleur en moins. Il faisait doux. Doux, tout simplement, comme ma vie était douce. Nous nous courions après, ma cousine et moi, et j'ai voulu me sauver par l'escalier extérieur. En ce temps-là, mon père ne l'avait pas encore fait démolir. Je riais, je m'en souviens très bien. J'avais les cheveux tressés avec de petites perles de couleur et une robe jaune légère. Sur la troisième marche, mon pied a tourné et j'ai basculé dans le vide.

Des larmes roulèrent sur sa joue et se mêlèrent à l'eau du bassin. Elle ne chercha même pas à les essuyer.

– Je suis restée six jours sans connaissance. Mes parents m'ont cru perdue et les médecins auraient préféré que je le sois. Lorsque je me suis réveillée, je ne pouvais plus marcher. Ma mère en a été très affectée. J'étais son unique enfant. Elle est tombée malade, assez gravement, et un an plus tard elle est morte. Mon père… mon père a été très digne. Il aurait pu se remarier, avoir d'autres épouses. Non, il s'est occupé de moi. Il m'a appris à lire, à compter. Il m'a enseigné les Écritures, ce qui était exceptionnel pour une fille. Mais je n'étais plus vraiment une fille. J'étais une infirme. J'ai vu ma cousine se fiancer à douze ans, se marier à treize. Elle en avait quatorze quand elle a eu son premier fils. Aujourd'hui, elle a quatre beaux garçons qui lui valent le respect de tous. Elle sert son mari, s'occupe de ses enfants, commande ses deux esclaves. Le plus souvent possible, elle se rend au Temple. Vous pensez que je l'envie ? Peut-être. Ne suis-je pas infirme ?

Sa respiration s'accélérait et elle s'accorda une pause avant de poursuivre.

– Aux yeux des hommes… aux yeux des hommes, c'est là le pire. Pour certains, je suis une malédiction ; pour d'autres, une bête curieuse. Un être impur, en tout cas. Sinon, comment expliquer que le Tout-Puissant m'ait infligé cette punition ? La femme est déjà peu de chose. Lorsqu'elle est impure, on la met à l'écart. Alors une femme impure à vie, que peut-elle espérer ?

Philon ne disait mot. Il écoutait Bethsabée avec un mélange de stupeur et de fascination. Ses lèvres qui dansaient, la sincérité et la brutalité de ses paroles, ses seins qui le frôlaient… Il ne savait plus que penser.

– Durant toutes ces années, reprit-elle, mes yeux se sont ouverts. Il m'est revenu des images, aussi. De ces jours où j'étais inconsciente et où ma mère me veillait. J'ai vu… Non, vous diriez que je suis folle. Toujours est-il… Je crois que nous nous faisons une fausse idée du Seigneur. Ces règles, ces principes, ces rites… Cela nous rassure. Ces gestes… Ils permettent de se reconnaître les uns les autres. De refuser ceux qui ne les accomplissent pas. Voire de les combattre. La limite est claire. Mais Son amour est plus simple. Oui, plus simple et plus vaste à la fois. Il n'a pas besoin de ces masques sur les visages, de ces vêtements sur les corps. De ce sang sur les mains. Il connaît le bon du mauvais. Il sonde les cœurs. C'est mon père qui m'a convaincu de cela. Presque malgré lui. Justement, malgré lui ! Car il était bon. Bon de l'intérieur. Lui si soucieux des apparences, si scrupuleux. Les aliments, la manière de s'habiller, les prières, les sacrifices, les dîmes… Sans rien accepter de tout cela, il aurait été bon quand même. Bien meilleur que le grand prêtre, par exemple, qui se donne les allures de la foi. Ou bien meilleur qu'Ézéchias qui prétend défendre les juifs. L'important n'est pas ce que l'on montre, mais ce que l'on est.

Elle s'éloigna vivement en battant des mains.

– Vous vouliez la vérité, n'est-ce pas ? Eh bien la vérité est que désormais je me moque de ce que l'on pense de moi. De ces prescriptions inutiles et de ces regards hypocrites. J'ai décidé de ne plus faire que ce que j'estime devoir être fait. C'est après tout la seule chose qui me reste, non ? Or ce qui doit être fait, c'est d'abord arrêter l'assassin de mon père. Et vite. Car cet homme est mauvais. Mauvais de l'intérieur. Il cherche à triompher du bien… Du « vrai » bien. Je le sens. Je le sais.

Philon aurait pu répliquer que les préceptes du Très-Haut étaient l'œuvre du Très-Haut Lui-même, et qu'un peuple entier ne pouvait se donner à son Dieu s'il ne savait comment l'honorer. Qu'il y avait des âmes faibles, les plus nombreuses sans doute, pour qui les gestes étaient des piliers et la règle un rempart. Que la nation des juifs n'aurait pu traverser les siècles sans le ciment de ses rites. Et qu'être scrupuleux à les observer n'empêchait pas d'être sincère. Il aurait pu lui opposer tout cela et bien d'autres arguments encore. Mais il s'abstint. D'une certaine manière, il la comprenait, au-delà du blasphème. Il admirait sa détresse et sa force. Il la trouvait belle.

Mais il devait aussi sortir de ce bassin.

– Il y a encore un aspect du crime que je n'ai pas évoqué devant vous, dit-il avec le plus de détachement possible. Si vous le permettez… j'aimerais qu'on en discute ailleurs.

10.

C'était risqué. Très risqué. Comment imaginer un seul instant que le légionnaire derrière la porte se laisserait abuser ? C'était de la folie pure. Mais apparemment, cela amusait beaucoup Bethsabée.

Un peu plus tôt dans l'après-midi, alors qu'il venait juste de se sécher et de la rejoindre au salon, Philon avait révélé à la jeune femme tout ce qu'il savait du parchemin contenu dans le tefillin. Il était désormais convaincu que personne autant qu'elle ne souhaitait retrouver le coupable et que personne mieux qu'elle n'en comprenait l'urgence. Elle l'avait d'ailleurs écouté avec attention, posant de nombreuses questions sur Isaïe, Michée, Nahum, Osée et Sophonie, les nabis dont le meurtrier s'était sans doute inspiré. Puis, lorsqu'elle fut certaine d'avoir tout saisi, elle prit sa décision :

– Il n'y a pas le choix. S'il s'agit bien du texte que recherchait mon père, nous devons nous rendre chez l'oncle Élie.

– Nous ?

– Bien sûr, nous ! Tout seul, vous ne parviendriez jamais à le faire parler. Et si je l'interrogeais sans vous, je manquerais peut-être un détail essentiel. Je vous l'ai dit, c'est un original. Ses propos sont parfois... décousus.

– Mais il est impossible de sortir d'ici ! Il y a un garde près de la maison et les Romains sont partout dans Jérusalem. À moins d'attendre la nuit, nous n'avons aucune chance de...

– Il n'est pas question d'attendre la nuit, trancha-t-elle. Chaque heure perdue nous éloigne de l'assassin.

Un éclair de malice brilla dans ses yeux :

– Mais rassurez-vous, nous sortirons quand même. Et tout de suite.

Elle appela Mandou, lui chuchota quelque mots à l'oreille. Celui-ci hocha la tête avant de revenir un moment plus tard avec un morceau de bois calciné ramassé dans le foyer. Philon commençait à réaliser quel genre de stratagème elle voulait employer.

– Vous n'oseriez pas ? balbutia-t-il.

– Si, justement !

Et voilà comment Philon s'était retrouvé dans le couloir, le visage copieusement passé au charbon, un turban à la nubienne dans les cheveux, une longue tunique qui lui descendait aux pieds et Bethsabée dans les bras. Le garde était censé avoir la vue assez basse pour le confondre avec Mandou ! Seul inconvénient, s'il demandait à le fouiller, s'il lui posait la moindre question ou même s'il s'approchait d'un peu près, le Romain découvrirait immédiatement la supercherie. Mais cela n'avait pas l'air du tout d'inquiéter la jeune femme :

– Ne soyez pas si crispé, vous allez nous faire tomber ! Les soldats pourchassent un rebelle, pas un esclave. Encore moins un esclave noir ! Vous verrez, ils ne vous remarqueront même pas. Quant aux gens du quartier, ils ont l'habitude de nous voir ensemble. Il n'y a rien à craindre !

Rien à craindre… Sinon qu'il mesurait deux pouces de moins que Mandou, qu'il était bien moins carré d'épaules et que sur les éraflures de son visage, l'espèce de pâte noire le démangeait horriblement. À part cela, non, il n'y avait rien à craindre.

La porte s'ouvrit et le légionnaire en faction devant l'entrée fit volte-face, l'œil soupçonneux :

– Où allez-vous comme ça ?

– Au cimetière de la porte des Moutons, répondit Bethsabée, la voix émue juste ce qu'il fallait. Je dois rendre un dernier hommage à mon père avant le coucher du soleil.

Il la considéra avec une sorte de mépris mêlé d'agacement. Décidément, ces juifs avaient tout un tas de coutumes incompréhensibles.

– Et lui ?

Philon sentit une goutte de sueur perler à son front. Il eut une envie furieuse de se gratter, imaginant la mince traînée claire qui se creusait, s'allongeait sur l'aile du nez, s'étirait sur la joue. Une belle ligne blanche au milieu de son visage tout noir !

– C'est mon esclave. Je ne peux pas marcher, vous devriez le savoir. Si vous préférez m'y emmener vous-même…

L'autre leva les bras au ciel :

– Il ne manquerait plus que ça !

Il agita la main pour leur signifier de disparaître. Sans attendre davantage, ils gagnèrent la ruelle et Philon en profita pour se tourner un instant vers la maison des rebelles. Des soldats continuaient d'aller et venir dans tous les sens. Il se demanda ce qui avait pu arriver à Judas le Galiléen, au géant roux, au jeune homme hésitant. Non, mieux valait ne pas y penser.

– Regardez devant vous, vous allez nous faire repérer ! intima Bethsabée.

Ils traversèrent en silence le quartier des parfumeurs. La légion s'était déployée partout, inspectant les échoppes, surveillant les carrefours, gardant les rues principales. Beaucoup d'habitants avaient dû se réfugier chez eux car l'on ne rencontrait que quelques pèlerins égarés que les légionnaires engageaient à repartir vers le Temple. Pour éviter les contrôles, les deux jeunes gens empruntèrent un lacis compliqué de venelles, remontant presque jusqu'à l'hippodrome pour redescendre ensuite vers l'antique muraille de la cité de David. Là, à l'abri des regards et du soleil déclinant, Philon installa Bethsabée sur une grosse pierre et se reposa un peu. Elle lui tendit un linge blanc pour qu'il s'éponge.

– Vous connaissez Azzakku ? s'amusa-t-elle.

– Azzakku ?

– Oui. Quand j'étais petite et que je refusais d'obéir, ma mère me disait qu'Azzakku viendrait me chercher pour me transformer en pierre. Ma mère venait de Mésopotamie et, dans sa région d'origine, Azzakku était une espèce de monstre des montagnes qui faisait peur aux enfants. On racontait qu'il lui suffisait d'approcher d'une rivière pour qu'elle se mette à bouillir et que les poissons commencent à cuire. Et que lorsqu'il crachait en l'air, il pouvait pleuvoir une eau toute noire pendant deux jours. Eh bien je vous assure qu'en ce moment vous ressemblez à Azzakku !

Elle éclata de rire.

– Merci, bougonna-t-il.

– Ne le prenez pas mal, je plaisante, évidemment ! En réalité, vous êtes très beau.

Elle avait prononcé cette phrase sur le même ton moqueur, si bien que Philon resta la tête enfouie dans son linge, se demandant quelle contenance adopter.

– Vous êtes marié ? poursuivit-elle. Non, je sens bien que vous ne l'êtes pas. Pourtant, vous auriez l'âge.

Philon émergea du tissu, ramenant comme il le pouvait ses cheveux en arrière.

– Je ne suis pas pressé, se défendit-il. Je me consacre pour le moment aux études. Je travaille à l'académie d'Arius Didyme. La philosophie m'intéresse, en particulier. Mais tant que je ne ne suis pas sûr de ma voie…

– Ne me dites pas que la philosophie est votre seule maîtresse ?

– Eh bien…

Elle l'observait avec une sorte de moue narquoise. Non, bien sûr, songea Philon, il n'y avait pas que la philosophie. Il avait connu une femme, aussi, à Alexandrie. Une femme plus âgée que lui. Une veuve, très belle, très tendre. Une Égyptienne. Malheureusement elle n'était pas juive et elle n'avait aucune intention de le devenir. Et, de toute façon, son père n'aurait jamais accepté ce mariage.

– Je n'ai pas très envie d'en parler, soupira-t-il finalement.

L'humeur de Bethsabée s'assombrit d'un seul coup et toute trace de gaieté disparut de son visage :

– Pardonnez-moi si je vous ai blessé, s'excusa-t-elle. Ces questions, ces remarques, je ne sais pas ce qui m'a pris. Un instant, je me suis crue… Mais c'est stupide.

Elle passa machinalement ses mains sur ses jambes et se força à sourire :

– Après tout, Azzakku m'a vraiment changée en pierre, n'est-ce pas ? Sans doute que je n'étais pas assez sage, effectivement. Assez bavardé maintenant, nous devons nous dépêcher.

Philon se pencha sur elle, passa un bras dans son dos et l'autre sous ses cuisses. Il lui sembla qu'elle ne pesait presque rien.

Élie habitait une étrange cabane de pierre et de bois sur le mont des Oliviers, de l'autre côté de la vallée du Cédron. Devant la maison, un grand figuier, une citerne et un chien sauvage qui semblait parfaitement domestiqué. Bethsabée poussa la porte, qui n'offrit aucune résistance. Tout baignait dans une demi-pénombre et l'on ne percevait aucun bruit.

– Si le chien est là, c'est qu'Élie n'est pas loin, glissa-t-elle. Oncle Élie ?

– C'est toi, Beth ?

Il y avait un homme assis en tailleur contre l'un des murs. Presque sans bouger, il donna un coup de canne dans le volet qui tenait lieu de fenêtre au-dessus de lui. Une lumière orangée pénétra brusquement, révélant une pièce totalement vide, si ce n'étaient une natte déroulée dans un coin et un assemblage de pots en terre à même le sol. Du plafond en branchages pendait ce qui pouvait ressembler à des étuis en cuir accrochés à de minces ficelles. Des tefillin. Quant à l'homme lui-même... Philon mit un temps à distinguer ses traits. Il paraissait très vieux, avec une immense barbe qui lui couvrait la poitrine et le ventre. Ses mains et ses joues étaient décharnées tandis que des cheveux jaunes lui tombaient de part et d'autre du crâne. Ses yeux étaient absolument immobiles. Il était si frêle que sa voix aiguë et sonore paraissait jaillir d'une autre gorge que la sienne :

– Qui est avec toi, Beth ? Ce n'est pas Mandou ?

– Non, oncle Élie. Il s'agit de Philon, un ami. Il m'aide à chercher l'homme qui a tué mon père.

– Un ami, hein ? Qui t'aide ? Ah ! très malheureuse, la mort de Jephté doit te rendre très malheureuse. C'était mon ami, Jephté, mon ami aussi. Il m'a aidé, souvent. La mort, hélas ! Le sang…

– C'est la raison pour laquelle nous sommes venus te voir, oncle Élie. Après le meurtre, on a découvert un tefillin dans sa bouche.

– Le tefillin, la parole du Très-Haut sur le cœur ! Mais dans la bouche ? *Péh-sah*… Oui, peut-être… Péh-sah, la bouche qui parle ! Et *Pessah*, la Pâque ! Tu comprends ?

– Non, oncle Élie, je ne comprends pas… Mais laisse-moi finir. Ce n'étaient pas des versets du Livre dans le tefillin. C'était une prophétie.

Bethsabée fit signe à Philon de l'asseoir juste à côté du vieil homme. Délicatement, elle s'approcha de son oreille et lui récita tout bas :

Mais, au jour du Naziréen,
dernier-né de David depuis le pays d'Égypte,
si le sang de Jacob verse son propre sang,
s'il pèche à nouveau à la face de son Dieu,
alors Je ferai monter le Bélial depuis les abîmes,
et avec lui la troupe d'Assur au sein d'Israël !

Élie remua les lèvres un moment, mais sans qu'aucun son n'en sorte. Il répétait les mots en silence, pour lui-même. Lorsqu'il eut terminé, il secoua longuement la tête :

– C'était donc ça, Beth…

– C'était donc quoi, oncle Élie ?

– Le pauvre ! Il avait raison ! Et moi, j'avais raison ! Le tefillin, bien sûr ! Péh-sah !

Pour sa part, Philon avait la nette impression que le vieillard délirait, tout simplement. Bethsabée prit les doigts noueux au creux de sa main et les caressa comme elle l'aurait fait pour un petit enfant.

– Écoute-moi, oncle Élie. J'ai besoin de savoir. Je t'ai entendu un jour discuter d'un texte avec mon père. Un texte qui revêtait pour lui une importance capitale et qu'il essayait par tous les moyens de retrouver. Je suis persuadée qu'il s'en est ouvert à toi.

– Ce texte… La Menace… Hélas ! Jamais il n'aurait fallu le lire. Jamais !

– C'est donc bien cette prophétie qu'il recherchait ?

– Cette prophétie ? Ah ! Qui sait ? Ma petite fille, il y a un siècle et demi !

Puis, soudainement, il se tut, comme abîmé dans un océan de réflexions intérieures.

– Oncle Élie, relança la jeune femme, il faut que tu me dises. On a assassiné mon père à cause de ce texte, j'en suis presque sûre. Il n'y a que toi qui puisses m'aider. Jephté était ton ami, n'est-ce pas ?

– Jephté…

Il semblait un peu moins agité.

– Jephté a entendu parler de la Menace. Depuis des années, dans notre famille, dans notre maison. Oh ! oui, du temps de Qéhat et d'Uzziel.

– Qéhat et Uzziel ? l'encouragea Bethsabée.

– Qéhat et Uzziel… Qéhat était le grand prêtre du saint Temple, il y a cent cinquante ans. Qéhat, le grand prêtre, oui, le sadducéen ! Uzziel était son frère, un homme pieux, un fidèle du Seigneur. Un jour, Uzziel a découvert le texte. La Menace. Pourquoi lui ? Le Très-Haut l'a voulu et c'est ainsi ! Hélas ! Jour de malheur et de tristesse ! Pour nous tous !

Il se mit à psalmodier quelque chose d'incompréhensible, les yeux toujours fixés sur un point invisible. Il est aveugle, se dit Philon. C'est cela, il est aveugle !

– De quelle menace s'agit-il, oncle Élie ?

– La Menace ! Le prophète, oui ! Uzziel avait trouvé le texte véritable du prophète. La prophétie entière ! Mais Qéhat n'a pas voulu le croire. Oh non ! Il n'a pas accepté la Parole. Il a voulu qu'Uzziel se taise. Son propre frère ! Et Uzziel a disparu ! Et le texte du prophète a disparu ! Mais la Menace est là, elle. La Menace est sur nous, aujourd'hui !

Il tremblait de tous ses membres et Bethsabée rajusta comme elle le put sa tunique sur ses épaules.

Philon intervint :

– Quel est ce prophète ? Quel est celui qui a écrit ce texte ?

– Qui peut savoir ? Tellement de secret depuis plus d'un siècle ! Tellement de secret ! Uzziel a disparu ! Le texte a disparu ! Mais le texte est authentique. Et le prophète aussi. Un prophète du Livre, c'est la vérité vraie. Mais lequel ? Quel prophète ? Je l'ignore. Jephté l'ignorait. Trop de secret. Quant à Qéhat... À l'époque, il était le grand prêtre, n'est-ce pas ? Le sadducéen. Et les sadducéens n'aiment pas les prophètes. Les sadducéens ne connaissent que les cinq premiers livres. *Beréshit*, *Shemot*, *Wayyiqra*, *Bemidbar*, *Devarim* [1]... La Torah de Moïse ! Le Pentateuque ! Livres sacrés entre tous, oh oui ! Mais les sadducéens refusent tous les autres livres. Ils les refusent ! Surtout ceux des prophètes ! Voilà pourquoi Qéhat a fait taire Uzziel, son propre frère. Et voilà pourquoi Uzziel a disparu !

– Qéhat a tué Uzziel ? s'enquit Bethsabée d'un ton lugubre.

– Hélas ! ma fille. Il y a cent cinquante ans ! Où sont les témoins ? Où sont-ils ? En tout cas, personne

1. En hébreu : la Genèse, l'Exode, le Lévitique, les Nombres, le Deutéronome, désignés par le premier mot important qui ouvre le texte.

n'a revu Uzziel, personne n'a revu le texte. Jusqu'à aujourd'hui !

– Alors comment peux-tu être sûr qu'il s'agit de la même prophétie ? Je veux dire, celle d'Uzziel et celle du tefillin ?

– Ah ! Le Naziréen, David, l'Égypte… Le Bélial ! La Menace ! Bien sûr qu'il s'agit du texte. Le texte véritable du prophète. Quel prophète ? Hélas ! Comment répondre ? Ce que je sais, c'est qu'il y a eu le secret, oui, mais qu'on a entendu des choses. De grands drames. Le prophète annonçait de grands drames. La fin d'Israël si Israël ne savait pas accueillir le Messie. Seulement, les sadducéens ne croient pas non plus au Messie. Oh non ! Les grands prêtres ne veulent pas du Sauveur. Trop de danger ! Les pharisiens prient pour que le Messie vienne. Mais les sadducéens, eux, ils ont peur ! Les grands prêtres ont peur, oui !

– Oncle Élie. Est-ce que… est-ce que le grand prêtre Gad a peur, lui aussi ?

– Gad ? Hélas ! Gad, le sadducéen. Jephté et lui ont parlé. Tous les deux, ils ont parlé. À propos de la Menace !

– Mon père et Gad ?

– Forcément ! Le secret dans la famille, le secret dans la maison ! Je te l'ai expliqué, déjà. Gad et Jephté !

– Je suis désolée, oncle Élie, je te suis mal. Quelle famille ? Quelle maison ?

– La maison ! La maison de Gémûl ! Qéhat et Uzziel étaient de la maison de Gémûl. Gad et Jephté sont aussi de la maison de Gémûl ! Nous tous de la maison de Gémûl ! C'est le secret du secret !

Philon lança un regard interrogateur à la jeune femme.

– C'est vrai, approuva-t-elle, Élie a raison. À l'origine, Gad et mon père appartiennent au même clan. Une famille de prêtres, assez ancienne : la maison de Gémûl, dont il ne reste que quelques membres. Mais mon père s'est détaché des sadducéens et il n'a jamais voulu faire partie du Temple. Et puis, Gad et lui n'étaient pas du tout des frères. Ils étaient juste cousins. Comme beaucoup d'autres à Jérusalem…

– Pas des frères, non ! renchérit le vieillard. Pas comme Uzziel et Qéhat… Mais Gad était au courant, je le sais. Par la maison, justement ! La maison de Gémûl ! Gad a questionné Jephté et Jephté me l'a dit. Il était inquiet, très inquiet. Quelqu'un s'intéresse à la Menace et la Menace arrive ! Quelqu'un souhaite le mauvais côté de la prophétie. Quelqu'un qui espère la victoire du Bélial ! Hélas ! La victoire du Bélial ! Voilà exactement ce que pensait Jephté. Il voulait empêcher ça. Que le Bélial l'emporte ! L'empêcher à tout prix ! Et c'est pour cela qu'il recherchait le texte. Le texte trouvé dans le tefillin !

11.

Il parle. Seigneur, il parle. Il est impatient. Il veut savoir.

Il n'a pas idée.

– Montre-le-moi.

Lui montrer, bien sûr. Comment pourrait-il se douter ? Il ne s'attend pas à ça. Il ne s'attend pas à moi.

– Voilà...

Le parchemin sur la table. Ses doigts fébriles. Il s'assure qu'autour de lui... Mais non, personne pour le surprendre, ni femme ni enfants. Quant aux serviteurs... Oui, tout a été bien préparé.

Se lever, lentement. Il n'a pas bougé. Il lit. Avidement.

S'approcher.

– Là, tu vois ? Ces deux phrases, là.

Il est confiant.

Son dos. Le poignard qui vient tout seul. C'est si facile. Un seul coup. La lame perce et fait exploser le cœur. Un instant, ses yeux me cherchent. A-t-il compris, seulement ?

Et puis, l'abandon.

Les dernières lueurs du soleil, la fraîcheur de l'air sous le grand cèdre. Rouler le corps dans la poussière. Poussière dans les oreilles. Plier le parchemin. L'étui.

Poussière dans la bouche. Le lacet. L'accomplissement.

Le prophète serait content.

Philon eut juste le temps de se plaquer contre le mur : deux soldats arrivaient dans sa direction. À la dernière seconde, ils bifurquèrent vers l'est. Le jeune homme respira. Il approchait du palais de Gad, à l'arrière du théâtre d'Hérode. Au fur et à mesure qu'il remontait vers le Temple, les légionnaires s'étaient faits plus nombreux, mais, fort heureusement, ils semblaient avoir abandonné la chasse aux rebelles et l'on circulait plus facilement dans Jérusalem. N'empêche, si par hasard on l'appréhendait…

Il s'inquiétait aussi pour Bethsabée qui était restée en compagnie du vieil Élie sur le mont des Oliviers. Elle l'avait persuadé en effet que Mandou s'arrangerait pour venir la chercher dès qu'il ferait nuit et que le plus pressant était de questionner le grand prêtre. Car Gad était impliqué, manifestement. Il connaissait l'existence de la prophétie, il s'en était entretenu avec Jephté. Peut-être même était-ce lui qui avait ordonné qu'on le supprime… Philon devait être prudent. Lorsqu'il l'avait rencontré au Temple, Gad lui avait conseillé de ne plus s'intéresser à cette affaire. Ce qui, rétrospectivement, était une manière d'aveu. Ou du moins, la preuve qu'il souhaitait cacher quelque chose.

Le palais ne devait plus être très loin, à présent. La rue était assez large, bien pavée, bordée de torchères qui l'éclairaient presque comme en plein jour. Le quartier riche, les hommes vêtus de manteaux coûteux qui discutaient par grappes, les femmes aux coiffures raffinées qui se hâtaient de rentrer chez elles à la nuit tombante. Tourner dans la ruelle suivante et…

Philon se trouva presque nez à nez avec lui. Il ne vit pas son visage tout d'abord, mais des éclairs de couleurs qui s'échappaient de sous sa cape blanche : les douze pierres précieuses de l'éphod, une pour chaque tribu d'Israël… Puis, comme dans un rêve, il reconnut les traits fermes et autoritaires, la barbe fine, l'œil aiguisé, les cheveux tirés sous la capuche. Gad… Qui paraissait aussi surpris que Philon.

– Pardonnez-moi, grand prêtre, c'est une coïncidence. Je me rendais justement…

Sans écouter, Gad fit immédiatement demi-tour et se mit à courir dans l'une des venelles qui descendaient sur la droite. Philon ne réagit pas immédiatement :

– Attendez, je ne voulais pas… Grand prêtre ?

Il se lança à sa poursuite. Pourquoi Gad le fuyait-il ainsi ? Qu'avait-il à craindre ? Une autre ruelle. Personne. Un écho de pas précipités un peu plus loin vers l'est. Il avait dû tourner au coin là-bas, sans doute en direction du Temple. Philon se rendit compte qu'à force d'hésiter il prenait du retard. Il accéléra pour déboucher sur une voie plus large et mieux éclairée. Voilà, il l'apercevait à une cinquantaine de pas. Mais en réalité, ce n'était pas le Temple qui attirait Gad.

– Au voleur ! hurla le grand prêtre à tue-tête. Au voleur !

Une patrouille romaine. Il s'était jeté sur la première patrouille venue ! Une patrouille qui regardait maintenant du côté de Philon. Ils étaient cinq. Décidément…

Philon se hâta de rebrousser chemin. Mal lui en prit. Alertés peut-être par les voix, deux soldats avançaient en sens inverse. Ceux qu'il avait déjà failli croiser tout à l'heure. À droite, à gauche, des murs élevés et lisses.

Aucune issue. Cette fois, il était fait. Il sentit bientôt la pointe d'un javelot dans son dos.

– Bouge pas ou je te perce.

Avec leur délicatesse habituelle, les Romains lui distribuèrent quelques coups sur les épaules et les jambes, histoire de lui faire comprendre qu'il n'avait pas intérêt à se débattre.

– Vous n'avez aucun droit de m'arrêter ! protesta Philon.

– Tais-toi. Tu raconteras ça au chef des prisons.

On lui lia les mains dans le dos et la petite troupe s'ébranla vers la forteresse Antonia.

Gad, lui, avait disparu.

Six heures ? Sept heures ? Six heures sans doute qu'il était enfermé. Il avait vu passer le disque brillant de la lune par l'ouverture minuscule en forme de croissant tout en haut du mur. Il n'en distinguait plus désormais que le halo laiteux. La prison semblait plus calme aussi. Moins de hurlements et d'imprécations, mais des ronflements et, de loin en loin, un appel. Plus les grognements de la cellule voisine où l'un des prisonniers s'agitait avec des bruits de chaîne. « Hon ! Hon ! Non… L'eau ! » L'homme délirait ou quelque chose de ce genre. De temps en temps, il tapait même sur la pierre. Impossible de dormir. De toute façon, Philon n'avait pas sommeil. Six heures d'écoulées, approximativement. Et combien encore à vivre ? Car il ne se faisait pas d'illusions. Pour le moment, les Romains ne l'avaient pas identifié. Ni dans les couloirs de la forteresse Antonia ni dans ces geôles poisseuses. Aucun d'entre eux ne l'avait reconnu. Cela ne durerait pas très longtemps.

En arrivant à la forteresse, on l'avait d'abord présenté au chef des prisons. Philon avait bien tenté de jouer le pèlerin innocent, offusqué par tous ces mauvais traitements, mais le vieux centurion, sec comme un coup de fouet, n'avait rien voulu entendre. Qui plus est, il paraissait occupé par tout autre chose :

– Mettez-le avec les voleurs.

– Mais je ne suis pas un voleur !

– Tu as essayé de t'enfuir, oui ou non ? C'est suffisant pour être suspect. Et puis, tu as une tête de voleur. Quant à ce que tu es réellement, c'est au tribun Julius d'en décider. Or pour l'instant, il a autre chose à faire, crois-moi.

– C'est vrai que le procurateur Coponius sera ce soir à Jérusalem ? demanda le légionnaire qui maintenait Philon.

– Tout ce qu'il y a de plus vrai, soldat. Il s'installe dans le grand palais, à l'ouest de la ville. Le tribun est en train de tout organiser.

Il sourit avec fatuité :

– Et je suis du banquet qu'il donne en son honneur.

– La venue du procurateur... C'est en rapport avec les renforts ? continua l'autre.

– Ça, soldat, ce ne sont pas tes affaires. Et de toute façon, tu le sauras bien assez tôt.

Philon fut alors conduit dans un cachot où s'entassaient déjà cinq individus à la figure sale et aux vêtements en haillons. C'est à peine s'ils se poussèrent pour lui faire une place et il se retrouva coincé entre le mur et la grille en fer. Surtout, il fut frappé par l'odeur qui régnait, entre déjections humaines et cadavre en décomposition. Le cadavre, Philon l'aperçut bientôt, à la lueur vacillante de la torche du couloir : un gros rat, dont la tête était à moitié éclatée et qui avait été jeté de l'autre côté des barreaux. Où il faisait le bonheur d'une multitude d'insectes dotés d'un nombre ahurissant de pattes. Quant aux déjections... Il comprit assez vite lorsque l'un de ses compagnons se leva pour se tourner vers le coin du mur, au fond de la cellule. Tout bien réfléchi, Philon se dit qu'il n'était pas si mal, appuyé contre sa grille.

Au bout d'un moment, deux légionnaires descendirent avec un panier rempli de pains ronds et de gourdes en peau. Il y eut une effervescence soudaine, des cris, des empoignades. Tout cela distrayait follement les Romains :

– Allez les chiens, c'est l'heure du dîner !

Ils lançaient la nourriture à travers les barreaux et dispensaient au passage quelques coups de bâton aux imprudents qui tendaient les mains vers eux. Dans la geôle voisine, l'homme enchaîné n'eut droit à rien :

– Pas toi, régime sec.

Le prisonnier ne sembla pas s'en plaindre et Philon supposa qu'il s'était assoupi ou résigné. Pour sa part, il dévora à belles dents la miche rassise qu'il avait attrapée au vol, et s'arrangea pour boire à la gourde parmi les premiers. Tout en mâchant ce qui lui restait de pain, il songeait aux paroles du chef des prisons : Julius était au palais d'Hérode pour accueillir le procurateur Coponius. Dans l'immédiat, cela lui garantissait un répit supplémentaire avant d'être confronté au tribun. Mais cela signifiait aussi que le procurateur Coponius avait quitté Césarée depuis deux journées au moins. La ville nouvelle de Césarée se trouvait en effet loin de Jérusalem, sur la côte nord-ouest. Dans ces conditions, les négociations avec Ézéchias à propos du recensement avaient dû être annulées. Une mauvaise nouvelle de plus.

La nuit se prolongeait. La lune apparut et disparut. Ses compagnons de cellule – des voleurs, donc – finirent par s'endormir. Ils n'avaient pas échangé trois mots, comme s'ils se méfiaient les uns des autres. Rien à voir avec l'énergumène de l'autre côté du mur, qui lui, râlait de plus en plus fort :

– Hon ! Hon ! Haaa !

Philon eut envie de lui crier de se taire, mais il se ravisa. N'attirer l'attention sous aucun prétexte. Il revit l'éphod, les pierres précieuses, les traits de Gad sous la capuche. Sa surprise, réelle. Pourquoi avoir agi ainsi ? Pourquoi le faire arrêter, au risque qu'il soit exécuté ? Bethsabée avait raison, le grand prêtre était certainement mêlé au meurtre de son père.

– Hon ! L'eau ! L'eau !

Bethsabée… Philon devait admettre que la jeune femme avait quelque chose d'unique. De l'esprit, à l'évidence, beaucoup d'esprit. De la beauté aussi, et quelle beauté ! Son corps, dans ce bassin, nu. Et lui, si près, à la frôler. Une liberté, oui, une liberté qu'il n'avait rencontrée chez aucune femme auparavant. Était-ce un bien, était-ce un mal ?

– Hon ! Judas ! Samuel ! L'eau !

Philon s'arracha d'un seul coup à ses méditations. Avait-il bien compris ?

– Samuel ! Judas ! Non !

Samuel, Judas… Pas d'erreur, il avait bien compris. Samuel était le nom du rebelle qui l'avait attaqué dans l'écurie d'Hakeldamach. Et Judas… Judas le Galiléen ?

– L'eau ! Hon !

À l'évidence, l'homme était assoiffé. Les Romains n'avaient pas dû lui donner à boire depuis l'après-midi. Peut-être même était-il blessé ? À tâtons, Philon récupéra l'outre en peau au milieu de la pièce. Il la secoua. Il restait un fond du précieux liquide. Il passa sa main à travers les barreaux et agita doucement la gourde contre le bord de la grille voisine :

– Hé ! Vous m'entendez ? murmura-t-il. C'est de l'eau. De l'eau pour vous. Prenez.

– De l'eau, geignit l'autre. De l'eau.

La voix rauque d'un agonisant. Qui qu'il puisse être, il n'était pas en très grande forme. Après un instant de silence, il y eut cependant comme un râclement de chaînes sur le sol. L'homme bougeait son bras et tentait de le glisser entre les montants de la grille.

– Boire…

– Doucement, l'encouragea Philon. Doucement, vous y êtes. C'est ça, ne la lâchez pas.

Cette main gigantesque avec ces doigts ensanglantés, le jeune homme aurait juré… Oui, c'était la main du géant roux ! La même main qui avait failli lui aplatir le nez dans le repaire des rebelles !

La gourde fut aussitôt aspirée dans le noir. Il y eut des bruits de déglutition puis un ahanement prolongé. Philon attendit un peu et frappa délicatement contre la paroi :

– Vous m'entendez ? Vous m'entendez toujours ?

Pour toute réponse, il y eut un nouveau râle.

– Je suis Philon. C'est moi qui ai aidé votre frère Samuel, dans l'écurie. Vous vous souvenez ? J'étais aussi dans la maison, ce matin.

– Samuel… Ahh !

– Moins fort, de grâce ! Les gardiens nous surveillent. Dites-moi ce qui est arrivé ce matin.

– Les Romains, répondit le géant avec difficulté. Les Romains nous ont eus… J'ai… Mon ventre, ils m'ont touché au ventre. Ça fait mal.

– Et Judas ? Ils l'ont eu aussi ?

– Non, pas Judas. Il s'est enfui. Par la porte de derrière.

Il expulsa quelque chose de gras en essayant de rire.

– Je l'ai bien couvert, oui. Quand ils sont entrés, j'en ai tué six ou sept. Ça, je l'ai bien couvert. Ils l'ont pas eu.

Cela expliquait évidemment la fébrilité des Romains durant l'après-midi : ils avaient manqué le chef des rebelles !

Le géant toussa encore :

– Mon frère, articula-t-il. Samuel... Vous avez des nouvelles ?

Philon éluda :

– Parlez-moi des autres. Les autres ont-ils pu s'en sortir ?

– Personne. Tous morts. Je suis le seul. Mais je l'ai bien couvert !

Il avait pour ainsi dire crié sa dernière phrase et, autour de Philon, deux des prisonniers s'agitèrent.

– Moins fort, je vous en supplie ! Les soldats... Les soldats vous ont interrogé ?

– Les crevures ! Un jour, je les aurai. Tous. Ou alors, c'est Judas qui les aura. J'ai rien dit, non. L'attaque et tout ça. Ils peuvent me torturer encore, ils sauront rien. Et à la fin, ils seront bien obligés de partir ! Hors de Palestine, tous !

– Chut ! Taisez-vous !

Il y avait du bruit dans l'escalier : quelqu'un descendait les marches. À côté de Philon, l'un des voleurs s'était aussi réveillé. Bientôt, c'est l'ensemble de la prison qui serait tiré du sommeil. Et le géant continuait :

– Notre terre ! Les crevures, c'est notre terre à nous !

Les pas se rapprochèrent et la lueur de deux torches inonda le couloir. Le jeune homme fit semblant de fermer les yeux. Sous ses paupières mi-closes, il reconnut le légionnaire qui leur avait porté l'eau et les pains en guise de repas. Il était suivi par un homme enveloppé d'un manteau et d'une capuche qui lui dissimulait le visage.

– La terre des juifs ! marmonna le géant.

Sans hésiter, le légionnaire se dirigea vers la cellule de Philon. Celui-ci esquissa un ronflement discret. Peine perdue. La clé tourna dans la serrure et la grille s'ouvrit.

– Toi, aboya le garde en lui tapant sur le pied. Le tribun Julius veut t'interroger. Tout de suite.

– Moi, mais…

Derrière le légionnaire, la silhouette lui fit signe de tenir sa langue et d'obtempérer. Philon réfléchit à toute vitesse. À cette heure de la nuit, il y avait peu de chance que Julius demande à recevoir un vulgaire prisonnier. Il devait donc s'agir d'autre chose.

– Boire, reprit le géant, l'élocution à nouveau incertaine…

– Et lui ? chuchota Philon. Vous ne pouvez pas le laisser comme ça. Il lui faut de l'eau !

Sortant de la cellule sous le regard hébété de ses compagnons, il réussit à apercevoir le rebelle. Il était en piteux état, la figure, les mains et le corps barbouillés de sang. Ses chevilles et ses poignets étaient retenus par des chaînes fixées au mur. Il tourna vers Philon un œil démesurément enflé :

– L'eau…

– Celui-ci ? ricana le légionnaire. T'inquiète pas, son heure viendra bien assez vite. Et il n'aura plus jamais besoin d'eau.

– L'eau… répéta le malheureux.

Avant que le Romain ne puisse intervenir, Philon étendit le bras pour toucher l'épaule du géant roux :

– Samuel va bien, débita-t-il d'un trait. Samuel est en sécurité, je vous le promets.

Le légionnaire le tira vigoureusement par le coude, prêt à le frapper :

– Si tu refais ça…

Il suspendit cependant son geste, pressé de rattraper l'homme à la capuche qui s'éloignait dans l'escalier.

C'est en montant les marches à son tour que Philon entendit le géant roux pour la dernière fois. Il pleurait faiblement.

– Allez, ne traîne pas, ordonna le soldat.

La pointe du javelot dans le dos – une habitude, désormais – l'Égyptien monta le colimaçon jusqu'à la salle des gardes. Celle-ci, contrairement à l'effervescence du début de soirée, était déserte. Sur une table, au milieu des reliefs d'un modeste souper, l'homme à la capuche déposa une bourse en cuir qui semblait bien garnie.

– C'est un plaisir de travailler avec des gens comme vous, dit le légionnaire d'un ton obséquieux. Il ne vous reste plus qu'à suivre ce couloir là-bas. Il y a plusieurs portes et au bout, vous en trouverez une qui donne en bas de la forteresse. Je fermerai après votre départ. Avec tout ce qui se mijote ces jours-ci, je ne crois pas qu'on remarque de sitôt l'absence d'un petit voleur.

L'homme à la capuche approuva de la tête et s'engouffra dans l'espèce de tunnel obscur. Philon lui emboîta le pas en s'appliquant pour ne pas trébucher :

– S'il vous plaît… commença-t-il. Pourriez-vous au moins m'expliquer ?

L'autre ne ralentit pas d'un pouce :

– Plus tard, mon jeune ami, plus tard.

Ézéchias ! C'était la voix d'Ézéchias !

– Vous…

– Silence, je vous dis !

12.

– Ézéchias, un instant ! J'aimerais comprendre.

Ils s'étaient éloignés de la forteresse Antonia avec la plus grande prudence, mesurant chacun de leurs pas et retenant leur souffle. Jérusalem était plongée dans le noir, ses habitants endormis, mais les abords du Temple et de la citadelle restaient étroitement surveillés : les soldats romains y patrouillaient sans relâche. À l'est, très loin dans le ciel, quelques minces déchirures blafardes annonçaient les prémices de l'aube. L'air était frais et caressant, baignant délicieusement le visage de Philon après la puanteur et la promiscuité des cachots. Jugeant sans doute qu'ils étaient hors d'atteinte, Ézéchias s'arrêta sous le porche d'un entrepôt, à l'extrémité du quartier commerçant du Tyropéon. Il lui fallut un certain temps avant de reprendre sa respiration :

– Moi aussi j'aimerais comprendre, dit-il dans un halètement.

– Votre ambassade auprès de Coponius ?

– Un échec, mon garçon, un terrible échec. Quand je suis arrivé à Joppé pour m'embarquer vers Césarée, un émissaire du procurateur Coponius m'attendait. L'empereur Auguste a donné des ordres très stricts : aucune exception pour la Palestine, pas question de différer le recensement. Toutes les provinces doivent être soumises à l'impôt, un point c'est tout. Et si révolte il y a, qu'elle soit matée dans le sang. D'une certaine manière, je pense même que Coponius souhaite crever l'abcès au plus vite. Il ne veut surtout pas d'une agitation chronique et de rebelles insaisissables. Il préfère les affronter aujourd'hui et en position de force. C'est la raison pour laquelle il est à Jérusalem avec de nouvelles troupes. Nous allons vers la guerre, mon jeune ami, nous allons vers la guerre.

– J'ai... j'ai justement rencontré votre fils, Judas.

La voix du vieil homme se relâcha :

– Judas... J'espère seulement qu'il n'a pas trop noirci mon portrait. Mais quoi qu'il affirme, je suis convaincu que ce soulèvement est une grave erreur. Que la situation sera bien pire ensuite.

– En tout cas, il s'en est fallu de peu que les légionnaires ne l'attrapent.

– J'ai su cela, oui. Bethsabée m'a expliqué pour ces deux derniers jours. Judas a toujours aimé le risque, hélas !

– Vous avez donc vu Bethsabée ?

– J'étais à votre recherche, figurez-vous ! En fin d'après-midi, lorsque je suis revenu à Jérusalem, personne n'a été capable de me dire où vous vous trouviez. En désespoir de cause, je me suis rabattu chez Jephté. Bethsabée y guettait votre retour, en compagnie de Mandou. D'après elle, au moment de la quitter, vous vous rendiez chez le grand prêtre.

Sa voix tremblait légèrement :

– Vous avez réussi à l'approcher ?

– Le grand prêtre ? En vérité, non. Je l'ai croisé sur le chemin du palais, mais dès qu'il m'a reconnu, il s'est enfui à toutes jambes. Il a ensuite ameuté la garde et c'est ainsi qu'ils m'ont fait prisonnier.

– Il s'est enfui, dites-vous ? Cela paraît étrange, pour le moins. Surtout si l'on songe que... Mais nous y reviendrons plus tard. En définitive, c'est ce brave Siméon qui m'a appris que vous étiez à la forteresse. Il vous a aperçu là-bas au milieu des légionnaires. J'ai certains contacts dans la place et... Bref, comme beaucoup d'officiers assistaient au banquet du procurateur, je me suis arrangé pour payer les gardiens.

Il lui tapa sur l'épaule :

– Quatre cents deniers romains, deux années de solde, voilà ce que vous m'avez coûté ce soir !

– Je vous suis très reconnaissant, Ézéchias. Sans vous...

– Remerciez surtout Siméon qui vous a repéré avant le tribun ! À ce propos, d'ailleurs, je crains que vous n'ayez plus guère le choix : il va vous falloir retourner en Égypte. Si des fois Julius avait vent de cette histoire... Mais de cela aussi nous reparlerons plus tard. Dans l'immédiat, je dois vous conduire chez Gad.

Il fronça bizarrement les sourcils :

– Et je vous préviens, ce n'est pas beau à voir.

Le palais du grand prêtre Gad émergeait de l'ombre tel un fantôme démesuré. Le portail qui donnait sur l'arrière du théâtre d'Hérode n'était pas fermé, non plus que le corps principal du bâtiment. Malgré l'obscurité, Ézéchias paraissait se diriger sans hésitation au travers des immenses pièces qu'ils parcouraient. Çà et là, à la faveur d'un rayon de lune, Philon devinait des fauteuils et des banquettes en bois précieux, de longues tables avec d'innombrables verres et pièces de vaisselle, des meubles massifs aux serrures compliquées, des plaques de marbre fin qui décoraient les murs, le jeu subtil entre les bassins d'eau à ciel ouvert et les élégants portiques qui les entouraient.

– Il n'y a vraiment personne ? chuchota le jeune homme.

– Ce n'est pas le moins curieux, répondit Ézéchias sur le même ton. Il semble que Gad ait congédié la vingtaine d'esclaves et de serviteurs qui s'occupent habituellement de sa maison. Dans quel but ? Nous l'ignorons et il faudra patienter jusqu'au lever du jour pour le savoir. Quoi qu'il en soit, lorsque nous nous sommes présentés avec Siméon, le palais était totalement vide. Bethsabée nous avait assuré que vous seriez chez le grand prêtre, mais nous étions loin de nous attendre à ça !

Ils parvinrent enfin dans une salle circulaire percée de hautes fenêtres et qui ouvrait sur le jardin. Au grand étonnement de Philon, celui-ci s'étageait en trois vastes terrasses, toutes reliées par une sorte de cascade artificielle qui chuintait joyeusement. Celle-ci s'écoulait jusqu'à un petit étang bordé de roches et de cèdres majestueux, sous lesquels s'activaient plusieurs silhouettes, torches à la main.

– C'est Siméon qui a eu l'idée de fouiller le jardin, précisa Ézéchias.

Le gros personnage s'avançait d'ailleurs à leur rencontre avec force gestes :

– Vous avez réussi ! s'exclama-t-il à mi-voix. Tant mieux, je suis bien aise que les Romains vous aient laissé sortir ! Vous nous aiderez peut-être à comprendre pourquoi le malheur s'acharne ainsi sur Jérusalem !

– Que s'est-il passé, exactement ?

– Venez, vous constaterez vous-même.

Ils suivirent Siméon jusque sous les arbres où une aire avait été aménagée pour prendre les repas. Il y avait là une table couverte de mosaïques colorées, une dizaine de sièges repoussés en arrière et un cadavre étendu sur le ventre. Il avait dû être traîné ou roulé sur le sol car sa figure et ses bras étaient maculés d'une espèce de terre blanche. À la lumière de la torche, le jeune homme ne reconnut pas immédiatement le visage de Gad : ses cheveux et sa barbe étaient sales et emmêlés, ses yeux horriblement révulsés et sa bouche comme ses oreilles vomissaient des filets de poussière. Sur le dos de sa tunique, à l'endroit du cœur, une large tache rouge s'évasait, blanchie en partie par la craie. Philon remarqua qu'il ne portait plus la robe de l'éphod qu'il lui avait vue au début de la soirée.

– C'est lui, c'est le meurtrier, gémit Siméon, cela ne fait aucun doute. Assassiner le grand prêtre, à quatre jours de la Pâque ! Quel effet cela va-t-il produire sur les fidèles ?

– C'est incroyable, murmura Philon. Pourquoi s'est-il enfui alors que j'arrivais ? Qu'avait-il à craindre de moi ? Je souhaitais juste lui parler.

– Peut-être l'avait-on menacé s'il vous adressait la parole ? suggéra Ézéchias.

– Ou bien, c'est qu'il me prenait pour le tueur.

– En tout état de cause, cela nous renseigne sur l'intervalle de sa mort : entre le moment où vous l'avez rencontré à la nuit tombante et le moment où Siméon et moi l'avons découvert il y a une heure.

Philon s'agenouilla pour observer la plaie :

– Un coup de couteau, visiblement, et d'une grande violence. Assené dans le dos au niveau du cœur. Il devait se tenir debout derrière lui et... Gad n'a pas dû souffrir. Mais pourquoi l'enduire ensuite de poussière ?

– Si vous voulez savoir, il a même pris soin de lui en remplir les oreilles et la bouche, renchérit Siméon. Il n'aurait pas fait ça à une bête !

– La bouche, justement… Il y a du sang sur les commissures.

– Tout comme Jephté, absolument pareil ! Un lacet de cuir lui attachait les lèvres.

Le gros homme s'interrompit et se dandina d'un pied sur l'autre, mal à l'aise :

– Il n'était pas question que je le touche moi-même, vous l'imaginez. J'ai donc fait venir deux de mes serviteurs pour procéder à… Enfin, vous voyez ce que je veux dire. Eh bien, la bouche était pleine de terre, en effet, mais sous la langue, ils ont retiré un tefillin. Le même genre de tefillin que celui de Jephté.

– Et dans le tefillin ?

Le timbre de Siméon devint caverneux :

– Un parchemin, Ézéchias, un parchemin. La suite de la prophétie. J'en prenais connaissance lorsque vous êtes arrivés. Tenez…

Il claqua des doigts et l'un des domestiques leur tendit la feuille. Elle était du même ocre que l'autre, avec les mêmes pliures et les mêmes caractères en hébreu ancien :

Mais, au jour du Naziréen,
dernier-né de David depuis le pays d'Égypte,
si le sang de Jacob verse son propre sang,
s'il pèche à nouveau à la face de son Dieu,
alors Je ferai monter le Bélial depuis les abîmes,
et avec lui la troupe d'Assur au sein d'Israël !
Pleurez ! Pleurez, filles de Jérusalem !
Le fléau de Dieu contre son guérisseur,
la bouche du mensonge contre le reste de vérité,
les fils des ténèbres contre les fils de lumière !

– « Les fils des ténèbres contre les fils de lumière », répéta Philon, stupéfait.

– Ces mots vous évoquent quelque chose ?

– Bien sûr ! J'ai déjà entendu cette expression, et même plus d'une fois. Mais pas ici. Chez moi, à Alexandrie !

Les deux membres du Sanhédrin le fixaient, abasourdis.

– À Alexandrie ? lâcha Siméon.

– Oui ! J'ai passé plusieurs semaines dans une communauté de thérapeutes sur les bords du lac Maréotis. Les thérapeutes y mènent une vie de prières et de recueillement à l'écart de la cité. Or ils se désignent eux-mêmes comme les fils de lumière, qui s'emploient à respecter scrupuleusement les volontés du Seigneur. Contrairement aux fils des ténèbres qui ont une existence impie et se complaisent dans le péché. Je vous cite leurs propres termes.

– Les fils des ténèbres contre les fils de lumière... Mais nous ne sommes pas à Alexandrie ! s'irrita Ézéchias. Quel rapport avec Gad ? Quel rapport avec Jérusalem ? Le coupable serait selon vous l'un de ces thérapeutes ?

– Je ne le crois pas, commença Philon. Cependant...

Une évidence le frappa soudain :

– Qumrân ! Voilà le lien !

– Qumrân ? ânonna Siméon, de plus en plus perdu.

– Comment n'y ai-je pas songé plus tôt ? Les thérapeutes ne sont qu'une branche cadette des esséniens de Qumrân. Ils leur ont emprunté une bonne partie de leurs rites et de leur vocabulaire. Du peu que je sais des esséniens, je suis persuadé qu'ils s'estiment eux aussi les fils de lumière dans un monde menacé par les fils des ténèbres. Ce texte nous renvoie aux esséniens, j'en suis presque sûr !

– Pardonnez-moi, mon garçon, objecta Ézéchias... Même si les esséniens nous rapprochent de Jérusalem, je ne vois pas quel intérêt ils auraient à assassiner le grand prêtre ! Ils vivent isolés dans le désert depuis des dizaines d'années !

– Je ne prétends pas non plus que le meurtrier soit l'un d'eux. Bien que l'on connaisse leur hostilité au Temple et, par voie de conséquence, à son représentant le plus illustre. Simplement, il y a un autre détail que vous ignorez peut-être : Jephté s'était rendu à Qumrân à plusieurs reprises. Je le tiens de Bethsabée, sa fille. Il cherchait à unir pharisiens et esséniens contre les sadducéens. Or Jephté a été éliminé, lui aussi.

– Jephté à Qumrân... Il ne s'en est jamais ouvert à nous !

– Sans doute vous supposait-il du côté du Temple. Sans oublier qu'il a toujours conservé le secret sur ces déplacements.

– Si je vous suis bien, récapitula Ézéchias, ce parchemin concerne les esséniens d'une manière que vous ne sauriez vraiment définir, mais qui suffirait à expliquer l'assassinat de Gad comme celui de Jephté. Et tout cela uniquement sur la foi d'une prophétie inventée par un assassin !

– Eh bien ! pas seulement. D'après Élie, l'oncle de Bethsabée, la prophétie ne serait sans doute pas aussi fausse qu'elle en a l'air. Il pourrait s'agir du message véritable de l'un des prophètes du Livre. Un message dont on aurait caché l'existence depuis très longtemps.

– Tsss ! s'emporta Ézéchias. Élie n'a plus toute sa tête. Cette histoire est déjà suffisamment compliquée sans que l'on y mêle ce vieux fou. D'ailleurs, mis à part ces fils de lumière et ces fils des ténèbres, je ne vois pas bien ce que ce texte a d'exceptionnel. Rien qui justifie en tout cas que l'on tue deux hommes ou même que l'on cherche à le dissimuler.

– En l'occurrence, souligna Philon, le meurtrier s'obstine plutôt à le faire connaître, ce qui peut paraître plus illogique encore. Et pour ce qui est du contenu…

Il relut tout haut les dernières lignes :

Pleurez ! Pleurez, filles de Jérusalem !
Le fléau de Dieu contre son guérisseur,
la bouche du mensonge contre le reste de vérité,
les fils des ténèbres contre les fils de lumière !

– Les ténèbres contre la lumière, le mensonge contre la vérité, le fléau contre le guérisseur. Il s'agit bien d'une mise en garde, comme il en existe quelques autres dans les Écritures. Si le peuple d'Israël ne se montre pas digne d'accueillir le Sauveur, alors les forces du mal se déchaîneront ! Mais à mon sens, authentique ou pas, un aspect de cette prophétie nous échappe toujours.

– À moins qu'elle ne soit incomplète, émit Siméon.

Il y eut un silence, chacun mesurant ce qu'impliquerait une telle éventualité.

Le premier, Ézéchias reprit la parole :

– Le temps presse, hélas ! Nous ne pourrons continuer indéfiniment à cacher la mort de Gad. Ni au peuple ni surtout aux Romains. Je dois prévenir Julius. Dieu sait de quoi il nous accuserait si nous tardions davantage.

Il prit Philon par le bras :

– Et vous, mon garçon, il va vous falloir quitter cette ville sur-le-champ. Dès que la nouvelle du meurtre sera connue, la légion renforcera sa surveillance et je ne pourrai plus rien pour vous. J'ai laissé des consignes à Nertari pour qu'elle facilite votre départ. Je crois même que Bethsabée, qui s'accorde avec moi sur ce point, tenait à vous dire au revoir.

– Vénérable Ézéchias, je vous remercie du fond du cœur, vous avez fait pour moi autant qu'un père pour son fils. Cela dit, je ne comptais pas rentrer en Égypte pour le moment. Je pense... je pense qu'il est de mon devoir d'aller à Qumrân.

– D'aller à...

Le vieillard faillit ajouter quelque chose, mais il s'abstint :

– Je respecte votre choix. Après tout, depuis que vous êtes à Jérusalem, vous avez été lié à un si grand nombre de ces événements... Qui sait ce que vous apprendrez encore ? Bien qu'à mon avis cette affaire de prophétie ne soit qu'un leurre. Mais vous avez du courage, c'est indéniable. Si j'en avais eu autant à votre âge...

Il se tut et serra chaleureusement la main du jeune homme dans la sienne.

– Si nous devons nous revoir, ajouta-t-il, j'espère que ce jour sera un jour de paix pour notre peuple.

Philon ne mit que quelques minutes à regagner la demeure d'Ézéchias.

Nertari et Bethsabée l'attendaient, assises sur des banquettes qui se faisaient face, leur silhouette se découpant à peine sous l'unique torche qui éclairait le vestibule.

– Vous êtes... vous êtes sain et sauf, soupira Bethsabée.

– Moi, oui. Mais par malheur, le grand prêtre Gad a été assassiné. De la même façon que votre père et avec la même sauvagerie. Je suis désolé. Qui plus est, Ézéchias m'a conseillé de disparaître au plus vite et j'ai… j'ai résolu de me rendre à Qumrân. Cette nuit. J'ai le sentiment qu'une partie de la solution se trouve là-bas.

– Vous ne rentrez donc plus en Égypte ?

– Pas pour l'instant. Pour être clair, on a découvert la suite du parchemin sur le corps de Gad et je suis persuadé qu'elle fait référence aux esséniens. J'ai pris ma décision, je pars pour Qumrân.

Une flamme subite – ou était-ce le reflet de la torche ? – brilla dans le regard de Bethsabée.

– Si vous allez à Qumrân, j'y vais aussi.

Philon la contredit mollement :

– Je ne pense pas que…

– Vous voulez parler aux esséniens parce que mon père leur a parlé, n'est-ce pas ? Eh bien si la réponse à vos questions se trouve à Qumrân, je veux y être aussi.

– Le voyage…

– Ne vous inquiétez pas du voyage. Je sais monter un dromadaire et la fatigue ne me fait pas peur. De plus, si vous craignez que je vous encombre, Mandou s'occupera de moi.

Elle se tourna vers Nertari :

– Je suppose qu'Ézéchias ne voit pas d'inconvénient à cette dépense supplémentaire ?

– Non, non… balbutia l'esclave. Le maître a dit : tout ce qui sera utile. Mais je ne suis pas sûre que Yarib ait trois dromadaires.

Philon se remémora sa discussion avec l'enfant qui portait des sacs de dattes sur le marché d'Hakeldamach :

– Yarib, celui qui possède l'écurie ? Que je sache, il accueillait au moins trois de ces animaux dans son bouge.

– Dans ce cas… s'inclina Nertari. Je vais donner les ordres. Il faudra plus de vivres et…

– Agissez pour le mieux, coupa Bethsabée. Vous nous devez bien cela, non ?

Nertari piqua du nez et n'osa rien répliquer. Elle battit précipitamment en retraite.

– Qu'est-ce qui lui prend ? demanda Philon lorsqu'elle se fut retirée.

– Ne faites pas attention, des histoires de femmes. D'ailleurs, vous feriez mieux de vous préparer vous aussi : si le grand prêtre a été tué, toutes les issues de la ville seront bientôt bouclées.

Le jeune homme acquiesça : il avait en outre besoin de se laver et de manger un peu.

Il se dirigea vers la pièce d'eau, se rafraîchit rapidement, prit une nouvelle tunique – encore une tunique de Judas… – et passa dans sa chambre récupérer la besace et la clé argentée que Gad lui avait remise au Temple. Il était en train de la soupeser au creux de sa main lorsque Nertari frappa à sa porte :

– Excusez-moi, je sais que vous êtes pressé. Je dois… Je dois vous avouer quelque chose avant votre départ.

– Je vous écoute… l'encouragea Philon, sans réussir à être aimable.

– C'est à propos de ce qui s'est passé l'autre jour. Le soir où… Enfin, cet homme qui est entré dans le jardin avec son couteau. Et le lendemain quand je ne vous ai pas réveillé alors que je le devais. Je… je vous ai menti.

– J'avais cru deviner, en effet.

– Vous pouvez être en colère contre moi… Mais si je vous ai menti, c'est parce que j'avais peur. Et c'est pour ça aussi que je veux vous prévenir.

Philon avança d'un pas vers elle. Dans la pénombre, il lui sembla qu'elle était au bord des larmes.

– Me prévenir de quoi ?

– La fois où vous vous êtes installé dans la maison. L'après-midi. Un homme est venu me voir.

– Un homme ?

– Je n'ai pas vu qui c'était. Il avait une grande capuche sur la tête et il parlait en chuchotant. Je n'ai pas reconnu sa voix.

– Qu'est-ce qu'il voulait ?

– Il voulait me parler du maître et de la mort de Jephté. Si j'avais entendu des détails et tout ça.

– Mais vous auriez dû…

– Il m'a averti qu'il savait la vérité pour Judas. Que Judas le Galiléen, celui que tout le monde recherchait, était le fils du maître. Et si je refusais de répondre, il dénoncerait le maître aux Romains. Le jour même. Et ce n'est pas tout. Il a ajouté que quand on saurait que le maître et moi… Enfin, que j'étais presque sa femme, je serais renvoyée d'où je viens.

– Ézéchias et vous…

Elle renifla discrètement et Philon sentit sa rancœur fondre d'un seul coup.

– Mon maître est un homme aimable, sanglota-t-elle. Il m'a toujours bien traitée. Je ne suis qu'une esclave, moi. Avec lui, j'avais l'espoir de devenir… je ne sais pas… Quelqu'un. J'ai eu peur qu'on lui fasse des ennuis. Je n'ai pas réfléchi.

– Calmez-vous, Nertari, je ne suis pas là pour vous juger. Rapportez-moi seulement ce que vous avez confié à cet homme.

– Au vrai, je ne pouvais pas lui confier grand-chose. Je lui ai quand même parlé de vous et il a exigé que je lui montre votre chambre. Il m'a dit aussi de ne pas fermer la porte sur le jardin, au cas où il aurait besoin de revenir.

Le poignard, songea Philon, c'était donc lui qui avait volé le poignard ! Avant de tenter de le tuer le soir même ! Mais pour quelle raison ? Pour que le couteau à manche d'ivoire accuse les rebelles ? Pour conforter l'idée qu'ils étaient aussi responsables de la mort de Jephté ?

– Continuez.

– Cette nuit-là, quand vous avez cherché à voir le maître après l'attaque dans le jardin, j'ai fait le rapprochement. Et je me suis débrouillée pour vous éloigner.

– Y compris en oubliant de me réveiller le lendemain.

– J'avais peur de cet homme, j'avais peur du maître. J'avais peur des Romains. J'avais peur de tout.

– Et l'homme en question, il est revenu ?

– Oui, juste après que vous êtes parti pour l'enterrement de Jephté. J'ai dû… j'ai dû lui dire que vous comptiez aller à la synagogue des Alexandrins.

– Eh bien, en effet ! Et depuis ?

– Depuis, il n'est pas réapparu. Mais à chaque instant, je redoute que…

– Vous êtes certaine de n'avoir rien remarqué ? Un accent, une particularité physique ? Une manière de s'exprimer ?

– Il parlait bien, comme vous ou comme le maître. Il était à peu près de votre taille. Pour le reste…

Philon fit la moue :

– Le plus prudent serait de tout révéler à Ézéchias. Il prendra les mesures nécessaires. Quant à sa réaction, soyez tranquille : je suis prêt à jurer qu'il vous pardonnera.

Il lui tendit le mouchoir qu'il s'apprêtait à glisser dans sa besace. Nertari sécha ses larmes, un peu soulagée.

Une heure avait passé.

Au sommet de la colline, Philon se retourna pour contempler Jérusalem. Les premières lueurs du jour caressaient maintenant le Temple, faisant jaillir par endroits des myriades de petits soleils. Le jeune homme ne put s'empêcher de sourire : comment allait-il expliquer à son frère que malgré tous ses efforts, pas une seule fois il n'avait pu approcher les portes dorées ?

13.

Sale bête ! Décidément, Philon n'aimait pas les dromadaires. Trop hauts, trop gros, trop stupides. Et cette manière de ruminer constamment on ne savait quoi, l'œil en coin, aux aguets. Sournois. D'ailleurs, sa monture n'attendait qu'une occasion pour le renverser, il en était convaincu. Car il y avait cela, aussi : les dromadaires tanguaient. Une espèce de roulement régulier, de droite à gauche, plus ou moins ample selon l'état du terrain, avec de temps en temps un mouvement brutal de l'encolure. Du moins son dromadaire à lui agissait-il ainsi, penchant brusquement sa tête comme s'il reniflait sur la piste une odeur impérieuse. Pour ne pas basculer en avant, le jeune homme devait alors serrer de toutes ses forces l'amas graisseux de la bosse. L'impression d'agripper une outre pleine de suif… Après quoi, l'animal retroussait ses babines et émettait une série de gargouillis ridicules. Satisfait de son tour, apparemment. Déjà, dans l'écurie d'Hakeldamach, Philon lui avait trouvé l'air particulièrement vicieux :

– C'est un jeune mâle, avait expliqué Yarib, il est encore un peu fougueux.

Fougueux ? Perfide, oui.

À une centaine de pas devant lui, ses deux compagnons n'éprouvaient pas du tout les mêmes difficultés.

Mandou, qui avait déjà accompagné son maître à Qumrân, ouvrait le convoi, monté sur un énorme mâle au poil brûlé par l'âge, mais d'apparence pacifique. Bethsabée, elle, avançait sur une petite femelle dont elle se faisait obéir par simples claquements de langue. En quittant Jérusalem, ils avaient choisi de couper par les collines plutôt que de suivre la route la plus fréquentée, celle qui montait en direction de Jéricho avant de redescendre vers la mer Morte. Si le chemin était moins sûr, il permettrait d'éviter les Romains.

Philon s'essuya le front : le soleil pesait déjà de tout son poids et la brise légère du matin ne parvenait plus à le rafraîchir. Il avait eu successivement mal aux jambes, au dos, au cou, et l'oscillation obstinée de l'animal lui donnait maintenant mal au cœur. La fatigue, la chaleur, les heures de veille, ce maudit dromadaire…

Soudain, comme s'il lisait dans ses pensées, l'animal entreprit de galoper. Une course violente, désordonnée, un zigzag de bête enragée. Philon se mit à crier en s'accrochant à ce qu'il pouvait, fourrure, bosse, plis de la peau. Puis, d'un seul coup, arrivée à hauteur de Bethsabée, sa monture ralentit, secouant la tête en tous sens.

– Un problème ? demanda la jeune femme.

– Euh, non, non. C'est qu'il est… Eh bien… un peu fougueux.

– Fougueux ? Plutôt en chasse, on dirait.

– En chasse, mais…

– Regardez sa gueule, le palais est gonflé. Au bord des lèvres, là, vous voyez ? Yarib vous a donné un mâle en rut, tout simplement…

– Ah !

Philon se sentit vaguement décontenancé. Un dromadaire, déjà… Mais un dromadaire en rut !

– Vous… vous paraissez bien les connaître, bredouilla-t-il.

Bethsabée ne répondit pas. Elle retira une petite fiole du sac qu'elle portait sur le côté, la déboucha avec précaution, mouilla sa paume d'un liquide presque jaune et frotta les narines de l'animal. L'air s'emplit fugitivement d'épices et de menthe. Le dromadaire éternua par deux fois et se mit à grogner.

– Un peu d'huile parfumée devrait le calmer. J'ai vu faire les caravaniers lorsque je voyageais avec mon père.

– Il vous emmenait souvent avec lui ?

– Après la mort de ma mère, oui. Jusqu'à l'âge de douze ou treize ans. Ensuite, il a estimé que ce n'était plus très convenable.

– Mais jamais à Qumrân ?

– Jamais. Je doute d'ailleurs qu'il s'y soit rendu avant l'année dernière. C'est seulement il y a trois ou quatre mois qu'il a songé à cette alliance politique avec les esséniens.

– Depuis l'occupation romaine, donc.

– Voilà. Les sadducéens se rangeant derrière l'envahisseur, c'était le seul moyen de leur faire contrepoids.

– C'est probablement à cette occasion qu'il a eu connaissance de la prophétie, avança Philon. Ou du moins, qu'il a fait le lien avec cette vieille histoire de Qéhat, ce grand prêtre qui aurait refusé la parole du prophète avant de réduire son frère au silence.

– Une histoire que Gad connaissait aussi. Ce qui lui a valu d'être assassiné, tout comme mon père.

– Gad le sadducéen, Qéhat le sadducéen, répéta le jeune homme, songeur. Je me demande…

Il en oubliait presque la chaleur et l'inconfort de sa position, juché sur un dromadaire aux intentions douteuses – même si, pour l'instant, l'animal semblait plus tranquille.

– Peut-être pourriez-vous m'éclairer sur quelques points, ajouta-t-il. Notamment sur ce que les sadducéens pensent des écrits des prophètes. Élie laissait entendre qu'ils ne leur accordaient aucun crédit. Est-ce vrai ?

– En quelque sorte. Les sadducéens n'admettent comme Parole véritable du Tout-Puissant que les cinq premiers livres donnés par Moïse lui-même : *Beréshit, Shemot, Wayyiqra, Bemidbar, Devarim*[1]. Tout leur enseignement et leurs rites se fondent sur ce Pentateuque. Or les rouleaux des nabis n'en font pas partie.

– Et pour les pharisiens ?

– Les pharisiens vénèrent aussi le Pentateuque, bien sûr. Mais sont sacrés à leurs yeux tous les livres du Livre, y compris les écrits des prophètes. Ainsi d'ailleurs que les commentaires de la Loi que les sages transmettent aux sages, génération après génération. Pour mon père et pour tous les pharisiens, la Torah est une présence vivante qui s'enrichit de la foi de chaque homme et de l'interprétation inspirée des rabbis.

– Au lieu que les sadducéens désapprouvent ce qui ne vient pas exclusivement des premiers livres...

– Les sadducéens condamnent ce qu'ils ne peuvent contrôler et qui pourrait les desservir un jour. C'est la raison pour laquelle, tout comme les Romains, ils se méfient des juifs qui proclament un peu trop haut la venue du Sauveur. Car en réalité, qui peut deviner ce que voudra le Sauveur ?

– Les grands prêtres auraient peur du Messie... C'était le sentiment de votre oncle, n'est-ce pas ?

1. Cf. note p. 130.

– Exactement. Et pourquoi les sadducéens craindraient-ils le Messie, sinon parce qu'ils se savent indignes de l'accueillir ?

– En d'autres termes, ils seraient visés par la prophétie dans le tefillin ?

– N'ont-ils pas laissé la troupe d'Assur s'emparer de Jérusalem ? S'y sont-ils opposés, seulement ? Ne sont-ils pas responsables des errements du peuple d'Israël, eux qui ont la charge de le conduire ? Or c'est bien contre ces errements que met en garde la prophétie : *... s'il pèche à nouveau à la face de son Dieu, alors Je ferai monter le Bélial depuis les abîmes...* Je serais étonnée que Gad n'ait pas fait le rapprochement.

– Et pourtant, Gad est mort, répliqua Philon. On ne saurait donc imputer ces meurtres aux sadducéens.

Ils se turent un moment, les yeux perdus dans un paysage aride où chaque touffe d'herbe jaune agrippée à la roche semblait une petite revanche sur le néant. Autour d'eux, des collines, des dizaines de collines, ocre, bistre, usées, élimées, épuisées par le soleil, des vallons secs et tourmentés où ne coulait plus qu'une fine couche de terre que le vent léger soufflait sans effort. Le ciel lui-même, vide et immense, venait buter sur la pierre des sommets, comme si l'homme ne devait rien vouloir d'autre que s'élever vers son Créateur. Devant eux, assez loin, Mandou ouvrait toujours la marche.

– Si les sadducéens sont hors de cause, déclara finalement Bethsabée, il ne reste plus que les esséniens. Est-ce la raison de notre visite à Qumrân ?

– Je ne sais pas, murmura Philon. « Les fils des ténèbres contre les fils de lumière », voilà notre seul indice. Pour autant, cela ne fait pas des esséniens les coupables. Si j'en juge même par ce que j'ai appris des thérapeutes, c'est un groupe paisible et tourné vers le bien. Ils se consacrent à l'étude, au travail, à la contemplation. Je les imagine mal tuant d'autres hommes avec une telle sauvagerie.

– On imagine mal qui que ce soit tuant d'autres hommes avec une telle sauvagerie ! À moins que le meurtrier ne soit fou.

– Il n'est pas fou, au contraire. Il a tout prévu depuis l'origine. Il a obtenu par exemple du grand prêtre Gad qu'il donne congé à ses domestiques. Il a contraint Nertari à lui dire ce qu'elle savait de l'enquête et à lui ouvrir la maison de son maître. Il s'est renseigné sur moi à plusieurs reprises et a tenté de m'éliminer. De plus, chaque fois qu'il s'est trouvé dans une situation difficile, il a agi avec sang-froid. Comme lorsqu'il s'est enfui par les toits, après le meurtre de votre père. Non, il n'est pas fou, loin de là. Il poursuit un objectif précis, mais qui pour l'heure nous échappe.

– Si réellement il n'a pas perdu la raison et s'il souhaite uniquement faire connaître la prophétie, pourquoi ajouter aux crimes tous ces détails abominables ?

– Ce qui est sûr, répondit Philon en ajustant le linge qui lui protégeait la tête, c'est que tout tourne en effet autour de la prophétie. La Menace, dirait votre oncle Élie. Mais quelle menace ? Quel danger ? Isaïe, Michée, Nahum, Osée ou Sophonie, chacun de ces cinq nabis pourrait avoir écrit ce texte. Or ils en ont écrit bien d'autres qui ne sont pas moins inquiétants. Alors pourquoi accorder à celui-ci une importance particulière ? Sauf…

Une idée prenait lentement forme dans son esprit :

– Sauf si l'assassin veut nous convaincre de son authenticité. Montrer qu'il est en possession de la véritable prophétie de Qéhat et d'Uzziel. Qu'il en connaît le contenu et l'auteur. Et surtout, la signification. Auquel cas, sa manièrc même d'assassiner ses victimes ne serait qu'un moyen de…

Il se tut, frappé par une coïncidence.

– Vous pensez à quelque chose ? interrogea Bethsabée.

Un frisson glacé le parcourut :

– Bethsabée. Je crois… je crois savoir qui est le nabi. Celui de la prophétie. Oui, il ne peut s'agir d'un hasard.

– Parlez ! Parlez donc !

– Eh bien ! Cela semble extravagant, mais… Quels sont les traits communs entre le meurtre de Gad et celui de votre père ?

– Le tefillin ?

– Le tefillin, bien sûr. Avec le parchemin à l'intérieur de la bouche. Et puis ?

– Le fait qu'ils appartiennent tous les deux à la maison de Gémûl ?

– Parfaitement. Ce qui justifierait qu'ils aient eu connaissance de la prédication. On peut ajouter aussi l'endroit du crime : chez eux, à l'abri des regards, afin de donner à l'assassin tout le temps d'accomplir sa besogne. D'un certain point de vue, bien que nous ignorions l'essentiel, tout jusque-là paraît logique : Gad et Jephté sont liés à la prophétie, on les découvre morts avec sur eux un morceau de celle-ci… Maintenant, quelles sont les différences les plus évidentes entre ces deux meurtres ?

– Mon père était le chef des pharisiens et Gad celui des sadducéens.

– C'est vrai. Sur cet aspect, cependant, je ne sais trop que vous dire. Si l'un et l'autre étaient du même parti, nous pourrions accuser leurs adversaires. Ce n'est pas le cas. Quant aux Romains, je doute que dans les circonstances actuelles supprimer le grand prêtre les aide à rétablir le calme dans Jérusalem. Non, je pensais, moi, à la façon dont ces meurtres ont été commis : qu'est-ce qui les distingue ?

La jeune femme baissa les yeux :

– Gad a été poignardé et mon père… mon père a été…

– Pardonnez-moi, je suis stupide. Mes questions sont maladroites et… Ce que je veux dire c'est que l'on a retrouvé le grand prêtre roulé dans la terre, les oreilles et la bouche soigneusement remplies de poussière. Tandis que la poitrine de Jephté était, elle, entaillée, comme si une bête sauvage l'avait lacéré de ses griffes. Ce qui n'a pu être fait qu'après la mort, bien entendu. Or, si le criminel n'est pas fou, quel besoin avait-il de s'en prendre ainsi aux cadavres ? Et dans ce cas, pourquoi s'en prendre différemment à l'un et à l'autre ?

– Vous insinuez que cette terre, ces mutilations. Tout cela aurait un sens ?

– C'est un moyen de signer la prophétie, j'en suis presque sûr. De prouver qu'elle est authentique.

– Je vous comprends mal.

– La manière dont Jephté et Gad ont été tués. Les griffures, la poussière. Tout cela était prévu par l'un des nabis. Tout cela est déjà dans les rouleaux de Michée !

– Les rouleaux de Michée ?

– Michée, oui ! Sans doute aurais-je pu m'en douter dès le premier jour, après avoir examiné votre père. Mais l'allusion était trop voilée. Car si je me souviens bien, Michée dit quelque part :

Alors, le reste de Jacob sera,
au milieu des peuples nombreux,

comme un lion parmi les bêtes de la forêt,
comme un lionceau parmi les troupeaux de moutons :
chaque fois qu'il passe, il piétine,
il déchire, et personne ne lui arrache sa proie.

– « Il déchire et personne ne lui arrache sa proie ! » Et ce n'est pas tout. Un peu plus loin, le prophète ajoute :

Les nations verront et seront confondues
malgré toute leur puissance ;
elles se mettront la main sur la bouche,
elles en auront les oreilles assourdies.
Elle lécheront la poussière comme le serpent,
comme les bêtes qui rampent sur terre.

Bethsabée le fixait avec un regard incrédule :

– La poussière… C'est insensé !

– Insensé, oui. Pourtant il ne peut s'agir d'une simple coïncidence. Rappelez-vous : de tous les prophètes de l'époque assyrienne, cinq seulement parlent d'Assur : Isaïe, Michée, Nahum, Osée et Sophonie. Mais de ces cinq-là, un seul évoque la violence du lion et l'humiliation de la poussière : Michée. Voilà d'où le criminel tire son inspiration, j'en suis persuadé.

– Mais dans quel but ?

– On ne peut faire que des suppositions. Peut-être croit-il vraiment détenir le secret de Michée ? Peut-être le lui a-t-on fait croire ? Peut-être voit-il dans ce texte celui de Qéhat et d'Uzziel ? Peut-être aussi l'a-t-il inventé de toutes pièces ? Quoi qu'il en soit, il désire que cette prophétie soit connue et redoutée de tous. Que la menace qu'elle contient effraie l'ensemble des juifs ; qu'ils en viennent à craindre qu'elle ne se réalise selon les prédictions du nabi. D'ailleurs, les Romains ne sont-ils pas cette troupe d'Assur qui précède le Bélial ? Et quel meilleur moyen de convaincre les sceptiques que d'accomplir d'autres visions de Michée : celle du lion qui déchire et de la poussière qui avilit ? En se débarrassant au passage de deux hommes susceptibles de lui nuire ou peut-être de le démasquer.

– Gad et mon père.

– C'est du moins ce que j'en déduis. Surtout qu'il a bien choisi son moment : en d'autres circonstances, jamais son geste n'aurait eu un tel retentissement. Mais voilà, l'envahisseur est là, le peuple sur le point de se révolter, on proclame partout la venue du Messie et la Pâque approche. Jérusalem s'est réveillée ce matin en découvrant la mort du grand prêtre, trois jours après celle du chef des pharisiens. Il deviendra impossible de tenir les langues. Qui sait si la prophétie ne court pas déjà de bouche en bouche ? Et combien de temps faudra-t-il avant que l'on ne prononce le nom de Michée ? Une journée ? Une heure ? Une minute ? Il n'est pas de ville au monde où l'on connaisse mieux le Livre. On fera nécessairement le lien avec le détail des crimes. Et à partir de là…

Il laissa sa phrase en suspens, car à quelques centaines de pas, Mandou s'était immobilisé en leur faisant signe de se taire.

– Qu'est-ce que…

– Chut ! ordonna Bethsabée. Il se passe quelque chose.

En silence, ils activèrent leurs montures pour rattraper l'esclave. De la main, celui-ci désignait une forme indistincte sur l'une des collines, un peu plus loin au nord. Une silhouette. Un homme, semblait-il, accroupi et de dos.

– C'est un guetteur, chuchota Mandou. Il surveille la route vers Jéricho.

– Un guetteur, mais…

Le Nubien coupa Philon d'un air de reproche, comme s'il le rendait responsable du danger :

– D'ici, grinça-t-il, Mandou ne peut pas voir si c'est un Romain ou un voleur. Il va falloir descendre vers le sud, par le fond des vallées. Je vous avais bien dit, maîtresse, que…

– Ça suffit, Mandou, je sais ce que j'ai à faire. Mène-nous plutôt à l'abri et vite. Quel chemin reste-t-il avant Qumrân ?

– Au moins trois heures, maugréa-t-il.

L'œil mauvais, il tira durement sur la longe de son animal et descendit vers le petit ruisseau à sec qui sinuait en contrebas.

– Je l'ai contrarié ? murmura Philon.

– Il n'était pas d'accord pour vous suivre, cette nuit. J'ai dû insister.

– Aïe ! Il ne songe tout de même pas à vous…

– À me quitter ?

La jeune femme siffla doucement et sa monture s'ébranla à son tour.

– Je ne crois pas. Il y a deux jours, son frère qui travaille sur le chantier du Temple est venu lui proposer de le rejoindre. En ce moment, ils finissent de percer un tunnel sous l'esplanade, pour que les prêtres puissent se rendre directement des bains au sanctuaire sans risque de se souiller. Mais il y a d'autres travaux en projet et ils cherchent toujours de la main-d'œuvre.

– Mandou a refusé ?

– Il a répondu qu'il n'était pas question qu'il me laisse. Bien que je lui aie proposé une nouvelle fois de l'affranchir.

– Dans un sens, c'est préférable. Vous avez besoin de quelqu'un auprès de vous qui…

Elle se tourna vers lui avec une moue indéfinissable, son joli visage empreint de gravité :

– Comment pouvez-vous savoir ce dont j'ai besoin ?

Puis elle claqua les flancs de sa bête pour retrouver Mandou qui les attendait au creux du vallon.

Philon mit un instant avant de réagir. Enfin, il s'engagea dans la pente avec d'infinies précautions : son dromadaire donnait à nouveau des signes d'énervement. Avant de s'éloigner tout à fait, il jeta un ultime regard vers le nord. Sur la colline, le guetteur avait disparu.

14.

La mer Morte, enfin. Si du moins le nom de mer convenait à ce lac immense qui séparait la Judée du pays des Nabatéens. Un lac où l'eau était si lourde que les cailloux flottaient un long moment avant de s'enfoncer. Ses rives s'étendaient à perte de vue, granuleuses et désertiques, dominées par une falaise imposante, couleur d'orge grillé. À mi-chemin entre l'eau et la roche, une longue terrasse d'argile aux rebords puissamment découpés surplombait le rivage d'au moins six cents coudées. C'est là, à l'abri du monde et des hommes, que s'était établie la communauté des esséniens.

Philon redressa la tête et étira un à un chacun de ses muscles. Il avait l'impression d'échapper à un mauvais rêve. Des heures durant, ils avaient cheminé, silencieux, hébétés par la chaleur et la fatigue, occupés seulement à tenir leurs montures et à suivre scrupuleusement les pas de Mandou au milieu de la pierraille et des dénivelés. Par chance, Romains ou voleurs, personne ne s'était montré, leur épargnant de nouveaux détours. Finalement, ils mirent pied à terre. Le soleil serait bientôt au zénith et Philon estima qu'il valait mieux se restaurer avant de s'approcher davantage. Depuis la route où ils avaient fait halte, ils n'apercevaient qu'un petit ensemble de bâtiments entouré de murs et quelques tentes dispersées autour. À cette distance, il était impossible d'en distinguer les occupants. Seul signe de vie, là-haut dans le ciel, quelques oiseaux tournoyaient en jacassant.

Ils mangèrent et burent sans presque échanger un mot. Mandou lui lançait de temps à autre un regard furieux, tandis que Bethsabée semblait tout à ses pensées, l'œil égaré, très loin au-dessus de l'eau. Pour sa part, Philon engloutit un fromage de brebis entier, une galette sans levain, quelques figues et une poignée de raisins secs. Il vida la moitié d'une gourde.

– J'y vais, annonça-t-il après s'être essuyé la bouche. Quand vous aurez terminé, retrouvez-moi là-bas et préparez la tente. Je ne sais pas combien de temps…

Bethsabée hocha vaguement la tête tandis que Mandou fixait la pointe de ses sandales. Philon enfourcha son dromadaire qui renâcla un peu avant de se lever. Le jeune homme lui frappa assez durement les côtes – il finirait bien par découvrir qui était le maître ! – et l'animal se décida à obéir.

Il suivit d'abord le rivage jusqu'à repérer un sentier qui menait par degrés vers le plateau. De la poussière brune, presque rouge, de petites concrétions desséchées que l'animal pulvérisait sous ses sabots, des cailloux, parfois de gros blocs, parfois de simples graviers, tout ici était stérile et désespéré. Philon en venait presque à douter de son entreprise. Que dirait-il aux esséniens ? Comment ceux-ci allaient-ils le recevoir ? Savaient-ils au moins ce qui se passait à Jérusalem ? Peu probable. Les voyageurs se faisaient plutôt rares de ce côté de la mer Morte. Même les poissons fuyaient l'eau saumâtre du lac. Alors les nouvelles…

Au fur et à mesure qu'il avançait, les contours de l'établissement se précisaient. Philon s'était attendu à quelque chose de plus vaste, mais les constructions occupaient un espace d'à peine deux cents coudées sur deux cents, délimité par un mur de la hauteur d'un homme au bras levé. Un mur qui avait pu être autrefois un mur de défense. De qui se défendait-il aujourd'hui ? Apparemment, il y avait deux ou trois bâtiments à étages, une grosse tour carrée, quelques toits de forme allongée et c'était presque tout. À l'ouest, très en retrait au pied de la falaise, il compta une dizaine de tentes, dont l'une se referma précipitamment à son approche. Il eut le temps d'apercevoir une silhouette colorée, des cheveux aux épaules, des bracelets brillants sur un poignet. Une femme ?

Beaucoup plus près du mur d'cnccintc, à l'est cette fois-ci, il remarqua une série de petits tumulus de pierres, soigneusement alignés, qui regardaient en direction du lac. Le cimetière des esséniens, bien sûr. C'est alors qu'il prit conscience de la réelle étrangeté du lieu et du calme insolite qui y régnait. Aucun bruit, sinon, par instants, le murmure du vent dans la roche. On aurait pu croire l'endroit inoccupé.

Il attacha la corde du dromadaire à un pieu et se dirigea vers la grosse tour. Elle était faite du même calcaire blond que l'enceinte et percée aux étages de plusieurs fenêtres. Le mur qui la longeait en contrebas menait à une porte que Philon supposa être l'entrée. Avant de frapper, il tendit l'oreille. Le même silence. Il cogna deux fois, assez fort, du plat de la main. Il y eut un bruissement de l'autre côté et le vantail s'ouvrit sans grincer. Un jeune homme, peut-être seize ou dix-sept ans, les traits amènes, de grands yeux bleus dans un visage enfantin, une tunique blanche impeccable, le salua avec déférence :

– Je vous attendais.
– Vous m'attendiez ?
– Je vous ai surveillés, vous et vos compagnons, depuis la route.
– Comment pouviez-vous être sûr que… ?
– Ils sont rares ceux qui atteignent ces rives sans monter jusqu'à nous. J'ai pensé que vous veniez chercher les réponses, vous aussi.
– Les réponses ?
– Au dégoût, à la souillure… À toute cette corruption qui défigure le monde. Vous auriez l'âge. Et puis, ceux qui laissent leur femme et leur serviteur derrière eux, c'est qu'ils souhaitent ardemment nous rejoindre.
Philon se retint de sourire :
– Vous avez l'œil perçant, on ne peut pas dire ! Malheureusement, je crains de ne pas être digne de votre communauté. Non, en réalité, je viens juste discuter.
Le jeune homme ne cacha pas sa déception :
– Ah ! Vous êtes un parent, alors ? Dans ce cas… dites-moi lequel de nos frères je dois prévenir et…
– Personne en particulier. J'ai surtout besoin…
Philon hésita :
– Vous êtes… vous êtes seul ?
– C'est l'heure du repas, les frères sont au réfectoire.
– Et vous ne mangez pas ?
– Je ne suis encore que novice. Le repas est chose sacrée, communion de partage et de recueillement. Seuls s'assoient à la table ceux qui ont été reconnus et acceptés par la communauté. Moi, je mange au-dehors et je garde les portes. Cependant, les frères devraient bientôt sortir et vous pourrez…
Il s'interrompit :

– Mais si vous ne comptez voir personne en particulier, je comprends mal ce que… ?

Derrière les phrases convenues, Philon trouvait à l'adolescent un air intelligent et débrouillard. Il réalisait aussi qu'il aurait besoin d'un allié dans la place.

– Quel est votre nom ? demanda-t-il.

– Je m'appelle Nathan. Et vous ?

– Philon. Je suis d'Alexandrie, en pèlerinage à Jérusalem pour la Pâque. La jeune femme que vous avez aperçue tout à l'heure est la fille de Jephté. Jephté le pharisien. Je crois qu'il s'est rendu à Qumrân à plusieurs reprises, n'est-ce pas ?

Il guetta une réaction négative, un froncement de sourcil ou un œil fuyant, mais le novice gardait la même apparence aimable.

– Il nous a visités plusieurs fois, en effet. D'après Simon, le chef de notre communauté, c'est un homme de parole et de sagesse. Mais il a choisi de vivre au milieu des démons.

– Jephté est mort.

L'expression de Nathan changea du tout au tout.

– Pardonnez-moi, je suis désolé. Nous avions beaucoup de respect pour lui et…

– Il a été assassiné.

Le novice porta cette fois la main à sa bouche.

– Oh ! Alors ce ne peut être que l'œuvre du Bélial ! Les jours arrivent où…

À cet instant, ils entendirent des frottements sur le dallage et des bruits de voix mêlées.

– Les frères ont sûrement terminé. Ne bougez pas, ne bougez surtout pas. Je vais demander à Simon…

Il disparut sous une sorte de porche qui menait vers l'intérieur de l'établissement. Resté seul, Philon fit quelques pas dans la cour qui tenait lieu d'entrée. Sur sa droite il y avait un genre d'enclos, peut-être destiné au bétail, mais où l'on avait entreposé de grandes jarres bouchées à l'abri d'un auvent. Sur les deux autres côtés s'ouvrait ce qui paraissait être des ateliers, où les esséniens fabriquaient les objets nécessaires à leur vie de reclus. Dans l'un, on taillait la pierre avec des masses et des ciseaux puissants, en façonnant de gros blocs empilés à terre pour obtenir une variété de vases et de pots que l'on rangeait ensuite sur des étagères. Philon imagina que la plupart de ces récipients étaient réservés au culte. L'atelier suivant, lui, n'était pas en activité. Le four, éteint – encore heureux par cette chaleur ! –, l'enclume fixée sur un billot de bois, les marteaux et les pièces de métal accrochés au mur, tout laissait penser qu'il s'agissait d'une forge. Puis venaient des tables sur tréteaux où finissaient de sécher des peaux de brebis ou de mouton. Sur l'une d'elles étaient posés plusieurs outils, racloirs et couteaux, comme si le frère qui la travaillait avait tout abandonné pour gagner le réfectoire. Philon effleura le cuir du bout des doigts. Souple, solide, caressant. Idéal pour l'écriture…

C'est alors que Nathan surgit de dessous le porche :

– Venez vite ! Simon va vous recevoir.

Il le suivit à travers le passage couvert et ils aboutirent sur un petit parvis autour duquel s'organisaient les bâtiments de la communauté. En face de la tour carrée, il y avait une maison à étages dont ils empruntèrent l'escalier. Une fois au premier, Nathan lui montra une pièce en enfilade :

– Il est au fond, chuchota-t-il. Parlez-lui sans détour. C'est sabbat [1], ce soir, le dernier avant la Pâque : il a beaucoup à faire.

1. Septième jour de la semaine, consacré au repos et au culte. Le sabbat est observé dès la veille, à partir du coucher du soleil.

Sabbat, bien sûr ! Le grand sabbat commençait ce soir ! Philon en avait presque perdu la notion des jours !

– Entrez, mon garçon, entrez.

Philon franchit le seuil et se trouva devant un homme de belle stature, imberbe et sans le moindre cheveu, le crâne assez proéminent, les traits affirmés mais pas ingrats, qui l'examinait sans complaisance ni méchanceté. Malgré son habit blanc, il évoquait davantage un entraîneur de lutte au grand gymnase d'Alexandrie que le chef d'une secte religieuse.

– Nathan m'a dit que vous étiez un messager. Que je devais absolument vous entendre avant de me retirer.

– C'est un honneur pour moi, rabbi. Si je me suis permis de venir vers vous, c'est qu'il y a eu en effet à Jérusalem une suite d'événements extraordinaires. Des événements auxquels, je le crains, les esséniens sont liés.

– Quoi que l'on prétende, répliqua l'autre, les esséniens ont toujours été liés à Jérusalem. N'est-elle pas la ville du Temple, la cité de l'Unique ? Au jour du triomphe, nous y reviendrons.

– Je souhaite que ce jour arrive, avança prudemment Philon. Pour l'heure, cependant, les Romains l'ont investie et…

– Je sais tout cela. De quoi vouliez-vous m'entretenir ?

– Jephté est mort.

– Assassiné, selon ce que m'a confié Nathan.

La voix de Simon ne marquait rien d'autre qu'une tranquille assurance. Il poursuivit :

Le sabbat précédant la Pâque, dit aussi grand sabbat, est l'un des plus importants de l'année.

– Ne vous méprenez pas : je suis loin d'être insensible. Mais je vois dans ce meurtre une preuve nouvelle que le Jugement approche. Or nous vivons tous ici dans l'attente du Jugement. La douleur d'une telle disparition ne peut me faire oublier qu'à sa manière elle entre certainement dans les desseins du Très-Haut.

– Sans doute. Mais c'est bien un homme qui a tué Jephté. Un homme violent et sanguinaire, qui l'a étranglé avant de lui taillader le corps. Et avant de s'attaquer au grand prêtre Gad…

Il y eut un bref silence, comme si le chef des esséniens hésitait à comprendre :

– Le grand prêtre Gad ?

– Oui. On l'a découvert cette nuit. Poignardé dans sa demeure.

– Poignardé… Hélas ! Je n'ai jamais rencontré Gad en personne, mais… Vous pouvez concevoir ce que le grand prêtre des sadducéens m'inspire. Il est celui qui maintient notre peuple dans l'ignorance et le mépris de la foi. Il est donc le premier à compromettre son salut. N'espérez pas que je le pleure.

Philon s'impatienta :

– Je n'espère rien. Simplement, n'est-il pas surprenant que le chef des pharisiens et celui des sadducéens soient assassinés à quelques jours d'intervalle ? Cela n'évoque-t-il pas l'œuvre d'un homme plutôt que celle du Tout-Puissant ?

– C'est donc là la raison qui vous amène à Qumrân ? Vous soupçonnez que nous aurions à voir avec ces meurtres ?

– J'en ai la certitude, lâcha Philon, avec une conviction qui le surprit lui-même. Même si le lien n'est qu'indirect. Notamment, pourriez-vous me dire si ce texte signifie quelque chose pour vous ?

Mais, au jour du Naziréen,
dernier-né de David depuis le pays d'Égypte,
si le sang de Jacob verse son propre sang,
s'il pèche à nouveau à la face de son Dieu,
alors Je ferai monter le Bélial depuis les abîmes,
et avec lui la troupe d'Assur au sein d'Israël !
Pleurez ! Pleurez, filles de Jérusalem !
Le fléau de Dieu contre son guérisseur,
la bouche du mensonge contre le reste de vérité,
les fils des ténèbres contre les fils de lumière !

Il ne quitta pas Simon du regard tout le temps que dura sa récitation. Imperceptiblement, il vit les muscles de celui-ci se raidir et son teint devenir plus pâle.

– D'où connaissez-vous ce texte ? questionna-t-il, la voix blanche.

– On l'a retrouvé par moitié dans la bouche des défunts. Enveloppé dans un tefillin.

– Dans la bouche ?

Simon détourna vivement les yeux.

– Excusez-moi. Je dois... je dois vérifier auprès de l'un des frères, si... Je vous promets d'être de retour très vite.

Il sortit de la pièce à grandes enjambées, sans un mot de plus. Était-ce une habitude essénienne de laisser choir ses hôtes sitôt qu'on les avait accueillis ? Sa réaction prouvait en tout cas que Philon avait touché juste : la prophétie était familière au chef des esséniens. Et le fait qu'elle soit associée aux crimes le bouleversait, peut-être plus encore que les crimes eux-mêmes. Restait à découvrir pourquoi.

Le jeune homme passa entre les bancs et s'accouda à la fenêtre en quête d'un peu d'air. Il se pencha pour apercevoir la route, à la recherche de Mandou ou de

Bethsabée, mais le bâtiment était orienté au sud, tandis que la route était au nord. En revanche, sa situation élevée lui offrait un point de vue idéal sur l'établissement de Qumrân. Les frères, après leur déjeuner, tous pieds nus et vêtus de blanc, paraissaient vaquer à leur tâche dans une harmonie parfaite. Certains discutaient à mi-voix auprès de l'un des nombreux bassins qui servaient de réserve ou de miqveh rituel et qu'un système ininterrompu de canaux reliait entre eux. Philon se demanda par quel miracle l'eau coulait ici en relative abondance, alors que la terre aux environs se craquelait de sécheresse. Quelques frères s'étaient déjà remis au travail : deux potiers s'activaient sur leur tour à ciel ouvert, un vieillard avançait en ployant sous une pile de linge, de plus jeunes nettoyaient la vaisselle dans un bac en pierre, d'autres faisaient une chaîne pour amener des sacs cousus jusqu'à une construction en équerre – la cuisine ? un magasin de provisions ? Philon dénombra une vingtaine d'hommes au total, tous plus âgés que Nathan, et aucune femme. Mais d'autres membres de la communauté devaient se trouver éparpillés ailleurs et donc invisibles.

Il observa un moment le ballet réglé des esséniens, jusqu'à ce que Simon revienne. Son crâne dégoulinait de sueur tant il avait couru :

– Pardonnez-moi, il a fallu que je trouve quelqu'un… quelqu'un qui…

– Qui puisse répondre à mes questions ?

– Oui… enfin, non. Qui puisse vous conduire.

– Me conduire ?

– C'est sabbat *ha-gadol*, ce soir, le grand sabbat avant la Pâque. L'auriez-vous oublié ?

– Non, évidemment…

– Je dois consacrer mon après-midi à la préparation des lectures et des cérémonies. Il m'est impossible de vous conduire.

– Mais de me conduire où ?

– Voir Caleb, le premier de nos scribes. Si tout ce que vous me rapportez est vrai, si le pressentiment que j'en ai est juste… Il pourra vous consacrer le temps nécessaire. Pour moi, ce serait mettre en péril le déroulement du sabbat. Cela ne se peut. Plus tard, peut-être.

Philon prit un ton solennel :

– Ce texte… c'est la prophétie de Michée, n'est-ce pas ?

L'autre avala péniblement sa salive.

– L'histoire est longue, très longue. Caleb vous aidera à comprendre. Dites-lui bien que j'en ai décidé ainsi. Mais ensuite, n'en parlez à personne avant de me retrouver. C'est essentiel pour les frères. Nathan vous accompagnera.

– Pourquoi ne pas m'indiquer seulement où je peux rencontrer Caleb et…

Simon mit un doigt sur ses lèvres, comme pour faire taire un enfant.

– Il n'y a plus un moment à perdre. Nathan est en bas, il vous attend. Et surtout, ne répétez à personne ce que vous savez. Juste moi et Caleb.

15.

– Tout là-haut ? Vous voulez que j'aille tout là-haut ?

Philon n'en revenait pas. Nathan lui désignait un point obscur assez loin sur la falaise, que seuls les oiseaux qui se disputaient en virevoltant semblaient en mesure d'atteindre.

– Simon m'a ordonné de vous conduire jusqu'à la grotte de Caleb et…

– Une grotte ? Vos scribes travaillent dans des grottes ?

– Pas seulement les scribes. La plupart d'entre nous se sont installés dans des cavités de la roche. Il n'y a pas de dortoir à Qumrân, et lorsque nous sommes tous réunis, cela fait plus de deux cents frères. Nous ne saurions pas où dormir.

– Mais… et ces tentes ? Ce sont bien des tentes près de la route ?

Le novice avait l'air de trouver sa remarque assez drôle.

– Les tentes ! Je vous déconseille d'y passer plus de quelques semaines. La température y est élevée tout le jour et descend brutalement la nuit. Sans compter les pluies d'orage qui vous inondent en hiver. Tandis que les grottes sont saines, elles, et d'une température constante. La nourriture, les vêtements, les rouleaux, tout s'y conserve bien mieux que dans les bâtiments.

Philon tendit le bras vers le campement improvisé en face du cimetière :

– Alors que font là ces…

– Il s'agit de visiteurs. Les parents de certains frères qui souhaitent passer quelques jours en leur compagnie. De plus, à sa façon, Qumrân est un peu un lieu saint : beaucoup de familles se réjouissent de pouvoir nous côtoyer. Venez, maintenant, le sentier est par là.

Ils contournèrent le mur vers l'ouest en direction de la falaise, laissant derrière eux la route et les tentes. Au passage, Philon se demanda pourquoi Mandou et Bethsabée ne l'avaient pas encore rejoint. Ils s'engagèrent cependant dans la pente et il dut faire attention surtout à ne pas se tordre les chevilles. Il soupira, épuisé par avance :

– Mais pourquoi si loin ? Cela paraît à des milles !

– Ne vous inquiétez pas. Tout au plus une heure aller et retour. C'est l'altitude qui vous trompe. Il est vrai toutefois que la grotte de Caleb n'est pas la plus accessible.

– Justement, parlez-moi de lui, de Caleb.

– Caleb ? Je l'admire vraiment. C'est le plus érudit de nos scribes. L'un des plus aimables aussi.

– Et quel est son rôle dans la communauté ?

– C'est lui qui décide quels textes il est bon de copier. Les esséniens ne témoignent pas seulement par la prière et la pureté de leur existence. Notre devoir est aussi de répandre la Parole et d'ouvrir les yeux aux croyants les plus sincères. Il y a parmi nous une dizaine de scribes qui copient les rouleaux du Livre, les traduisent en araméen ou, comme Caleb, les commentent.

– Les commentent ?

– Bien sûr ! Les Écritures sont si riches que des esprits dévoyés s'en emparent pour les travestir et mener le monde à leur guise. Nous devons rendre au verbe son sens véritable, dépouillé des intentions malignes et des séductions du Bélial. C'est une mission sacrée. Alors seulement, éclairée par le Très-Haut, notre communauté sera digne du Jugement.

– Et c'est à Caleb qu'est confiée cette mission ?

– À lui et aux meilleurs scribes qui l'ont précédé. Génération après génération, les esséniens font jaillir la lumière du Livre.

Le chemin devenait étroit au fur et à mesure qu'ils montaient dans la rocaille. Nathan prit la main de Philon pour l'aider à franchir un éboulis de pierres.

– Et quelle forme prennent ces commentaires ?

– Ce sont des *pesharim*, des explications. Le scribe étudie chaque verset du rouleau et consigne par écrit l'interprétation qu'il en donne. C'est la raison pour laquelle tous les scribes ne peuvent être choisis pour composer les pesharim. Celui qui commente la Parole doit être d'abord inspiré par le Tout-Puissant. Ou bien sa lumière serait sans éclat.

Philon n'osa demander comment on distinguait un scribe inspiré d'un autre qui ne l'était pas. Il avait une question plus pressante :

– Caleb travaille-t-il en ce moment à un nouveau commentaire ?

– C'est probable. Voilà déjà plusieurs jours qu'il s'est isolé, comme le veut la tradition. Un scribe doit être dérangé le moins possible durant le temps où il rédige ses pesharim. Ou bien il ne sentirait plus sur lui le souffle divin.

– Dans ce cas… notre venue ne risque-t-elle pas de l'importuner ?

Nathan se tourna vers lui avec un regard plein de respect :

– Simon vous fait un honneur rare en vous permettant de visiter notre scribe. Mais d'un autre côté, la Pâque arrive et Caleb serait redescendu bientôt.

Philon insista :

– Vous n'avez donc pas la moindre idée du genre de texte qui l'occupe ?

– Seuls Caleb et Simon pourraient vous répondre. Chez nous, un scribe n'évoque jamais son travail avant qu'il ne soit achevé, de crainte de s'attirer un sort contraire. Qui plus est, Caleb parle peu sur ces sujets. On raconte même qu'il écrit quelquefois des mots en grec pour être sûr que personne ne le lise ! Avant la rédaction finale, bien entendu.

– Au moins a-t-il réalisé d'autres pesharim ?

– Il y a quelques mois, en effet, un commentaire du prophète Habacuc. D'une profondeur merveilleuse, qui le range à jamais parmi les plus clairvoyants de nos scribes.

Habacuc. Un prophète. Bien sûr ! Et pourquoi pas Michée, maintenant ? Oui, à la réflexion, il s'agissait forcément de Michée. Et Simon, le chef des esséniens, ne pouvait l'ignorer. D'où son trouble, tout à l'heure. D'où cette autorisation exceptionnelle qu'il lui avait donnée. Certainement, Simon avait peur. Mais de quoi ?

– Toutes les grottes sont-elles aussi éloignées ? haleta Philon après avoir gravi un passage un peu rude.

– Non, fort heureusement. Regardez, si vous observez la falaise au-dessous de nous, ces taches sombres auxquelles on accède par des marches naturelles. C'est l'entrée de deux grottes. Et puis là-bas, sur le promontoire, tout près de l'établissement : il y en a trois autres et trois en face encore. Les plus grandes sont habitées par quatre ou cinq frères, quelquefois plus. Et il s'en trouve ainsi un grand nombre dans les environs, vers le nord comme vers le sud. Évidemment, il faut les connaître.

– Et celle de Caleb ?

– À vrai dire, ce n'est pas une grotte où l'on réside en permanence. Elle est trop éloignée de la communauté. Mais c'est un lieu où de tout temps nos scribes ont aimé se retirer. Vous comprendrez pourquoi en arrivant.

Il fit halte un instant alors qu'ils s'apprêtaient à traverser un pont de cordes au-dessus d'une gorge étroite :

– Là, c'est le ruisseau qui alimente Qumrân. Il est presque à sec aujourd'hui, à cause de la chaleur précoce. En creusant son lit le torrent a formé des bassins, vous voyez. Comme des vasques. Nous avons fermé ces bassins pour en faire des retenues. L'eau est ensuite acheminée par l'aqueduc qui descend. Et là-bas…

Il désignait une bande de végétation qui s'allongeait au sud à quelque distance du rivage.

– C'est l'oasis. Là où nous pratiquons la culture et l'élevage. Une trentaine de frères y travaillent toute l'année et nous nous relayons par groupes de dix ou vingt pour les aider. Croyez-moi, nous produisons les meilleures dattes de toute la Judée !

Philon hocha la tête et avança avec circonspection sur la passerelle de cordes. Parvenu de l'autre côté, il respira un grand coup.

– Je manque un peu d'entraînement, on dirait.

– Ici, acquiesça le novice, tout se mérite.

– Et vous, Nathan, êtes-vous depuis longtemps à Qumrân ? Vous paraissez si jeune…

Philon espérait prolonger le répit, mais son guide repartit d'un bon pas sans attendre :

– Les frères m'ont adopté lorsque j'avais dix ans. C'est mon père qui a voulu me placer là. Il pensait qu'au jour du Jugement seuls les fils de lumière seraient sauvés. Et il avait raison. Lorsque les troupes du Bélial seront vaincues, la Jérusalem céleste s'ouvrira aux esséniens. Alors, nous connaîtrons la félicité et le bien…

Bélial. Les fils de lumière. Les fils des ténèbres… Philon n'était plus surpris par tout cela. Il s'abstint cependant de tout commentaire, ayant promis à Simon d'être discret.

– Moi-même, avoua l'Égyptien, j'ai vécu un temps parmi les thérapeutes, à Alexandrie.

– Les thérapeutes… J'en ai entendu parler. Ils sont un peu nos cousins en foi. Eux aussi seront sauvés. Mais si vous avez vécu chez eux, pourquoi les avoir quittés ?

– Je ne dois pas être fait pour les communautés. Cela dit, il y avait une grande différence chez les thérapeutes : les femmes…

– Ah !

Le novice cracha par terre.

– Les femmes sont perverses et impudiques. Elles font trébucher le juste et le fourvoient sur les chemins du mal. Simon dit qu'aucun homme n'est à l'abri, aussi fort que soit son cœur. Accepter les femmes, c'est se tendre à soi-même les pièges de la chair. Nous autres esséniens, nous voulons demeurer purs jusque dans nos pensées.

La leçon était bien apprise et Philon n'osa imaginer l'effet qu'elle aurait produit sur Bethsabée. Sûr qu'elle lui aurait arraché les yeux !

– Et quelle sera votre fonction plus tard ?

– Pour l'heure, j'effectue ma deuxième année de novice. Dans un an, je prêterai serment et je deviendrai véritablement un frère. À ce titre, j'espère que l'on me prendra comme scribe.

– Comme Caleb ?

– Comme Caleb.

Ils parvinrent à une portion plus pentue encore où la terre leur glissait sous les pieds, obligeant Philon à s'agripper aux aspérités. Au-delà venait un genre de plateau à la surface chaotique et encombrée de pierres brunes. D'ici, le paysage sur la mer Morte était grandiose, et l'on voyait se découper avec une netteté irréelle les montagnes du pays des Nabatéens. Philon commençait à comprendre ce que devaient éprouver les scribes en s'isolant sur la falaise : l'impression de toucher le ciel. D'ailleurs, les petits faucons qui tournoyaient depuis tout à l'heure criaient à leur adresse comme pour les empêcher d'aller plus haut.

– La grotte est là.

Nathan se mit à courir jusqu'à une ouverture presque invisible dans un renfoncement de la roche. Philon lui emboîta le pas. La caverne était assez spacieuse, son plafond formant une sorte de cloche irrégulière ouverte à son sommet. Un puits de lumière descendait de la voûte et éclairait une table en pierre que des eaux anciennes avaient dû creuser et que des mains humaines avaient fini de polir.

– Vous devinez maintenant ce qui peut attirer nos scribes, chuchota Nathan. Cette lumière et ce pupitre sont bénis du Très-Haut. Il n'y a pas meilleur endroit pour accueillir l'inspiration divine.

Sur la table, de l'encre, des calames, un empilement de papyrus et de rouleaux sans ordre apparent. Un morceau de pain, aussi, coupé d'une miche. Il paraissait tout dur.

– Ce pain est sec, nota Philon, intrigué. Et sa pâte est levée. Je doute qu'un scribe comme Caleb laisse ainsi traîner du levain à quelques jours de la Pâque [1]. Surtout si près des rouleaux.

Nathan ne disait plus rien. Philon jeta un œil rapide au restant de la grotte. Une paillasse au sol, un rondin de bois pour s'asseoir, des outres, quelques provisions, des tablettes aménagées dans le roc pour poser d'autres rouleaux, trois lampes à huile éteintes dont les réservoirs étaient vides.

– Peut-être... peut-être prend-il de l'exercice ? balbutia le novice.

– C'est possible, acquiesça l'Égyptien, sans trop y croire.

En réalité, il y avait dans cette grotte quelque chose de froid et de mortifère. Quelque chose qui lui rappelait le jardin de Gad ou la chambre de Jephté.

– Les oiseaux ! s'exclama soudain Philon. Bien sûr, les oiseaux !

Ils ressortirent à toute vitesse. Les faucons décrivaient leurs cercles en piaillant par-delà les rochers qui dominaient la grotte. Les deux jeunes gens s'élancèrent, escaladant la paroi comme ils le pouvaient, jusqu'à atteindre une sorte de replat que dissimulaient d'énormes blocs de pierre. Lorsqu'ils parvinrent sur la plate-forme, cinq ou six faucons s'égaillèrent devant eux en criant. Leurs becs étaient maculés de sang...

1. La fête de la Pâque est aussi la fête des azymes – azyme : qui est sans levain. Pour commémorer la fuite des Hébreux hors d'Égypte, on mange durant sept jours du pain non levé. Avant la Pâque proprement dite, chacun s'assure qu'il ne subsiste dans sa maison aucune trace de levain.

16.

– C'est impossible, sanglota Nathan. Caleb…

Entre les pierres dressées gisait un corps que Philon aurait voulu ne jamais voir. Il était nu, déchiqueté par les rapaces et ses membres encore intacts – une cheville et un pied, le bras droit, la main gauche – étaient gonflés et violacés par la chaleur. Il montait de la dépouille une odeur infecte.

– Il est là depuis déjà quelques jours, constata Philon. Voilà qui explique le pain sur la table.

– C'est… c'est un accident ? Il a fait une chute, vous croyez, et les faucons…

– Hélas !

L'Égyptien avança vers le cadavre en se bouchant le nez.

– C'est un assassinat. Un de plus. Mais celui-ci a été commis avant les autres. Et je crois savoir pourquoi.

Malgré sa répulsion, il se pencha sur le malheureux. Le criminel avait pris soin de le déshabiller et de lui entailler la poitrine ainsi que les épaules et probablement aussi le visage. Sur le ventre se remarquaient en effet de longues stries rouges qui se croisaient pour former une sorte de damier. Là où la lame s'était enfoncée davantage – la poitrine, le cou, la face –, c'est là que les faucons avaient attaqué d'abord. Il ne s'agissait pas cette fois d'imiter les griffes d'une bête sauvage comme pour le meurtre de Jephté, mais d'inviter les rapaces au festin. Le tueur s'était arrangé pour qu'on dévore sa victime.

– Si nous n'étions pas venus… articula le novice.

– Vous l'auriez trouvé quand même, rétorqua Philon. En ne le voyant pas descendre pour la Pâque, vous auriez dépêché quelqu'un. Non, ce n'est pas tant pour faire disparaître la dépouille qu'il l'a livrée aux faucons. L'assassin avait une autre idée en tête.

– C'est donc le même homme qui aurait tué Jephté ?

– Cela ne fait aucun doute.

– Mais pour quelle raison ces deux… ?

Philon lui fit signe de se taire, autant parce qu'il ne souhaitait pas répondre que parce qu'il voulait examiner le cadavre avec le plus de concentration possible. Toute la partie haute du corps était méconnaissable. Les rapaces avaient nettoyé de leur chair l'essentiel du cou et de la face, et sur la poitrine, ils avaient commencé à broyer les os pour atteindre les organes. Sur les bras et les cuisses, de multiples coups écorchaient la peau, laissant apparaître des muscles en lambeaux et des débris de cartilage. Philon se remémora un autre passage de Michée :

Ils mangent la chair de mon peuple,
ils arrachent la peau de dessus eux,
et leurs os, ils les brisent.
Ils les découpent comme viande dans la marmite,
comme chair en plein chaudron.
Alors ils crieront vers YHWH[1],

1. Tétragramme (quatre lettres) désignant Yahvé – nom par lequel Dieu se révèle à Moïse dans la Bible. Le tétragramme

mais Il ne leur répondra pas ;
Il leur cachera Sa face en ce temps-là
à cause des crimes qu'ils ont commis.

Après Gad, après Jephté, le meurtrier continuait donc d'accomplir les visions du prophète. Quant aux tefillin…

En prenant soin de ne pas effleurer le cadavre, Philon s'accroupit pour regarder à l'intérieur du crâne et de la mâchoire. Plusieurs dents avaient été cassées par des becs avides et la langue elle-même semblait… Le jeune homme s'écarta vivement, réprimant un haut-le-cœur. La bouche, en tout cas, paraissait vide. Nathan fit mine de proposer son aide, mais Philon l'en dissuada :

– Mieux vaut éviter… Retournez plutôt à la grotte et rapportez la paillasse, que nous puissions le couvrir. Ensuite, vous irez prévenir Simon, qu'il nous envoie du renfort.

Le novice hocha la tête, soulagé de pouvoir se retirer. Depuis leur perchoir, au sommet de la falaise, les faucons observaient la scène, attendant le moment de reprendre leur repas.

– Yah ! Yah ! hurla Philon en leur tendant le poing.

Mais c'est à peine si l'un d'eux battit des ailes.

Et maintenant, s'interrogea le jeune homme, jusqu'où ira-t-il ? Le chef des pharisiens, le chef des sadducéens, l'un des scribes les plus éminents de Qumrân… Une prophétie attribuée à Michée dont les esséniens connaissaient l'existence. Une prophétie dont Caleb, Philon en était persuadé, avait entrepris le

YHWH s'écrit mais ne se prononce jamais, sinon par le grand prêtre une fois l'an, dans le Saint des Saints du Temple de Jérusalem.

commentaire. Autrement dit, ceux qui approchaient le texte d'un peu trop près étaient tout bonnement exécutés. Quelle révélation funeste cherchait-on à cacher ?

Nathan revenait, la paillasse roulée sous le bras.

– Merci, lui dit Philon, je vais m'en occuper. Une chose, avant que vous ne partiez. Caleb n'était pas un vieillard, n'est-ce pas ? Ses cheveux sont noirs, ses mains ne semblent pas ridées.

– Vous imaginiez un vieux scribe ? Non, Caleb était tout le contraire. Dans la maturité de l'âge, peut-être quarante ans. Un visage agréable, aussi, même si… Même si l'on ne peut plus en juger. Assez robuste avec cela et pratiquant volontiers l'exercice.

– Il a donc dû se défendre.

– Connaissant son tempérament, il ne s'est pas laissé faire. Et si un étranger était monté jusqu'à lui, il se serait méfié.

– Évidemment. Je ne vous retiens pas davantage, allez prévenir vos frères.

Nathan dévala la pente et Philon le regarda s'éloigner. Du plateau, on dominait la mer Morte et le risque paraissait bien faible de se laisser surprendre. Même pour un scribe. Ou alors l'agresseur avait-il surgi par le sud, en escaladant la falaise ? Quoi qu'il en soit, un détail demeurait troublant : dans chacun des crimes, la victime paraissait connaître son meurtrier. Mieux encore, elle l'avait accueilli. Jephté lui avait ouvert la porte tandis que sa fille était au bain et que Mandou s'affairait en cuisine. Gad avait congédié purement et simplement ses domestiques. À l'évidence, tous les deux attendaient leur bourreau. N'était-ce pas le cas aussi de Caleb ?

Philon saisit la paillasse et la secoua vigoureusement pour l'étendre. L'air qu'elle déplaça fit voleter un petit objet à deux pas de la tête du mort. Un étui en cuir. De l'épaisseur d'une phalange et ouvert sur un côté. Le tefillin. Un oiseau avait dû l'extraire de la bouche et, ne le trouvant pas à son goût, l'avait ensuite abandonné. Déchiré. Un coin jauni dépassait…

Philon se précipita. Fébrilement, il défit le cheveu qui maintenait la feuille repliée sur elle-même. Le grain, la couleur, l'encre, l'écriture, tout était identique. La fin de la prophétie !

Menace de YHWH

Mais, au jour du Naziréen,
dernier-né de David depuis le pays d'Égypte,
si le sang de Jacob verse son propre sang,
s'il pèche à nouveau à la face de son Dieu,
alors Je ferai monter le Bélial depuis les abîmes,
et avec lui la troupe d'Assur au sein d'Israël !
Pleurez ! Pleurez, filles de Jérusalem !
Le fléau de Dieu contre son guérisseur,
la bouche du mensonge contre le reste de vérité,
les fils des ténèbres contre les fils de lumière !
Et sept fois sept générations à celui qui vaincra !
Qu'ainsi soit connue la vraie parole de Moréshèt,
le souffle de YHWH Sabbeot son Dieu.

Philon tremblait de tous ses membres. Moréshèt n'était autre que la ville de Michée, celle où le prophète avait vu le jour quelque sept cents ans plus tôt. Michée, « le souffle de YHWH Sabbeot », la voix du Dieu guerrier… Michée qui promettait la lutte du bien contre le mal, mais sans promettre la victoire ! *Et sept fois sept générations à celui qui vaincra*… Car là se trouvait bien la menace : la défaite du Sauveur, le triomphe du Bélial. Sept fois sept générations. Mille ans ! Mille ans peut-être sous le royaume du mal ! Et le Tout-Puissant qui semblait refuser désormais de sauver Son peuple… Oui, la fin de l'Alliance, là était bien la Menace !

Se reprendre. Après tout, il ne s'agissait que d'un parchemin. Des meurtres, certes. Trois meurtres. Mais juste un parchemin. N'importe qui aurait pu l'écrire. D'ailleurs, en quoi le sang répandu prouvait-il son authenticité ? Et encore une fois, les écrits des prophètes regorgaient d'avertissements en tout genre. Celui-ci méritait-il vraiment plus de faveurs ?

Pourtant, Jephté et Gad avaient été tués. Et puis Caleb, aussi, qui rédigeait le commentaire de Michée. À supposer que la prophétie soit un faux, pourquoi cette urgence à faire disparaître le scribe ? Qu'avait à craindre l'assassin de ces pesharim ? Car venir jusqu'ici, à ces hauteurs, dans ce désert…

Un faucon cria, impatient. Le corps… Philon recouvrit la dépouille du mieux qu'il put, disposant de gros cailloux tout autour pour empêcher que les oiseaux ne soulèvent la paillasse. Caleb serait protégé, au moins jusqu'à la venue de ses frères. Cela fait, il reprit le chemin de la grotte, espérant en apprendre davantage sur les pesharim. Peut-être le scribe avait-il eu le temps de les dissimuler ?

De retour dans la caverne, Philon approcha le rondin qui servait de siège et s'assit à la table de pierre. Il eut d'abord une sensation étrange : la colonne de lumière semblait descendre tout droit du ciel, dessinant un halo de chaleur dans l'air frais de la grotte. Rien d'étonnant à ce que des générations de scribes aient attendu ici l'inspiration divine.

Puis il commença à fouiller parmi les rouleaux et les parchemins entassés pêle-mêle. Les plus simples ne comportaient que des mots griffonnés ou des traits hésitants, comme si Caleb avait éprouvé la finesse de son roseau avant de se mettre à l'ouvrage. L'encre était toujours la même, d'un noir légèrement bleuté. Plusieurs feuilles de cuir, elles, étaient intactes, attendant d'être cousues pour former un nouveau rouleau. Mais leur désordre indiquait à coup sûr qu'on les avait déplacées.

Quant aux Écrits eux-mêmes, c'étaient ceux de la Bible : les Psaumes – *Sepher tehillim*, le Livre des louanges –, les Actes des jours – *Dibre hayyamim* –, l'Ecclésiaste – *Qoheleth* –, les Juges – *Shophetim* –, etc. De quoi sans doute chercher une citation ou s'assurer d'une formule tandis que le scribe travaillait à son commentaire. Aucune trace de Michée, en revanche, ni d'aucun autre livre prophétique. L'assassin avait dû faire place nette avant de disparaître.

Philon se dirigea ensuite vers les étagères creusées dans la roche. D'autres rouleaux, encore, mais consacrés, ceux-là, à la communauté de Qumrân : il y était question d'ordonnance du culte, de respect de la Loi, d'amendes infligées aux frères récalcitrants, de partage des biens entre les membres, d'une sorte de grand prêtre des esséniens nommé « maître de justice ». Impossible de tout lire. D'autant que Nathan ne tarderait pas à revenir et que Philon ne voulait pas être surpris en train de fouiller les affaires du mort. Et toujours rien sur le nabi de Moréshèt…

Philon songea un moment à redescendre vers l'établissement quand son œil fut attiré par le recoin où se trouvait tout à l'heure la paillasse de Caleb. Il y avait une sorte d'anneau qui dépassait du sol et brillait faiblement à quelques pouces de la paroi. Le jeune homme s'avança. En fait d'anneau, il s'agissait d'un morceau de fer arrondi, planté dans une brique d'argile sèche de forme plus ou moins ovale. Il souleva délicatement la brique : un creux dans la pierre. Moins une cachette, probablement, qu'un compartiment où mettre quelques objets à l'abri des animaux. Philon plongea la main. Il en retira trois rouleaux.

Trois rouleaux…

Il s'empressa de retourner à la table pour les consulter. Tous les trois étaient en cuir et de facture assez récente, peut-être confectionnés par Caleb lui-même. Si ces écrits avaient une valeur particulière à ses yeux – ce qui justifierait qu'il les ait tenus à l'écart –, pourquoi ne pas imaginer que le commentaire de Michée soit l'un de ceux-là ?

L'Égyptien dénoua la lanière qui fermait le plus petit :

L'oracle que reçut en vision Habacuc le prophète.

Jusques à quand, YHWH, appellerai-je au secours sans que tu écoutes, crierai-je vers toi : « À la violence ! » sans que tu sauves ? Pourquoi me fais-tu voir l'iniquité et regardes-tu l'oppression ? Je ne vois que rapine et violence, c'est la dispute, et la discorde sévit !

Les premières lignes étaient sans équivoque : ce rouleau était celui d'Habacuc, le nabi dont Caleb avait précédemment rédigé les pesharim. Philon le parcourut en diagonale. Il s'agissait d'un exemplaire d'étude, car l'on trouvait à plusieurs reprises des notations de la main de Caleb sur certains mots ou parties de versets. L'écriture était fine, régulière, l'encre du même noir. Les lettres qui formaient le tétragramme YHWH pouvaient évoquer celles du parchemin dans le tefillin. Cependant la comparaison s'arrêtait là : l'ensemble du texte était en araméen et non en hébreu ancien.

Philon ouvrit alors le deuxième rouleau. Il s'agissait du commentaire d'Habacuc, réalisé par Caleb quelques mois plus tôt. Celui dont Nathan louait la profondeur et la clairvoyance. Comme le jeune garçon l'avait expliqué tout à l'heure, le scribe y procédait de manière méthodique, copiant à chaque fois un passage du prophète avant d'en donner son interprétation. Philon lut au hasard :

Je vais me tenir à mon poste de garde, je vais rester debout sur mon rempart ; je guetterai pour voir ce qu'Il me dira, ce qu'Il va répondre à ma doléance.

Alors YHWH me répondit et dit : Écris la vision, grave-la sur les tablettes, afin que lise couramment celui qui sait lire.

« L'explication de ceci est que le Tout-Puissant dit à Habacuc d'écrire les choses qui arriveront à la dernière génération ; mais la consommation du temps, il ne la lui fit pas connaître.

« Et quant à ce qu'Il a dit : “afin que lise couramment celui qui sait lire...”, l'explication de ceci concerne le maître de justice, à qui le Tout-Puissant a fait connaître tous les mystères des paroles de Ses serviteurs les prophètes. »

Car c'est une vision qui n'est que pour son temps ; elle parle de la fin et elle ne trompe pas.

« L'explication de ceci, c'est que le temps ultime sera de longue durée, et qu'il dépassera tout ce qu'ont dit les prophètes ; car les mystères du Tout-Puissant sont merveilleux. »

Et ainsi de suite, tout Habacuc se trouvant commenté de la sorte.

Restait le dernier rouleau.

Philon hésita à le défaire, avec l'intuition désormais qu'il ne contenait pas les pesharim de Michée. Non, l'assassin avait dû s'en emparer aussitôt après avoir tué le scribe. Il était venu pour cela, en un sens. Et dans le cas contraire, il lui aurait suffi d'inspecter la caverne, même rapidement, pour découvrir la cachette dans le sol.

Finalement, le lien glissa entre ses doigts et les premières colonnes en hébreu se dévoilèrent :

Parole de YHWH qui fut adressée à Michée de Moréshèt, au temps de Yotam, d'Achaz et d'Ézéchias, rois de Juda. Ses visions sur Samarie et Jérusalem.

La prédication de Michée… L'exemplaire sur lequel Caleb avait dû méditer avant d'entreprendre ses pesharim, voilà ce qu'était ce troisième rouleau. Un exemplaire d'étude, comme pour Habacuc, manifestement. Quelques signes, rajoutés ici et là sur le texte, un mot, une amorce de phrase. Mais pas le plus important. Pas les commentaires. Pas la clé de toute cette folie.

Philon soupira. Il lui faudrait lire le rouleau entier avant que les esséniens soient de retour. Une allusion, un détail, qui sait s'il n'y avait pas là malgré tout un début de piste ? Attentif à la moindre surcharge, à la moindre rature, il s'absorba dans une lecture qu'il supposait familière, et dont il commençait à peine à deviner qu'elle recelait autre chose.

Le livre de Michée s'ouvrait sur la condamnation des errements d'Israël, en particulier les péchés des puissants : les chefs indignes, les prêtres corrompus, les faux prophètes, les riches indifférents à la misère des pauvres, tous ceux qui arrachaient la peau de l'humble et lui brisaient les os. De là les guerres et les invasions que le Très-Haut avait suscitées contre son peuple fautif ; de là les villes ruinées, la désolation des campagnes, les pleurs des femmes et le malheur de tous.

Puis le nabi s'apaisait un peu, promettant, après la violence et le sang, l'espoir de la paix et la venue du Sauveur. C'est à ce point de sa prédication, au début du chapitre cinq, que se situait la plus célèbre des visions de Michée :

Et toi, Bethléem-Éphrata[1],
petite parmi les clans de Juda,
c'est de toi que sort pour moi celui qui doit gouverner [Israël.
Ses origines remontent au temps jadis, aux jours antiques.
C'est pourquoi Il les abandonnera
jusqu'au temps où aura enfanté celle qui doit enfanter.
Alors le reste de ses frères reviendra aux enfants d'Israël.
Il se dressera, il fera paître son troupeau
par la puissance de YHWH,
par la majesté du nom de son Dieu.
Ils s'établiront, car alors il sera grand
jusqu'aux extrémités de la terre.

Depuis près de sept cents ans, chaque juif de ce pays portait ce passage en son cœur comme une perle mille fois précieuse : il annonçait qu'un jour le Messie se lèverait à Bethléem, et qu'il saurait unir les siens pour que vienne la victoire et qu'enfin s'établisse le royaume du Seigneur. Sept cents ans que les juifs attendaient, se répéta Philon. Sept cents ans…

1. Bethléem la féconde.

Il s'apprêtait à dérouler la feuille suivante lorsqu'en posant les yeux sur les premiers mots il manqua tomber à la renverse. La suite… La suite de la prédication de Michée… C'était la prophétie du tefillin !

Menace de YHWH

Mais, au jour du Naziréen,
dernier-né de David depuis le pays d'Égypte,
si le sang de Jacob verse son propre sang,
s'il pèche à nouveau à la face de son Dieu,
alors Je ferai monter le Bélial depuis les abîmes,
et avec lui la troupe d'Assur au sein d'Israël !
Pleurez ! Pleurez, filles de Jérusalem !
Le fléau de Dieu contre son guérisseur,
la bouche du mensonge contre le reste de vérité,
les fils des ténèbres contre les fils de lumière !
Et sept fois sept générations à celui qui vaincra !
Qu'ainsi soit connue la vraie parole de Moréshèt,
le souffle de YHWH Sabbeot son Dieu.

Incroyable ! Dans le rouleau de Caleb, la prophétie du tefillin suivait immédiatement la vision de Bethléem ! Cela pouvait-il signifier que les esséniens… ?

Mais ce n'était pas tout. Sur son exemplaire d'étude, le scribe avait ajouté deux mots en grec, juste en haut de la feuille :

Νασιρεεν / Νασαρεεν
Naziréen / Nazaréen

Ces transcriptions de l'hébreu vers le grec devaient avoir leur importance, puisque, outre la langue, le scribe avait aussi souligné deux lettres : Naziréen

/ Nazaréen. Si Philon savait bien ce que « Naziréen » voulait dire – le sage parmi les sages, le pieux parmi les pieux –, il ne voyait pas du tout à quoi « Nazaréen » pouvait correspondre. Caleb, décidément, cultivait le mystère.

À cet instant, des sandales crissèrent à l'entrée de la grotte :

– Philon ? Philon, vous êtes là ?

17.

Le retour vers Qumrân se fit dans le recueillement. Selon les instructions de Simon, qui n'avait pas souhaité monter jusqu'à la grotte, le corps avait été laissé sous un abri provisoire de planches et de pierres. Mais s'il n'était pas concevable de le transporter à quelques heures du grand sabbat, il n'était pas pensable non plus de l'abandonner aux faucons. Deux de ses frères le veilleraient donc jusqu'au surlendemain, en attendant qu'il puisse rejoindre le cimetière de la mer Morte.

Arrivé devant l'établissement, Philon fut soulagé d'apercevoir la tente de Bethsabée avec les dromadaires attachés autour. Il pressa le pas, impatient de lui raconter le meurtre du scribe et ses dernières découvertes à propos de la prophétie. Mais le novice le retint par la manche :

– Simon m'a donné l'ordre de vous conduire jusqu'à lui sans délai.

– Maintenant ? J'aurais voulu…

– Vu les circonstances, les préparatifs du grand sabbat ont été retardés et le Conseil de la communauté a dû se réunir. Ils doivent déjà vous attendre.

Devant l'air contrarié de Philon, il le rassura :

– Ne vous inquiétez pas. Le Conseil est un peu notre Sanhédrin à nous. Lorsque des problèmes importants se posent, les plus sages de nos frères se rassemblent pour en discuter. Ils doivent avoir quelques questions à vous poser, tout au plus.

Ils pénétrèrent dans l'enceinte, et, se détachant du petit groupe qui les avait accompagnés, se dirigèrent vers le bâtiment en forme d'équerre où les esséniens tout à l'heure portaient de gros sacs. Était-ce la chaleur, la nouvelle du crime ou l'approche du sabbat ? Un calme surnaturel régnait dans la fraternité.

– Nous y voilà, dit Nathan, enjambant le petit canal qui menait à un bassin de purification au pied de la construction. Ici se trouvent le réfectoire et la salle de réunion.

Il poussa la porte et s'effaça pour permettre à Philon d'entrer.

– En face, vous avez la cuisine, et sur la gauche, la grande salle où siège le Conseil. Une recommandation encore, chuchota-t-il. Restez debout et n'approchez jamais les Nombreux de trop près. Et répondez seulement lorsque l'on vous interroge !

Philon eut un geste d'agacement. Il avança vers le milieu de la salle, une vaste pièce tout en longueur d'au moins cinquante pas sur dix. La toiture était soutenue par une rangée de colonnes recouvertes de stuc, et les tables avaient été repoussées dans le coin gauche pour libérer de l'espace. Le long mur était largement ouvert sur la mer Morte, offrant la vision admirable de l'eau et des montagnes. Sur le côté droit, douze hommes étaient assis derrière une table couverte d'une simple nappe blanche. La plupart étaient âgés, certains avec des cheveux et des barbes interminables, d'autres presque chauves. Seul Simon était glabre. Il se tenait au centre de l'assemblée, encadré par deux frères légèrement plus jeunes. C'est lui qui prit la parole :

– Que le Conseil des Nombreux accueille en sa bienveillance Philon d'Alexandrie. Il est venu ce matin depuis Jérusalem nous apprendre la mort de Jephté et celle du grand prêtre Gad. Comme vous le savez certainement, c'est lui aussi qui a découvert notre frère Caleb cet après-midi. Pour toutes ces raisons, il m'a semblé utile et nécessaire que les Nombreux l'entendent.

Puis, s'adressant à l'Égyptien :

– Pourriez-vous, jeune homme, exposer au Conseil votre opinion sur cette série de drames ?

– Ma foi, rabbi Simon, je crains que mes pauvres explications ne puissent vous satisfaire. Il y a dans cette affaire beaucoup plus d'ombre que de lumière et…

– Laissons là les précautions. Dites-nous seulement ce que vous pensez. Ce que vous pensez vraiment.

– Dans ce cas… Eh bien ! Mon premier sentiment est que chacun de ces crimes est lié étroitement aux autres. La preuve en est cette prophétie que le coupable a déposée par morceaux dans la bouche de ses victimes.

– Une prophétie ? demanda un vieil homme au visage chafouin, l'air faussement surpris.

– Une prophétie de Michée, oui. Véridique ou inventée, je ne l'affirmerais pas avec certitude. Quoi qu'il en soit, elle ne figure dans aucun des livres de la Bible. Je comptais d'ailleurs sur votre docte communauté pour m'en apprendre davantage.

Le vieux chafouin parut sur le point de s'offusquer, mais Simon le devança :

– Nous évoquerons cet aspect plus tard, si vous le voulez bien. Au préalable, nous souhaiterions connaître votre avis dans son ensemble.

Philon bougea d'une jambe sur l'autre : la fatigue à nouveau le reprenait.

– Mon avis est qu'un même homme, seul ou aidé de complices, a perpétré ces trois meurtres. Il a d'abord tué Caleb, dont la mort remonte à sept ou huit jours d'après ce que j'ai pu voir. Il savait que le corps ne serait pas retrouvé tout de suite puisque le scribe devait rester seul au moins jusqu'à la Pâque. Il a donc eu tout le loisir de se rendre à Jérusalem, d'étrangler Jephté puis de poignarder Gad.

Il y eut des échanges de regards dans l'assistance, mais pas un seul mot.

– Vous m'avez demandé d'être franc, poursuivit Philon, aussi le serai-je. L'assassin fréquentait suffisamment ses victimes pour pouvoir les approcher et leur inspirer confiance. Il n'ignorait rien de leurs habitudes ou de leur manière de vivre, ce qui lui a permis de les prendre par surprise et d'organiser ses crimes. Loin d'être juste un monstre assoiffé de sang, c'est un esprit subtil et cultivé, bon connaisseur des Écritures et de tout ce qui touche aux esséniens, aux pharisiens ou aux sadducéens. Au risque de vous choquer, il me paraîtrait logique qu'il soit venu jusqu'à Qumrân. Sous un faux nom ou sous un faux prétexte. Peut-être même qu'à l'occasion certains d'entre vous lui ont parlé.

Le Chafouin contenait mal son irritation :

– Vous avez dû constater qu'il y a plusieurs tentes hors de l'établissement et que des familles entières viennent nous visiter. Plus tous ces hommes qui espèrent nous rejoindre et qui passent quelques jours en notre compagnie. Comment aurions-nous su qu'un criminel se dissimulait parmi eux ?

Un autre frère, hâve et édenté, renchérit :

– N'importe qui peut accéder à la grotte des scribes en traversant les montagnes au sud, depuis la forteresse d'Hyrcania. Je l'ai fait une fois quand j'étais plus jeune. Il n'est nul besoin de passer par Qumrân.

– Et le but, ajouta le Chafouin. Le but de tout cela ?

– Il est en rapport avec la prophétie, répondit Philon. Mais d'une façon que je m'explique toujours mal.

Il tendit à Simon le parchemin qu'il avait ramassé aux côtés du cadavre.

– Regardez la fin du texte, rabbi. Il est écrit : « Qu'ainsi soit connue la vraie parole de Moréshèt. » N'y a-t-il pas là le désir de révéler au monde une prédiction cachée ? La volonté de faire connaître à tous un oracle prétendument secret ? Et pourtant, l'assassin s'en est pris aux trois hommes qui cherchaient justement à en savoir plus : Gad et Jephté qui avaient eu vent de la prophétie, et Caleb, qui, selon moi, en préparait le commentaire. C'est pour le moins paradoxal.

Simon laissa courir ses yeux sur le parchemin avant de le faire circuler entre les membres du Conseil.

– Jeune homme, déclara-t-il après un moment, le temps est venu sans doute de vous dire la vérité sur cette prophétie. Je vous crois sincère, et j'ose espérer que vous ne l'utiliserez pas contre nous. Peut-être même vous sera-t-elle précieuse pour démasquer le coupable et contribuer à le châtier. Caleb... Caleb était notre meilleur scribe, et aucun des Nombreux ici présents ne voudrait voir sa mort rester impunie.

Il toussota discrètement avant que le silence ne revienne dans l'assemblée. Puis il commença son récit :

– Pour nous autres esséniens, l'histoire de cette prophétie remonte à la révolte des Maccabées, il y a plus de cent cinquante ans. À cette époque, Uzziel sillonnait la Judée pour le compte de son frère Qéhat, alors grand prêtre de Jérusalem. Après plusieurs années de désordre et de guerres, en effet, Uzziel avait été chargé de parcourir le pays pour en dresser un état aussi détaillé que possible. Mais en réalité, sa mission n'avait d'autre objectif que de l'éloigner de la capitale : lui et son frère s'opposaient violemment sur les exigences de la foi et sur le service de Dieu.

« Un jour, Uzziel fit halte dans un ancien fortin construit par le roi Ozias pour se défendre des invasions. On appelait cet endroit la ville du Sel, car elle bordait un lac d'eau saumâtre où l'on récoltait les cristaux à même la grève. Quelques familles de nomades avaient établi leur camp dans les ruines, et Uzziel s'en fut bientôt reconnaître les alentours. Après une bonne heure de marche, il surprit les pleurs d'un petit garçon, un jeune berger qui avait égaré une chèvre de son troupeau. Uzziel le consola et lui promit de l'aider à récupérer l'animal. À force de fouiller les environs, ils finirent par remarquer une sorte de trou naturel dans la roche. Uzziel jeta une pierre pour estimer sa profondeur, et il lui sembla que le caillou rendait un son étrange. Intrigué, il descendit dans la cavité et trouva plusieurs jarres scellées d'un couvercle. La plupart contenaient des restes de grains tombés en poussière, mais l'une d'elles renfermait un rouleau de papyrus enveloppé dans du lin. En dénouant le rouleau, Uzziel eut trois surprises : la première, c'est qu'il tenait entre ses mains un exemplaire du livre de Michée, écrit en hébreu d'avant l'Exil ; la deuxième, c'est que ce livre recelait une prophétie inconnue, « la menace de YHWH » ; la troisième, c'est que cette prophétie annonçait le combat ultime des fils de lumière, derniers remparts contre les troupes du Bélial. Uzziel réalisa alors qu'il avait été choisi par le Tout-Puissant pour dévoiler la prophétie véritable de Michée. Il supposa que six siècles plus tôt la ville de Moréshèt avait été menacée par l'avancc des armées assyriennes et que le nabi avait dû trouver refuge dans le fortin de la mer Morte. Là, inspiré par son Créateur, il avait eu la vision des Temps derniers : au jour du Jugement, si le peuple élu ne s'était pas amendé, si le sang et la corruption régnaient en maîtres sur Israël, seule une poignée de fidèles, les fils de lumière, seraient dignes de recevoir le Sauveur et d'empêcher le triomphe du mal.

Simon fit une pause. Plusieurs membres du Conseil hochaient patiemment la tête. L'Édenté semblait s'être assoupi, tandis que le Chafouin ne quittait pas Philon des yeux. Après avoir humecté ses lèvres, le chef des esséniens reprit :

– Uzziel s'empressa de revenir vers son frère, plein d'une ferveur exaltée. La parole oubliée du prophète Michée, la dernière sans doute que l'on ait jamais consignée ! Et sous la forme d'une menace, qui plus est, proférée directement par le Très-Haut ! Peut-être était-il encore temps d'éviter l'abîme ? Si le grand prêtre Qéhat montrait l'exemple, si le Temple réformait suffisamment ses mœurs, s'il entraînait assez de fidèles à sa suite, la colère du Tout-Puissant n'aurait plus lieu de se déchaîner !

« Qéhat, hélas ! ne l'entendit pas de cette oreille. Le sadducéen qu'il était ne vit dans ces révélations qu'une ruse maladroite pour lui arracher le pouvoir. Après avoir écouté longuement son frère, il prit la décision de le faire disparaître une bonne fois pour toutes. Et la prophétie avec. La nuit venue, il envoya ses gardes brûler la maison d'Uzziel. Ce qu'il ne pouvait prévoir, c'est que le Tout-Puissant protégeait Son messager : par miracle, celui-ci se réveilla avant d'être encerclé par les flammes, tandis que le parchemin refusait de se consumer. Uzziel parvint à s'enfuir, avec cette conviction désormais que son peuple ne serait pas sauvé. Et que s'il voulait préserver une chance de vaincre le Bélial, il devait constituer un bataillon d'hommes saints, une force vive de piété, qui serait comme les anges de Dieu sur terre : les fils de lumière. Il se retira dans le désert, sur le lieu même de sa découverte, la ville du Sel, qu'il rebaptisa Qumrân, du nom que les nomades lui donnaient. Il entreprit de relever les ruines et d'attirer à lui les juifs les plus purs et les plus déterminés. Ceux qui, à l'heure du Jugement, seraient dignes d'accueillir le Messie et de combattre à ses côtés contre les fils des ténèbres. Ainsi naquit, il y a près de cent cinquante ans, la fraternité des justes et des pieux, la communauté des esséniens.

Un silence prolongé s'ensuivit, troublé seulement par le bourdonnement d'un gros insecte. Philon eut le sentiment que tous les membres du Conseil attendaient une réaction de sa part. Il hésita un peu, puis se lança :

– Qéhat et Uzziel étaient de la maison de Gémûl, n'est-ce pas ? Tout comme Gad et Jephté ?

Simon parut interroger les Nombreux du regard. Il dut y lire une approbation muette, car il opina du chef :

– En effet, Gad et Jephté appartenaient tous les deux à la maison de Gemûl. Ils ont un grand-père pour aïeul commun. Mais ce n'est pas tout…

Il se racla la gorge, plutôt embarrassé :

– Caleb aussi faisait partie de la maison de Gémûl.

– Caleb ?

– Oui. Il était le frère du grand prêtre Gad.

Philon ouvrit des yeux ronds de stupeur.

– Ne soyez pas si surpris, railla le Chafouin. L'exemple de Qéhat et d'Uzziel montre qu'une même famille peut produire le meilleur et le pire.

– Caleb nous a été confié à l'âge de douze ans, ajouta Simon. Ses parents avaient décelé chez lui une volonté d'ascèse et une foi ardentes.

Philon n'en revenait pas. Caleb était le frère de Gad ! Les trois victimes appartenaient à la maison de Gémûl !

– Mais cela signifie, bafouilla-t-il... Cela signifie que lui et Jephté se connaissaient forcément. Et lorsque Jephté se rendait à Qumrân... Lui arrivait-il de rencontrer Caleb ?

– Concernant Jephté, répondit Simon, en tant que responsable de la communauté, j'étais le premier à le recevoir. Il s'était mis dans l'idée qu'une alliance entre nos deux partis était indispensable pour contrer les sadducéens. Si tous les pharisiens avaient eu le cœur aussi pur que le sien, peut-être l'aurions-nous envisagée. Mais il s'en fallait de beaucoup. Pourtant, Jephté a fait celui qui ne voulait pas comprendre. Et maintenant que j'y songe... Il est exact qu'il s'est entretenu à plusieurs reprises avec Caleb. Vous... vous supposez que ce serait là le motif réel de ses visites ?

– Tout est possible, rabbi. À cette période, vous souvenez-vous si Caleb avait déjà entamé la rédaction des pesharim ?

Simon haussa les épaules :

– Caleb a toujours entretenu une fascination pour ce texte. Il s'était juré d'en faire un jour le commentaire, aucun scribe n'en ayant manifesté jusque-là le désir – ou l'orgueil. Lui y réfléchissait depuis des années. Il y a cinq mois environ, il m'a confié son intention d'essayer. Il venait d'achever un très beau commentaire d'Habacuc et je n'avais aucune raison de m'y opposer. Je l'ai même autorisé à partir en voyage quelque temps pour étayer ses hypothèses. C'est seulement une semaine après son retour que Jephté s'est présenté à Qumrân.

Philon repensa soudainement à ce qu'il avait découvert à l'intérieur de la caverne :

– J'ai parcouru les rouleaux de Caleb dans la grotte. Si les pesharim ont disparu, le livre de Michée s'y trouve encore. Il comporte des annotations en grec, dont une, en particulier, à propos de la Menace : « Νασιρεεν / Νασαρεεν » ; « Naziréen / Nazaréen ». S'agirait-il d'une de ces hypothèses que Caleb souhaitait confirmer ?

Simon se tourna vers le Chafouin comme pour lui dire : « Pouvions-nous faire autrement ? » Puis il revint à Philon :

– En d'autres circonstances, jeune homme, je ne vous aurais pas répondu. Le travail des scribes, notamment sur les commentaires, est voué au secret jusqu'à ce qu'il aboutisse. Cependant, les Nombreux estiment que nous traversons aujourd'hui une épreuve exceptionnelle. Ces trois crimes, ajoutés à l'invasion romaine, signalent peut-être l'offensive du Bélial. Et si l'heure est venue de combattre, nous n'aurons pas trop de votre aide.

Les autres acquiescèrent, excepté le Chafouin.

– Quant à ces notations en grec… Il est vrai que depuis notre maître Uzziel, nous avons toujours interprété les premiers mots de la prophétie comme se rapportant au Naziréen, le sage parmi les sages :

Mais, au jour du Naziréen,
dernier-né de David depuis le pays d'Égypte,
si le sang de Jacob verse son propre sang,
s'il pèche à nouveau à la face de son Dieu,
alors Je ferai monter le Bélial depuis les abîmes,
et avec lui la troupe d'Assur au sein d'Israël !

Chacun des frères leva les yeux vers le ciel à l'évocation de la prophétie. Simon enchaîna :

– Lorsqu'il m'a demandé la permission de poursuivre ses recherches hors de la communauté, Caleb formulait lui une tout autre supposition : il ne fallait pas lire[1] « Naziréen », comme nous en avions pris l'habitude, mais « Nazaréen ». La différence n'était pas minime. En effet au cours d'une discussion avec un visiteur, il avait appris l'existence d'un village en Galilée nommé Nazareth. Un village dont les habitants s'appellent les Nazaréens. J'avoue ne pas y avoir accordé trop d'importance sur l'instant : personne ici ne connaissait Nazareth. Néanmoins, il est bon quelquefois que les scribes aillent aussi leur chemin. Je l'ai donc laissé partir.

– Il est allé à Nazareth ?

– C'était son ambition.

– Et à son retour ?

– À son retour, Caleb montrait une grande fébrilité. Il a prétendu qu'il avait atteint Nazareth et qu'il s'était produit là-bas des événements singuliers, susceptibles d'inspirer ses pesharim. Puis il est tombé malade et pendant plus d'un mois il a été secoué de fortes fièvres. Un peu comme si son corps et son esprit étaient tout à coup possédés. À la même époque, Jephté est venu nous proposer son alliance, et c'est là qu'il a retrouvé Caleb. Il s'est rendu souvent à son chevet, ce qui n'a étonné personne : après tout, ils étaient cousins.

– Que s'est-il passé une fois Caleb guéri ?

– Il est redevenu lui-même, plutôt calme et serein. Il a patienté encore, le temps de recouvrer assez de

1. Cf. note 1, page 58.

forces pour supporter l'isolement. Puis il est monté à la grotte des scribes.

– Il y a longtemps ?

– Quatre ou cinq semaines, si je ne m'abuse.

– Mais il n'a raconté à aucun d'entre vous ce qui l'avait bouleversé au village de Nazareth ?

– Pas à moi, en tout cas. Sa seule réponse était : « Vous lirez mes pesharim ! »

– Cependant, vous avez dû vous poser la question ?

Le Chafouin intervint, d'un ton désobligeant :

– Simon et moi avons eu une conversation à ce sujet. Notre conclusion a été que Caleb ne disposait plus de toutes ses facultés et qu'il aurait été prudent de lui interdire ce voyage dans le nord.

Il tapotait nerveusement sur la table :

– Toutes ces spéculations idiotes, insista-t-il. « Le jour du Nazaréen ! » Et puis quoi encore ? Quel sens aurait la prophétie ? Notre salut viendrait d'un hameau misérable de Galilée ? Si l'on sait lire Michée, c'est de Bethléem que se lèvera le Sauveur et…

– Néanmoins, Caleb a été assassiné, le coupa Philon. C'est donc bien qu'il avait découvert quelque chose. Et puisque vous évoquez Bethléem, il ne vous a probablement pas échappé que la prophétie de la Menace suit précisément celle de Bethléem :

Et toi, Bethléem-Éphrata,
petite parmi les clans de Juda,
c'est de toi que sort pour moi celui qui doit gouverner
[Israël.

« Si l'on rapproche ces deux paroles pour n'en faire qu'une…

– Eh bien ? lui jeta le Chafouin d'un air de défi.

Les idées se bousculaient dans la tête du jeune homme. Il chercha un appui du côté de Simon, mais celui-ci se déroba. Une fraction de seconde, il eut le sentiment que le chef des esséniens était parvenu aux mêmes déductions que lui. Et qu'il préférait se taire. Il respira profondément et rassembla son courage :

– Ne peut-on imaginer... ne peut-on imaginer que Caleb ait identifié à Nazareth un homme de la maison de David, né à Bethléem et qui aurait vécu en Égypte ? La coïncidence ne serait-elle pas si extraordinaire qu'il ait pu prendre cet homme pour le Messie ? Voilà qui justifierait peut-être sa fièvre et son trouble !

Les traits du Chafouin s'empourprèrent :

– Bien sûr ! ricana-t-il. Et pourquoi pas le véritable Messie tant que vous y êtes ? Que Caleb à lui seul aurait trouvé ! Et à Nazareth, qui plus est !

Il se dressa sur son banc :

– Pour moi, j'en ai entendu assez, s'emporta-t-il. La nuit tombera dans trois heures et rien n'est arrangé pour le grand sabbat. Je propose donc aux Nombreux de mettre un terme à ce torrent d'inepties. Non seulement nous n'arrêterons pas le coupable de cette manière, mais nous avançons dangereusement sur la voie du sacrilège...

Il désigna Philon du doigt :

– D'ailleurs, si l'on m'avait écouté, j'étais contre la présence de cet étranger. Que se clôture ici la séance du Conseil !

Il quitta sa place et tourna les talons, déclenchant une belle pagaille à l'arrière de la table. Tous les frères se mirent à discourir en même temps et plusieurs se décidèrent à sortir, engageant un mouvement de retraite général.

Au bout de quelques minutes, il ne resta plus que Simon, les mains jointes, comme prostré.

– Je suis désolé pour tout ce gâchis, s'excusa l'Égyptien.

– Ce n'est pas votre faute, c'est entièrement la mienne. J'ai annoncé tout à l'heure au Conseil que j'abandonnais mes fonctions de supérieur de la fraternité. D'une certaine manière, je me sens... je me sens responsable de ce qui est arrivé à Caleb. Mais j'ai mal choisi mon moment. Achab s'imagine déjà en train de me succéder et il s'échauffe si facilement...

– Un frère moins irascible ne jouerait-il pas mieux ce rôle ?

– Hélas ! Malgré nos efforts, nous autres esséniens ne sommes jamais que des hommes. Avec nos qualités et nos défauts. Mais vous, mon garçon, qu'allez-vous faire maintenant ?

– Je ne sais pas. Si Caleb est allé à Nazareth...

Il laissa à Simon le soin d'achever sa phrase.

– Vous savez, Nazareth est loin, murmura le supérieur en se lissant le crâne. Quatre ou cinq jours de marche, sur la route de Séphoris. Sans compter les brigands, les rebelles, les Romains.

– Je n'ai pas peur de voyager.

– Comme vous voudrez.

Il sourit tristement :

– Quoi qu'il en soit, restez à Qumrân au moins le temps du sabbat. Pour les quelques heures qui viennent, je suis encore le chef de cette communauté.

18.

Philon se plia en deux pour entrer sous la tente. Il avait aperçu Mandou qui se dirigeait vers une grotte en hauteur et se réjouissait à l'idée d'être seul en compagnie de Bethsabée. Il pourrait s'asseoir, partager un peu de vin de grenade, discuter des implications de ces crimes. Mais sur le seuil, il hésita : la jeune femme dormait. Elle était allongée sur un tapis de laine, la tête abandonnée sur un coussin, ses cheveux dessinant une couronne sombre autour de son visage. Il aurait pu rebrousser chemin, attendre qu'elle s'éveille. Au lieu de cela il s'accroupit près d'elle. Elle respirait doucement, les traits apaisés, les lèvres entrouvertes, une perle de sueur à la naissance du front. Une enfant. Belle, volontaire, insoumise. Fragile, aussi. À quoi rêvait-elle en cet instant ? Ses narines délicates frémissaient à peine, sa poitrine soulevait le lin d'un souffle régulier, sa tunique, froissée, laissait deviner ses jambes. Sans bien réfléchir, Philon caressa une mèche de ses cheveux, frôlant la joue du bout de ses doigts. Elle ouvrit les yeux, ne cria pas. Lui sourit. Puis se moqua :

– Eh bien, monsieur le philosophe… C'est donc là votre manière de séduire les femmes ? Vous profitez de leur sommeil ?

Il retira sa main, confus.

– Pardonnez-moi. Je ne sais pas ce qui m'a pris. La fatigue… ces événements…

Aussitôt, le regard de la jeune femme retrouva son acuité. Elle se dressa sur un coude :

– Vous avez du nouveau pour mon père ?

– Pour votre père ? Enfin… En quelque sorte.

Avec le plus de précisions possible, il lui fit le résumé des heures qui venaient de s'écouler à Qumrân : l'ascension vers la grotte des scribes, la découverte du cadavre, celle du livre de Michée, l'audience devant le Conseil des Nombreux… Et ses interrogations à propos de Nazareth.

– Je pense, conclut-il, que le moyen le plus sûr est encore de se rendre là-bas. Sinon après le sabbat, du moins après la Pâque. Le supérieur parlait de quatre ou cinq jours de marche, en direction de Séphoris. Or pour cela, nous aurions besoin de davantage de vivres et de quelques préparatifs.

Bethsabée se figea.

– Vous… vous ne comptez pas me suivre à Nazareth ? s'inquiéta-t-il. Ou bien vous connaissez déjà le village ?

– Je ne le connais pas, répondit-elle après un temps. Séphoris, oui, mais Nazareth, je n'ai jamais entendu ce nom. Quant à vous accompagner. Je le ferai avec plaisir. J'ai seulement l'impression… l'impression qu'il faut partir tout de suite.

– Mais le soleil se couchera dans trois heures à peine ! Et une fois le sabbat commencé, il ne sera plus question de voyager !

– Au moins aurons-nous gagné trois heures. Je crois en effet que vous avez vu juste : c'est parce qu'il était sûr d'avoir identifié le Messie qu'on a assassiné Caleb. Et à tort ou à raison, qui qu'il puisse être, cet homme est désormais menacé.

– Vous supposez que le meurtrier s'en prendra à lui ?

– A-t-il reculé pour tuer le grand prêtre ? Ou le chef des pharisiens ? Ou le meilleur scribe de Qumrân ? Et la prophétie n'annonce-t-elle pas la venue du Bélial ?

– Le Bélial…

Tout l'être de la jeune femme exprimait une détermination farouche :

– Le Bélial, oui. Et ce n'est pas tout. Nous sommes à quatre jours de la Pâque. Si Caleb a reconnu le Messie dans ce Nazaréen, c'est que l'homme est pieux, assurément. Et s'il est pieux, que s'apprête-t-il à faire, selon vous ?

Philon siffla entre ses dents :

– Monter à Jérusalem, évidemment ! Fêter la Pâque !

– Sans doute même est-il déjà en chemin. Or, venant de Séphoris, il passera nécessairement par Jéricho. Si nous arrivons là-bas à temps, nous aurons une chance de le croiser.

– Jéricho déborde de monde à cette époque.

– Ce n'est pas un problème. Les pèlerins se déplacent par villages. Il y aura bien un Galiléen pour nous indiquer où campent ceux de Nazareth.

Philon se pencha vers elle :

– Vous avez réponse à tout, on dirait.

– Et vous, on dirait que vous n'avez pas assez confiance.

Leurs bouches étaient maintenant si proches qu'elles pouvaient se toucher. Le jeune homme avança ses lèvres…

Soudain, le cuir de la tente claqua et Mandou fit irruption sur le seuil. D'un geste maladroit, Philon recula, comme s'il était pris en faute. Bethsabée se donna très vite une contenance :

– Ah ! Mandou. Tu tombes bien. Nous avons décidé de repartir ce soir.

– Ce soir ?

Il avait sa voix des mauvais jours.

– Ce soir, oui. Il faut défaire la tente, immédiatement. Nous allons à Jéricho.

– Jéricho, c'est à plus de dix milles d'ici.

– Nous ferons halte en route.

Il acquiesça mollement. Son ton masquait mal sa réprobation :

– Comme vous voudrez, maîtresse.

Puis il fit demi-tour et sortit.

Philon leva les bras en signe d'impuissance : s'il n'avait tenu qu'à lui…

Un quart d'heure plus tard, cependant, il était de nouveau juché sur son dromadaire.

Ils firent route deux heures durant sous un beau ciel orangé. L'air était devenu nettement plus respirable, et le désert des collines, adouci par le soleil couchant, leur semblait moins hostile. Perclus de fatigue, Philon ne tarda pas à plonger dans une demi-somnolence.

Un peu avant le crépuscule, la petite troupe mit pied à terre et s'activa pour dresser le camp. Il n'était plus question, déjà, d'allumer un feu ou de cuire un aliment, les prescriptions du sabbat – et *a fortiori* du grand sabbat – étant sans équivoque : interdiction de travailler, quels qu'en soient le motif et la forme, interdiction de chasser, de transporter des marchandises ou des objets, de se déplacer à plus de deux mille coudées de sa résidence, d'écrire plus d'une lettre de l'alphabet, etc. Longtemps, aussi, il avait été interdit de livrer bataille. C'est ainsi que Ptolémée Ier s'était emparé de Jérusalem un jour de sabbat, sans même avoir à combattre. Depuis, les rabbis avaient estimé qu'il était juste de défendre sa vie et celle des siens, y compris le septième jour. Si de telles exigences semblaient insupportables à beaucoup d'étrangers, Philon y voyait au contraire la garantie d'une liberté unique : quelques heures par semaine, résolument hors du temps, dont chacun profitait pour se retrouver lui-même et s'ouvrir aux autres ; une journée de plénitude et de partage, d'introspection et de dialogue avec l'Éternel. N'était-ce pas le plus précieux cadeau que le Très-Haut pouvait offrir à Son peuple ?

Une fois dressée la tente de Bethsabée, ils sortirent la coupe d'argent que Nertari avait glissée dans les bagages et prononcèrent la bénédiction sur le vin. Puis ils purifièrent leurs mains sous l'eau de la gourde et brisèrent les deux pains rituels. Ils mangèrent ensuite les fruits frais de leur besace et des morceaux de poisson séché. On était loin des repas de fête, des volailles rôties ou des tranches d'agneau gras, mais ils devisèrent gaiement en évoquant les souvenirs les plus insouciants de leur enfance. Il n'y avait aucune place ce soir-là pour les horreurs et les drames…

Mandou resta un peu à l'écart – les esclaves aussi étaient astreints au sabbat –, sans négliger de boire son content de vin. À un moment, les dromadaires se mirent à grogner et à dresser l'oreille. Mandou escalada le talus qui protégeait le camp pour s'assurer que personne ne viendrait les déranger. Il s'agissait probablement d'un petit renard des sables ou d'un chacal à la recherche d'une proie. Philon venait de réciter une dernière bénédiction et Bethsabée commençait à chantonner de vieux airs, certains dans une langue inconnue – peut-être un dialecte de Mésopotamie qui lui restait de sa mère ? Lorsqu'elle commença à fredonner d'une voix chaude et profonde : « Comme le raisin sur la vigne, comme l'épi sur le champ, le ruisseau sur la colline, l'homme revient en Canaan... », le jeune homme frissonna. C'était cet air exactement qu'il avait entendu l'autre fois dans son rêve, quand les rebelles l'avaient assommé ! N'était-ce pas là le signe évident qu'elle et lui...

Arrivé par-derrière, Mandou lui tapota l'épaule :

– Maître, chuchota-t-il, il y a des gens là-bas. Vous devriez venir.

– Quel genre de...

L'esclave mit un doigt sur sa bouche :

– Il y a des gens, je vous dis. Il faut venir !

Ils s'éclipsèrent discrètement, tandis que la jeune femme poursuivait : « Il salue le raisin sur la vigne, il salue l'épi sur le champ, le ruisseau sur la colline et la femme qui l'attend... »

Ils gravirent silencieusement le talus puis le coteau suivant, leur marche facilitée par l'éclat de la lune. Parvenus à mi-hauteur, le Nubien montra l'escarpement qui dominait la route de Jéricho :

– De l'autre côté, murmura-t-il dans un souffle. Deux hommes, armés je crois. Avec des chevaux.

– Ils se sont arrêtés ? À cet endroit précis ?

– Ils ont pu entendre des voix. Eux-mêmes, ils se parlaient tout à l'heure. Avec un accent du nord. Ou alors ce sont des pillards.

Philon réfléchissait au meilleur moyen de s'approcher ou de se défendre. Son poignard était rangé trop loin, dans la tente. Il défit sa double ceinture de cuir et ramassa une pierre au hasard. Au besoin, il s'en servirait comme fronde.

À quatre pattes, ils progressèrent jusqu'à la pointe de l'éperon rocheux. Aucun bruit. Les intrus pouvaient aussi bien avoir décidé de les attaquer par surprise. Des voleurs ? Des rebelles ? S'il s'agissait de juifs, ils violaient sciemment le sabbat. Des Romains, alors ?

Avec mille précautions, Philon jeta un œil sur la route. Elle se situait à trente coudées plus bas, presque en à-pic. Déserte. Il sentit Mandou s'agiter sur sa droite et se demanda si les mystérieux visiteurs ne les avaient pas déjà pris à revers. Il serra la ceinture dans sa main et se retourna, prêt à se défendre.

Il évita le premier coup de justesse. Mandou brandissait un caillou aux arêtes menaçantes et levait le bras pour le frapper à nouveau. Il ne distinguait de son visage que la blancheur démesurée de ses yeux et une impressionnante rangée de dents. Le jeune homme roula sur lui-même et la pierre lui frôla les cheveux. Il se releva rapidement, assenant au jugé un coup de ceinture. L'esclave se mit à rire :

– Ah ! Ah ! Tu crois qu'elle est pour toi, petit maître ? Qu'elle est seulement pour les gens comme toi ? Mais c'est Mandou qui s'est occupé d'elle. C'est Mandou qui l'a portée. C'est Mandou qui l'aime.

Il le chargea, poing en avant. Retrouvant des réflexes de lutteur, Philon se jeta dans ses jambes au lieu de reculer. Le Nubien vacilla et tomba rudement au sol, crachant de la terre. À deux reprises, la ceinture s'abattit en claquant sur ses épaules et son cou. Adossé au précipice, Philon tenta de le raisonner :

– Ça suffit, Mandou. Je ne veux aucun mal à Bethsabée. Elle est assez intelligente pour…

– Ahhh !

Hurlant de colère, l'esclave bondit et se précipita sur lui, sans même chercher à esquiver le cuir qui lui cingla la joue. Il parvint à saisir la lanière et à la tirer brutalement vers lui.

– Je vais te tuer, petit maître ! Je vais te tuer !

Philon crut un instant que la ceinture allait lui échapper. Il la serra plus fort, eut l'impression que ses doigts éclataient, mais réussit malgré tout à basculer sur le côté en entraînant son agresseur. Dans le même mouvement, il lança violemment son pied et cueillit Mandou au ventre. Emporté par son poids, celui-ci bascula dans le vide avec un cri étouffé. Aussitôt, le poignet de Philon craqua et tout son bras ne fut plus que douleur. Il se sentit happé par le néant et se rattrapa de la main gauche à une excroissance rocheuse. Mandou était suspendu à l'autre extrémité de la ceinture…

– Accroche-toi, haleta Philon, une fois qu'il eut évalué la situation. Je vais… je vais te remonter.

Le Nubien n'esquissa pas un geste pour s'agripper.

– On va mourir ensemble, petit maître. Ou bien il va falloir que tu me lâches.

– Non, je ne te lâcherai pas. On va remonter.

Le jeune homme tentait des efforts désespérés pour s'arc-bouter sur ses pieds. Mais le sol était friable et Mandou trop lourd.

– Si nous mourons tous les deux, Bethsabée ne s'en sortira pas. Pas ici, pas dans le désert. Elle a besoin de toi, Mandou.

L'esclave eut une moue presque narquoise :

– Tu sais, petit maître, je l'ai vu.

– Tu l'as vu ?

– Le meurtrier, je l'ai vu.

Philon sentit un goût âcre sur sa langue. Un flot de sang battait tout le haut de son corps et son bras prenait feu. Il n'était pas certain de comprendre.

– Le meurtrier ?

– Le soir où Jephté est mort. J'étais dans la cuisine, oui. Mais il y a eu du bruit. J'ai passé la tête.

Il ricana :

– Il vaudrait peut-être mieux que je tombe pas maintenant, hein ?

– Non, répondit l'Égyptien, au bord de l'étourdissement, je ne te laisserai pas tomber. Attrape la roche.

– Je l'ai bien vu, ce soir-là. C'est le vieux qui lui a ouvert.

– Je vais te tirer, doucement.

Prenant appui sur sa main gauche, Philon banda ses muscles de toutes ses forces. La ceinture remonta d'un ou deux pouces, avec un drôle de frottement. Ne pas céder, se répéta-t-il, surtout ne pas céder…

– Son visage, je l'ai vu dans la lumière, continua Mandou. Ensuite, ils sont allés à l'étage.

– Pourquoi tu n'en as rien dit ? questionna Philon en grimaçant.

– Sur le coup, ça m'a tellement surpris. Si j'avais pu imaginer…

Le jeune homme tira de nouveau en ahanant. La lanière remonta encore, mais beaucoup moins. Si Mandou ne l'aidait pas un peu…

– Cet homme, qui était-ce ?

L'esclave planta son regard dans le sien :

– Qui c'était ? Ça, quand tu le découvriras, tu seras surpris, petit maître, je te l'assure…

Puis avec une espèce d'amertume :

– Je te demande juste… Il faudra prendre bien soin d'elle… Tu le feras, n'est-ce pas ?

Et il lâcha la ceinture.

19.

Jéricho.

En temps ordinaire, Philon aurait dû bondir de joie : après Jérusalem, Jéricho était l'autre cité qu'il avait toujours espéré voir. Un bienfait du Tout-Puissant né à flanc de colline, une fleur de verdure sur le ruban bleu du Jourdain. Jéricho des palmiers, des baumiers, des lauriers-roses et des sycomores, Jéricho des fontaines et des bassins, où la source du prophète Élisée semblait ne jamais vouloir tarir. Jéricho l'opulente où se croisaient à mailles serrées les chemins du commerce et où la foule des pèlerins se reposait avant de gagner le Temple ; Jéricho de la Bible, enfin, dont les murailles s'étaient effondrées devant les trompettes et la puissante clameur d'Israël. Jéricho, la plus ancienne cité du monde.

Mais ce temps-là n'était pas ordinaire. Il y avait les Romains, la Pâque, la révolte qui couvait, la prophétie de Michée, ces meurtres, le Bélial… Le Messie, peut-être. Et surtout, la mort de Mandou. Bethsabée en avait été cruellement affectée, autant, sans doute, que par celle de son père. Un frère, disait-elle, il était comme un frère. Penché sur le corps désarticulé de l'esclave, Philon avait songé d'abord à mentir : ils avaient entendu du bruit, le Nubien s'était imprudemment avancé, la roche s'était effritée sous ses pas. Mais ce mensonge signifiait une trahison et il ne pouvait la trahir. Il retourna donc au camp pour lui avouer la vérité : la jalousie de Mandou, sa volonté d'éliminer son rival, leur combat, sa chute. Elle pleura. Beaucoup. Puis s'enferma dans un silence douloureux, accomplissant les gestes du sabbat comme si on l'avait dépossédée d'elle-même. Philon respecta sa peine, avec le sentiment confus d'en être responsable. Moments de vertige, où Bethsabée paraissait si lointaine alors qu'il la prenait dans ses bras, la menait de sa tente à l'ombre du talus, lui proposait de l'eau et ce qu'il restait de fruits, l'aidait à se couvrir si le vent se levait. Un mélange sulfureux d'intimité et de distance qui, de bien des manières, le renvoyait à Mandou. Comment le Nubien, en effet, aurait-il pu ne pas être fou d'elle ? Il la sentait contre lui tous les jours, la chaleur de ses cuisses, la courbe de son dos, le parfum de sa nuque… sa nudité lorsqu'elle était au bain. Sa voix qui lui donnait des ordres. Il était là à chaque instant de sa vie, les bons, les mauvais. Esclaves l'un de l'autre et maîtres tour à tour. Oui, il avait dû détester Philon. Tout de suite.

Le deuxième soir, une fois le sabbat rompu, le jeune homme avait choisi un endroit à l'écart de la route. Il avait ramassé des cailloux, creusé sommairement la terre et enseveli le Nubien. Une sépulture simple et dépouillée, presque au milieu du désert. Peut-être de celles qu'il aurait eues chez lui…

– Je vais vous laisser là, annonça Philon en descendant de sa monture. Le temps de trouver quelqu'un qui nous renseigne.

– D'accord, acquiesça Bethsabée. Mais ne vous attardez pas ou nous risquons de le manquer.

Les premiers mots que les deux jeunes gens échangeaient depuis l'aube. L'Égyptien attacha les dromadaires et installa Bethsabée sous le feuillage d'un palmier, près d'un grand lavoir où des femmes s'activaient à la lessive. Il lui donna la dernière gourde et prit la direction de la cité.

Jéricho était une oasis semée de constructions qui se densifiaient au fur et à mesure que l'on approchait du centre, là où se rejoignaient les rues les plus fréquentées. Des centaines de pèlerins la parcouraient en tous sens, la plupart à pied et en cortège, sous le regard hautain des soldats de Rome. Philon releva le voile sur son visage et entra dans un établissement de bains. Il paya un quadrant de cuivre, traversa la salle commune, ôta sa tunique et fit un premier passage dans la piscine de propreté. Puis il entra par l'escalier de droite dans le vaste miqveh d'une blancheur éclatante. Une quinzaine d'hommes procédaient à leurs ablutions rituelles en murmurant des paroles inaudibles que le bruissement de l'eau emportait. Philon s'immergea à son tour, par trois fois. Puis il ressortit en prenant l'escalier de gauche et monta vers la terrasse pour se sécher au soleil. Plusieurs pèlerins étaient accoudés au parapet, contemplant la ville et son animation. D'autres restaient assis, goûtant la chaleur. Il s'adressa au plus jeune :

– Paix et bénédiction sur vous, mon ami.

– Paix sur vous également, répondit l'autre.

– Vous arrivez du nord ?

– Nous arrivons du nord, oui.

– Je cherche des habitants de Nazareth.

L'homme se tourna vers ses deux compagnons qui secouaient négativement la tête.

– Nous sommes tous les trois de Tibériade. Nazareth, vous dites ?

– C'est un village, près de Séphoris.

Ils semblaient ne pas connaître, mais un vieil homme qui écoutait s'avança derrière eux.

– Séphoris, n'est-ce pas ? Il y en avait de Séphoris, hier.

– Vous savez où je peux les rencontrer ?

– Je crois.

Il était plus ridé qu'un vieux fruit oublié au soleil. Il plissa les yeux, ce qui eut pour effet de les faire disparaître complètement.

– Vous voyez ces palais à l'ouest ? Ce sont les palais d'Hérode. Je crois que ceux de Séphoris campaient de l'autre côté, au pied des jardins.

Philon le remercia et s'empressa de rejoindre Bethsabée, non sans avoir acheté du fromage de brebis et quelques melons sur un étal ambulant. Ils prirent ensuite le chemin du vaste ensemble monumental qu'Hérode avait transformé en résidence d'hiver. C'est notamment là que le roi de Judée avait noyé son beau-frère, le grand prêtre Aristobule, dont la popularité grandissante l'insupportait. Là aussi qu'il avait rendu son dernier souffle, ordonnant l'exécution des notables qu'il avait fait parquer dans l'hippodrome voisin. Par chance, ses fils étaient trop occupés à se disputer l'héritage pour accomplir ses dernières volontés…

Derrière l'édifice s'étageaient un jardin exotique, des thermes romains et un plan d'eau où les fidèles de Séphoris étaient censés séjourner. Mais il n'y avait plus personne, sinon des enfants qui jouaient à grimper dans les arbres. Philon sortit une pièce de sa bourse et héla un gamin aux grandes boucles noires :

– Hé ! petit ! Comment t'appelles-tu ?

– Zachée, m'sieur.

– J'ai besoin d'un renseignement, Zachée. Sais-tu si des gens de Séphoris ont fait halte par ici ?

– Des gens de Séphoris ? Oh oui ! m'sieur, comme tous les ans.

– Bien. Et parmi eux, il s'en trouvait de Nazareth ?

Le jeune garçon avait un air futé et visiblement pas sa langue dans sa poche.

– De Nazareth ? Ça dépend, m'sieu, dit-il en louchant sur la pièce.

Philon la lui lança, réprimant un sourire.

– De Nazareth, m'sieu, oui, ça me revient maintenant. Un nom comme ça, en tout cas. Nazaré, Nazareth… On a même joué avec eux.

– Et où sont-ils allés ?

– Partis à Jérusalem, m'sieu. Avec ceux de Séphoris et tous les autres.

– Il y a longtemps ?

– Quand on s'est levés ce matin, ils étaient déjà plus là.

– Merci, Zachée, tu me rends un fier service.

Il le gratifia de deux autres pièces :

– Tiens. Malin comme tu es, je suis sûr que tu deviendras riche.

– Je saurai m'en souvenir, m'sieu !

Philon et Bethsabée saluèrent les enfants, quittèrent les jardins d'Hérode et, d'un commun accord, s'engagèrent sur la route déjà très encombrée de Jérusalem. Une file continue de pèlerins s'étendait à l'horizon, disparaissant à la faveur d'un lacet puis réapparaissant au détour d'une pente. On aurait dit un serpent à la peau multicolore, étiré et joyeux, qui se montrait et se cachait selon les fantaisies du relief. Aucune de ses ondulations n'échappait cependant au contrôle des Romains : tous les points en hauteur étaient surveillés par plusieurs légionnaires chargés d'éviter les bousculades et les débordements. Le danger de la cohue était d'autant plus réel que la voie faisait moins de six coudées de large, se resserrant de moitié aux passages les plus étroits. Le serpent semblait alors se tortiller drôlement, comprimant ses écailles de droite et de gauche pour s'insinuer au travers de l'obstacle. Sa progression, du coup, s'en trouvait freinée. Les deux jeunes gens comprirent même assez vite que leurs montures n'étaient pas des mieux adaptées à ce genre de train : les dromadaires étaient volumineux, impressionnants, ils manquaient de buter sur les retardataires, s'attiraient à l'occasion des remarques acerbes. Dès que la route s'élargissait, cependant, ils leur permettaient de dépasser des caravanes entières. Parfois, on reconnaissait ceux d'un même village à leur manière de porter l'habit, de se couvrir la tête, ou encore aux chants qu'ils reprenaient en chœur. Mais souvent les groupes d'une même région avaient tendance à se mêler. À moins de questionner chaque pèlerin, il était donc improbable qu'ils tombent facilement sur celui qu'ils cherchaient. De temps en temps, Philon s'inclinait pour demander si l'on avait vu passer ceux de Séphoris. Jusqu'à la mi-journée, la réponse fut : « non », systématiquement. Puis, après l'heure du déjeuner, une femme leur fit signe : « Devant ! Devant ! » Ils durent patienter jusqu'au col suivant – d'où l'on apercevait un coin minuscule de la tour Antonia – pour rejoindre les premiers pèlerins de Séphoris. Quelques incompréhensions et fausses pistes plus tard, on leur indiqua que ceux de Nazareth étaient une soixantaine environ, et qu'ils voyageaient un peu plus loin avec ceux de Naïn.

– Ne vous avais-je pas dit de garder confiance ? lui rappela Bethsabée.

– Vous aviez raison. Reste à savoir si le Nazaréen sera bien là. Je vais questionner leur rabbi.

– Et moi, je parlerai aux femmes.

Ils rejoignirent finalement la petite troupe de Nazareth qui progressait en ordre dispersé : quelques hommes à l'arrière, des épouses et des mères ensuite – dont certaines sur des ânes –, des hommes à nouveau qui discutaient avec d'autres femmes, et des enfants qui couraient un peu partout en chahutant. L'Égyptien sentit son corps se tendre et son pouls s'accélérer. Caleb, quelques mois plus tôt, était allé à Nazareth. Essénien éclairé, personnage pieux et proche des Écritures, il avait cru y reconnaître le Messie. On l'avait tué pour cela. Et aujourd'hui, sur cette route montant à Jérusalem, Philon allait peut-être rencontrer le Nazaréen à son tour.

Le Nazaréen… Le Messie ? Non, ces mots, cette idée même n'avaient aucun sens. Caleb s'était forcément trompé. Ou bien il avait perdu l'esprit. Nous sommes là pour sauver un innocent, se persuada Philon, seulement un innocent. Victime d'une méprise et rien que d'une méprise. Et puis il était peut-être déjà trop tard ?

Il balaya ses hésitations et mit pied à terre, abordant le premier homme du groupe :

– Paix et bénédiction sur vous, mon ami. Pourriez-vous me conduire jusqu'au rabbi de Nazareth ?

Le visage du pèlerin, empourpré par le soleil, marqua la surprise :

– Notre rabbi ?

– Je dois l'informer de certaines nouvelles qui le concernent.

– C'est que notre rabbi est souffrant. Il n'avait pas la santé pour faire le trajet.

Pas de chance. Philon était pourtant sûr que Caleb s'était tourné d'abord vers le rabbi : qui d'autre connaissait mieux que lui les habitants du village ?

– Y a-t-il quelqu'un alors qui mène votre pèlerinage ?

Le voyageur réfléchit intensément. Puis il désigna l'un des siens, solidement taillé et qui marchait tête nue :

– Si c'est une sorte de chef que vous voulez, adressez-vous à lui.

Philon obtempéra et, tout en tirant son animal par la longe, rattrapa l'individu.

– Pardonnez-moi. Je souhaitais consulter le rabbi de Nazareth. On m'a répondu qu'il était malade et on m'a envoyé vers vous.

L'homme considéra Philon, son jeune âge, son allure. Il ne laissa rien deviner de ses impressions.

– Je peux vous être utile ?

– J'aimerais... Pouvons-nous discuter un moment ?

Il hocha la tête et tous les deux se placèrent un peu à l'écart de la caravane.

– Ce que j'ai à vous demander, attaqua Philon, risque de vous paraître incongru. Il y a deux ou trois mois, un essénien s'est rendu à Nazareth.

– Un essénien ?

– Un scribe, oui.

– Si un sage de Qumrân s'était présenté chez nous, je suppose que nous l'aurions su.

– Peut-être n'a-t-il pas tout dévoilé de sa visite. Il venait en réalité parce qu'il recherchait quelqu'un.

Le chef de la troupe fronça les sourcils :

– Ces derniers temps, la Galilée est pleine de gens qui en recherchent d'autres. Des espions, surtout. Des espions à la solde des Romains.

Son ton était accusateur et plein de sous-entendus.

– Vous voulez dire, à cause des rebelles ?

– À quoi croyez-vous que les Romains s'intéressent aujourd'hui ? À la manière dont nous fêtons la Pâque ?

– Non, bien sûr. Mais si cela peut vous rassurer, je n'ai rien à voir avec les Romains.

– Je ne m'attendais pas à ce que vous prétendiez le contraire.

L'homme était rugueux. Quarante-cinq ans, les traits burinés, les mains calleuses, habitué sans doute à n'obéir qu'à lui-même. Capable de devenir désagréable, aussi. Dans ce genre de circonstances en particulier.

– Hélas ! je n'ai guère les moyens de vous prouver ma bonne foi.

– Cela aussi était à craindre.

– Je puis néanmoins vous confier…

Philon regarda autour de lui pour être sûr qu'on ne les écoutait pas.

– Il y a quelques jours, j'ai eu le privilège de rencontrer Judas le Galiléen. À Jérusalem. Il arrivait de Béthel où il avait suivi l'entraînement de ses troupes et il s'apprêtait à déclencher l'insurrection si le recensement avait lieu. Il n'a échappé à la légion que d'extrême justesse.

L'autre baissa la voix, mais sans se départir d'une forme de distance :

– Vous avez rencontré Judas le Galiléen, vraiment ? Figurez-vous que depuis ce matin, il y a beaucoup de rumeurs à son sujet. Certains affirment qu'il est mort. D'autres qu'il est vivant et que la révolte vient de débuter en Décapole et en Samarie. Qu'un nombre appréciable de rebelles se cachent parmi les pèlerins et qu'ils attendent simplement d'entrer à Jérusalem. Les mêmes mentionnent des arrestations, aussi, et des insurgés que le procurateur Coponius aurait fait crucifier le jour du sabbat. Et ce n'est pas tout…

Il fit mine de balancer avant de poursuivre :

– D'aucuns font courir des bruits à propos du grand prêtre. On l'aurait assassiné et fait passer sa mort pour naturelle. Évidemment, l'empereur Auguste serait à l'origine du complot. On voit mal le profit qu'il pourrait en tirer, mais admettons…

Il reprit, d'une voix normale :

– Vous voyez qu'il n'est pas difficile de paraître informé.

– Je comprends votre méfiance. Les heures que nous vivons sont troubles. Vous découvrirez cependant assez vite que le grand prêtre Gad est mort, effectivement. Et qu'il faudra se passer de lui pour la célébration de la Pâque.

Il y eut un flottement. Philon sentit qu'il avait entamé la belle assurance du Nazaréen.

– Vous avez l'air de savoir bien des choses, jeune homme. Judas, le grand prêtre… Qumrân. Qui êtes-vous, au juste ?

– Je me nomme Philon. Je suis venu d'Alexandrie pour suivre les fêtes du Temple.

À l'évocation de la ville, un éclair brilla dans l'œil du pèlerin :

– Alexandrie ?

– Vous connaissez l'Égypte ?

– Un peu. Si vous venez d'Alexandrie, vous avez dû entendre parler d'Abydélios, alors ? C'est lui qui s'occupe des vôtres à Jérusalem.

Il l'éprouvait, manifestement.

– Si je connais Abydélios ? Bien sûr ! Il a été mon maître avant de s'installer en Palestine. C'est avec lui que j'ai appris à lire dans la grande synagogue d'Alexandrie. Et je lui dois l'essentiel de ce que je sais des Écritures.

La réponse sembla convaincre le chef de la troupe. Il observa un instant Bethsabée qui aidait des enfants à monter sur le deuxième dromadaire.

– Dans ce cas, nous possédons un ami en commun, lâcha-t-il. C'est votre femme ?

– Non. Nous avons fait ensemble le voyage de Qumrân. Elle ne peut pas marcher et quelqu'un doit l'assister constamment. Je la ramène à Jérusalem.

– Abydélios aussi m'a tendu la main lorsque je suis arrivé à Alexandrie. Depuis, nous nous tenons mutuellement en estime.

Philon s'efforça de ne pas montrer son excitation :

– Vous avez… vous avez donc vécu là-bas ?

– Deux années, oui, jusqu'à la mort d'Hérode. Nous étions quelques-uns à fuir sa tyrannie. J'étais dans la difficulté à l'époque. J'ai rencontré Abydélios à la grande synagogue. Il m'a accueilli, m'a avancé de l'argent. Je lui dois beaucoup.

Philon se souvenait en effet de ces juifs palestiniens qui avaient refusé la dictature d'Hérode et choisi l'exil en Égypte. La plupart s'étaient réfugiés à Alexandrie, où prospérait la plus importante communauté juive du monde : près de deux cent mille personnes, dix fois plus qu'à Jérusalem ! Mais ce visage qu'il scrutait de biais ne lui rappelait rien du tout. Il fallait pourtant qu'il sache.

– Maintenant que vous m'en parlez… mentit le jeune homme, Abydélios a peut-être fait une ou deux allusions vous concernant. Quelqu'un de la maison de David, si ma mémoire est bonne ?

Le pèlerin sourit d'aise :

– Là, vous me flattez. Qu'Abydélios ait évoqué devant vous mes origines…

Puis, de nouveau sérieux :

– Mais attention, n'allez pas vous méprendre. Je n'ai jamais tiré argument de ma naissance. Si d'autres ont utilisé la lignée sacrée de David pour obtenir quelques privilèges, je me le suis toujours interdit. Cette ascendance glorieuse impose des devoirs et certainement pas des droits. Très tôt, mon père m'a inculqué que…

Philon ne l'écoutait plus. Il avait ralenti, les jambes flageolantes :

Mais, au jour du Nazaréen,
dernier-né de David depuis le pays d'Égypte...

La prophétie de Michée. Il avait devant lui « le » Nazaréen.

De l'air, il lui fallait de l'air.

– Ça ne va pas ?

– Excusez-moi. Juste un peu chaud.

L'homme lui tendit la gourde en peau qui pendait à sa ceinture :

– C'est une tisane d'herbes. Elle fait oublier la chaleur.

L'Égyptien porta le goulot à sa bouche. Le breuvage avait un parfum léger de citron et de romarin qui lui rafraîchit agréablement l'esprit.

– Le soleil est plus impitoyable dans ces collines qu'au bord de la mer à Alexandrie. Allez, donnez-moi votre animal, je vais le conduire.

Philon le laissa faire. Il ne parvenait plus à le quitter des yeux ni à prononcer la moindre parole. Heureusement, ils doublaient à ce moment un poste romain, ce qui le dispensa de tout commentaire. Parvenus sur l'autre versant, ils purent admirer la splendeur de Jérusalem, le camaïeu infini des lumières sur les murs et les toits, les colonnades majestueuses du Temple. Le terme de leur voyage.

Le Nazaréen se pencha sur son épaule :

– Et ce sage de Qumrân, qu'espérait-il trouver chez nous ?

Philon, désormais, ne savait plus quoi dire. Ou plutôt si, il restait un détail…

Et toi, Bethléem-Éphrata,
petite parmi les clans de Juda,
c'est de toi que sort pour moi celui qui doit gouverner
[Israël.

La sueur au front, il se jeta à l'eau :

– Si j'ai bien compris, le scribe cherchait parmi vous un homme natif de Bethléem.

Son interlocuteur s'étonna :

– Quoi ?

– C'est ce que l'on m'a expliqué, en tout cas.

– Mais dans quel but ?

Philon avait eu le temps de mûrir sa réponse durant tout le trajet :

– Sa piété exemplaire a pu dépasser les frontières de votre village. Peut-être comptait-il lui demander de rejoindre les esséniens ?

L'autre semblait réellement effaré.

– Mais c'est impossible !

– Les esséniens ont parfois un comportement…

– Non, coupa-t-il. Je vous dis que c'est impossible. C'est impossible, car le seul parmi nous qui soit né à Bethléem n'est encore qu'un enfant. Et cet enfant, c'est mon fils.

20.

L'enfant se nommait Jésus. Il ne leur fut pas immédiatement présenté car il marchait en avant de la troupe, avec ses cousins de Naïn. Il leur fallut donc attendre que la caravane prenne place sur les premières pentes du mont des Oliviers, ce qui n'avait rien de commode, eu égard au nombre croissant de pèlerins. En l'espace de trois jours en effet, les abords de Jérusalem s'étaient transformés en un gigantesque camp de toile et de peau où une armée de légionnaires tentait de mettre un peu d'ordre :

– Là-bas. Là-bas ! Non, pas sur le chemin, on doit pouvoir circuler. Serrez-vous, serrez-vous. C'est ça, jusqu'à la borne, voilà ! On viendra vous fouiller tout à l'heure.

Lorsque les ânes furent soulagés de leur bât et que les premiers piquets s'enfoncèrent, Jésus apparut au milieu d'autres garçons. Philon ne l'identifia pas tout de suite car il ressemblait assez peu à son père : il avait les cheveux aussi fins que celui-ci les avait épais, les traits aussi délicats que lui les avait rudes, les yeux d'un bleu aussi étincelant que son père les avait sombres. En outre, il était plus jeune que ses camarades, une douzaine d'années[1] au maximum. Si Philon réussit en définitive à le reconnaître, c'est qu'il courut vers sa mère en l'embrassant :

– Mère ! Mère !

– Jésus ! Tu en as mis du temps !

– J'étais avec le grand rabbin de Naïn.

Son ton était solennel et sa diction très sûre pour un enfant de son âge :

– Nous avons discuté de Moïse et du passage de la mer Rouge. Comment les Hébreux ont purifié leur âme en traversant les flots et comment l'esprit de l'homme doit aussi se laver des péchés du corps.

Sa mère, une femme jeune et douce à la peau claire, au sourire un peu triste, le regarda avec une tendresse à peine surprise :

– Eh bien !

– Et ce n'est pas tout. Nous avons aussi fait de l'arithmétique.

– De l'arithmétique ? Tu ne devrais pas ennuyer le rabbin un jour comme aujourd'hui avec…

– Mais je ne l'ennuyais pas ! Il m'a interrogé sur les sommes et les fractions et il m'a expliqué les propriétés des nombres. Tiens, le cent, par exemple. C'est à la fois le carré de dix et l'addition des dix premiers impairs. Le un est le chiffre de Dieu Tout-Puissant, qui engendre tous les autres et n'est engendré par aucun. Le sept, lui, est le seul de la décade à…

Elle haussa les épaules :

1. La plupart des spécialistes situent la naissance de Jésus aux environs de – 6. Ce décalage chronologique s'explique par une erreur de datation du moine Denys le Petit à qui avait été confiée la définition du nouveau calendrier chrétien au VIe siècle ap. J.-C. À l'époque où les Romains occupèrent Jérusalem, en 6 de notre ère, Jésus avait donc probablement une douzaine d'années.

– Je t'écoute, mon fils, mais je n'entends pas grand-chose à ce que tu racontes.

L'enthousiasme du garçon n'en fut pas diminué pour autant :

– Alors tu seras peut-être plus intéressée par la suite ! Avant de partir, le rabbi m'a posé une énigme à laquelle il veut que je réfléchisse. Tu pourras m'aider, n'est-ce pas ?

Sans attendre la réponse, il poursuivit :

– Voilà : il y avait à Naïn un riche marchand du nom de Hiram qui possédait dix-sept dromadaires. Sentant sa fin venir, il alla trouver son voisin Jonathan qui était pauvre et n'en possédait qu'un seul. « Vois, Jonathan, lui dit-il, vois comme je suis malheureux alors que tu es toi le plus comblé des pères ! Tu n'as qu'un dromadaire, mais tu n'as aussi qu'un fils, le partage sera vite réglé ! – Et qu'est-ce donc qui t'attriste autant, Hiram ? s'inquiéta Jonathan. – L'avenir de mes trois fils, mon ami, hélas ! Ne les connais-tu pas comme moi ? L'aîné est travailleur, le deuxième se fatigue un peu vite et le troisième est paresseux. Je souhaite donc les récompenser à proportion de leurs efforts : à l'aîné, qui est aussi le plus courageux, la moitié de l'héritage. Au deuxième, qui n'est pas mauvais fils, le tiers du troupeau ; au dernier, qui montre trois fois moins d'ardeur que son cadet, la neuvième partie du tout. Cela me semble juste et équitable, ne crois-tu pas, Jonathan ? – Juste et équitable, Hiram, j'en conviens. Mais quel est donc ce problème ? – J'ai dix-sept dromadaires, Jonathan, dix-sept ! Comment léguer la moitié de mon bien au premier, le tiers au deuxième et le neuvième au dernier, afin qu'aucun d'entre eux ne soit lésé et que l'on n'abatte aucune de mes bêtes ? » Jonathan hocha la tête un moment : « Il est vrai que partager la moitié de dix-sept dromadaires, puis encore le tiers, puis la neuvième partie… Toutefois, s'il n'y a que cela qui te tourmente, Hiram, ne sois plus contrarié : je sais comment tourner cette difficulté et d'une manière qui te paraîtra simple. »

L'enfant se tut. Autour de lui, les garçons avaient fait cercle et plusieurs membres de la famille s'étaient approchés. Ce qui frappait Philon, c'était son incroyable aisance et l'adhésion qu'il suscitait dans l'auditoire : les paroles lui coulaient de la bouche comme le miel des arbres et l'on ne pouvait se défendre d'être captivé.

– Ton énigme est sans solution, avança l'un de ses camarades. En aucune façon on ne peut couper dix-sept dromadaires en deux…

– À moins d'en supprimer un et de se répartir la dépouille, renchérit un oncle.

– Non, décréta l'enfant, c'est impossible. Le rabbi l'a bien expliqué : aucun animal ne doit mourir. De plus, si tu devais en tuer un, il en resterait seize. Comment léguer au cadet le tiers de seize dromadaires sans en sacrifier un à nouveau ?

Il y eut quelques suggestions supplémentaires, mais pas une ne semblait satisfaisante. Philon, qui avait planté sa tente en contre-haut, décida d'intervenir :

– Si vous le permettez… Je crois qu'un problème identique s'était posé à deux habitants d'Alexandrie il y a quelques années.

L'enfant le dévisagea :

– Et comment l'ont-ils résolu à Alexandrie ?

– Eh bien ! Autant que je sache… Le plus pauvre a proposé au plus riche de lui céder son unique dromadaire. Le plus riche a protesté mais a fini par accepter, ce qui a porté son troupeau à dix-huit têtes. Du coup, le partage s'en est trouvé facilité : l'aîné a reçu la moitié de dix-huit, c'est-à-dire neuf ; le cadet a obtenu le tiers, c'est-à-dire six ; le benjamin a dû se contenter du neuvième, c'est-à-dire deux animaux. Neuf ajouté à six puis à deux font bien dix-sept, le chiffre de départ. Restait alors le dernier dromadaire, celui que le pauvre avait si obligeamment cédé. Comme il était prévisible, le riche le lui restitua aussitôt. Le compte tombait donc juste, aucun des fils ne fut spolié, aucune des bêtes ne fut abattue, et les deux amis se félicitèrent.

Il y eut un temps de réflexion dans l'assistance. Philon était persuadé que malgré leurs mines inspirées la plupart de ceux qui l'écoutaient n'avaient rien compris. L'enfant, lui, n'en ratait pas une miette :

– C'était donc cela, approuva-t-il, il y avait un artifice.

– Pas vraiment un artifice : l'arithmétique n'est pas la magie. C'est seulement l'art de formuler les problèmes et l'art de les résoudre.

– Vous êtes arithméticien ?

Philon montra les trois animaux qui paissaient dans la pente.

– Disons plutôt que je suis spécialiste des dromadaires. Mais, en réalité, je m'intéresse davantage à la philosophie.

– Et qu'est-ce donc que la philosophie ?

– Ah ! La question est si vaste qu'on ne saurait l'embrasser aisément. En peu de mots, la philosophie est pour moi la maîtresse de toutes les autres disciplines, la grammaire, la musique, la physique, l'histoire, l'arithmétique, l'astronomie, etc. Mais la philosophie n'est en elle-même qu'un moyen d'atteindre la sagesse. Or la sagesse seule est enviable, car c'est elle qui nous permet d'approcher le sens profond des Écritures. Et ce sont les Écritures qui nous permettent à leur tour, non pas de connaître le

Très-Haut, puisque le Très-Haut est inconnaissable, mais de comprendre au moins Ses actions dans le monde et la manière qu'Il a de se manifester à nous.

Le public de Philon, qui avait semblé un temps impressionné par sa science des nombres, se dispersait maintenant avec des sourires polis. La philosophie faisait visiblement moins recette…

L'enfant, lui, n'avait pas bougé d'un pouce, les mains bien calées sur les hanches.

– La philosophie sert donc à révérer le Tout-Puissant ? demanda-t-il.

– Comme toutes les choses que nous devrions faire ici-bas, acquiesça le jeune homme. Comme ce problème d'arithmétique, tout à l'heure… Le rabbi de Naïn ne te l'a pas posé par hasard.

– Vous voulez dire…

L'enfant se frotta le menton :

– Vous voulez dire qu'il n'y a pas seulement une solution à cette énigme ? Qu'elle pourrait contenir aussi une sorte d'enseignement ? Et que c'est ce que voulait me faire entendre le rabbi ?

– Qui sait ?

– Par exemple… comment un seul dromadaire peut à l'occasion valoir mieux que dix-sept ? Ou comment l'homme pauvre, qui n'est pas aveuglé par la richesse, sait voir avec son cœur et son esprit beaucoup plus loin que le riche ?

– Peut-être… Et cela sans pour autant mépriser celui à qui il vient en aide.

Une voix féminine vint rompre la discussion :

– Il est temps d'aller aider tes oncles, Jésus.

L'enfant inclina le buste :

– Je vous remercie de cette leçon, monsieur. Qu'elle soit de philosophie ou d'arithmétique, je suis sûr qu'elle me sera utile.

Il eut une moue espiègle :

– Mais je crois tout de même qu'il y a plus simple que l'une et l'autre pour aimer le Seigneur.

Et il se glissa entre les tentes.

La fin d'après-midi se déroula sans incident, hormis l'afflux de nouveaux pèlerins qui s'entassaient comme ils le pouvaient au milieu des bêlements et des cris. Bethsabée passa son temps avec les femmes de Nazareth, tandis que Philon parcourait les alentours en s'émerveillant de la foule et de l'agitation. Ils se retrouvèrent à la nuit tombée, après un repas frugal, alors que la température fléchissait légèrement. La jeune femme paraissait moins tendue et Philon jugea qu'elle était d'humeur à se confier :

– Vous avez vu l'enfant ? demanda-t-il, assez bas pour que le bruit couvre ses paroles.

– Nous sommes restés plus d'une heure ensemble, accompagnés de sa mère.

– Et quelle impression vous a-t-il laissée ?

Elle détourna le regard, son visage baigné par le clair de lune.

– Ce n'est pas un enfant ordinaire, en tout cas.

– Ça, non ! Il est précoce et d'une vivacité exceptionnelle. Et le plus étrange, c'est que l'on n'est même pas surpris de l'entendre parler ainsi ! Comme s'il était naturel qu'un gamin de son âge argumente avec l'aisance d'un vieux rabbi !

– Vous pensez que c'est lui ? murmura-t-elle. Le Nazaréen que recherchait Caleb ?

– Celui que recherchait Caleb, certainement. Il est né à Bethléem, il a vécu ses premières années en Égypte, il a suivi ses parents à Nazareth. De surcroît, il appartient à la maison de David par son père. Que faut-il de plus ? De là à prétendre qu'il est autre chose… Un Messie de douze ans !

– Abraham et Moïse ont eu douze ans, eux aussi. Et David, et Salomon. Et Michée. Si vous les aviez croisés à cet âge, auriez-vous deviné ce qu'ils allaient devenir ?

– Dois-je comprendre que votre opinion est arrêtée ?

Elle éluda, dénouant ses cheveux de la main.

– Tout à l'heure, j'ai raconté à sa mère que nous arrivions de Qumrân. L'enfant s'est mêlé à notre conversation, car les esséniens le passionnent. À mon avis, le rabbi de Naïn n'y est pas étranger. Mais surtout, il a dit quelque chose qui m'a frappée : « Les esséniens ont un tort, c'est de croire que le Seigneur ne voudra sauver qu'eux. Le salut viendra pour tous ou bien il ne viendra pour personne. » Je ne sais comment vous expliquer. Il avait tellement d'assurance !

– Peut-être est-ce justement le rabbi de Naïn qui a informé Caleb de l'existence de l'enfant. Caleb aurait alors pu espérer convaincre les parents de lui remettre leur fils. Afin qu'il soit éduqué à Qumrân.

– Un Messie de douze ans élevé par les esséniens. Voilà qui entrerait tout à fait dans leurs plans ! Et on peut imaginer le parti qu'ils en auraient tiré.

Le doute commençait à s'insinuer en Philon :

– On ne peut exclure en effet que les Nombreux m'aient menti. Et que leur chef Simon en sache davantage sur cette histoire et sur la mort du scribe. Quoi qu'il en soit, Caleb n'a pas eu gain de cause : l'enfant est resté à Nazareth.

– À mon sens, la mère aurait de toute façon refusé qu'il parte : elle est très proche de lui.

– Et la mère, précisément, que dit-elle des singularités de son fils ?

– La mère ? C'est paradoxal. Elle l'entoure d'un amour immense et pourtant elle paraît souffrir. En discutant de droite et de gauche, j'ai eu le sentiment qu'un certain mystère entourait ce garçon. Notamment concernant la fuite en Égypte. D'ailleurs, tout le monde ici le considère comme un enfant à part.

– Et il l'est ! Voilà ce qui a dû troubler Caleb, lui qui désirait tant que sa quête ait un sens !

– Mais en admettant que Caleb ait été trompé, le meurtrier pourrait l'être aussi. Que ce garçon soit bien le Nazaréen de la prophétie ou non n'y change rien : il est en danger.

– Le temps du pèlerinage serait plutôt mal choisi. Les Romains patrouillent un peu partout et l'enfant est sous la protection des siens.

– Mon père aussi était sous notre protection, rétorqua-t-elle.

Ils contemplèrent un instant les lumières du Temple, sans prononcer un mot. Une vingtaine de torchères étaient allumées sur les parvis et les flammes dansaient contre les murs de marbre blanc, projetant vers le ciel des ombres féeriques. Depuis le mont des Oliviers, ils apercevaient aussi le sommet de la forteresse Antonia, où des grappes de légionnaires se relayaient sans cesse, aboyant des ordres incompréhensibles. Le procurateur Coponius et le tribun Julius devaient mettre la dernière main au dispositif de la Pâque.

– Je souhaitais vous dire… reprit Bethsabée en se couvrant les épaules. Ce n'est pas contre vous que j'en avais ces deux derniers jours. Jamais je ne vous ai rendu responsable de la mort de Mandou. Jamais. Si quelqu'un est à blâmer, c'est moi seule.

– Vous ? Vous étiez dans l'impossibilité de…

– Ce soir-là, sans doute. Mais les autres jours ? Je n'ignorais rien des sentiments de Mandou. Et depuis des années. Or je n'ai pas eu le courage de l'éconduire. Ou je ne l'ai pas fait assez clairement, en tout cas. Je crois… je crois que j'étais flattée de l'attention qu'il me portait. Pour moi, Mandou était un homme comme les autres. Exactement comme les autres. Sauf que je ne l'aimais pas.

Sa voix se brisa et Philon lui prit la main. Elle était glacée.

– Pardonnez-moi, je voulais surtout éviter de pleurer. Je vous ai causé assez d'ennuis comme cela.

– Vous traversez une épreuve singulière, Bethsabée. À votre place, n'importe qui serait désespéré. Je ne vous abandonnerai pas, je vous le promets.

– Ce que je comprends mal, ajouta-t-elle, les yeux embués, c'est pourquoi Mandou n'a rien dit à propos de mon père. Cette fameuse nuit où il a été tué… Il a bien vu le meurtrier, n'est-ce pas ?

– Il a vu le meurtrier qui s'entretenait avec votre père, oui, devant la porte d'entrée.

– Alors pourquoi s'est-il tu ? Pourquoi ne l'a-t-il pas dénoncé ?

Effectivement, ce sujet tracassait Philon depuis l'autre soir.

– Il connaissait l'assassin, de toute évidence. Il a même été surpris de le trouver chez vous, en compagnie de Jephté. Le lendemain matin, lorsqu'il a découvert le corps, il a fait le rapprochement avec le visiteur de la veille. Et cependant, vous avez raison, il a préféré se taire. Soit qu'il ait eu peur de l'accuser, soit qu'il ait compté en tirer bénéfice.

– En tirer bénéfice ?

– Si l'assassin était suffisamment riche, le silence de Mandou valait de l'or. Un or qui aurait pu lui permettre de vous offrir une vie décente.

– Vous pensez vraiment que… ?

– Ce n'est qu'une hypothèse. L'autre est plus simple : il a estimé que personne ne le croirait. Il a craint qu'on l'accuse de mensonge ou de faux témoignage et qu'on l'éloigne de vous pour toujours : « Tu ne porteras pas de témoignage mensonger contre ton prochain », c'est le neuvième commandement. Et que pèse dans ce cas la parole d'un esclave ?

– Surtout si le meurtrier est influent.

– Un homme influent et fortuné, probablement. Quelqu'un qu'il avait rencontré ailleurs et dont il a reconnu le visage aussitôt. Quelqu'un capable de lui inspirer de la peur ou de l'avidité.

– Beaucoup des gens que fréquentait mon père sont susceptibles des deux !

– Mais l'un de ceux-là l'a assassiné. Un peu après le scribe et juste avant le grand prêtre. D'un côté, Jephté, le cousin ; de l'autre, Caleb et Gad, les deux frères. Cet aspect de la question aussi me déconcerte. Quel rôle joue donc ce lien de parenté ?

– L'oncle Élie n'évoquait-il pas la maison de Gémûl ?

– C'est vrai. C'est parce qu'ils appartenaient tous deux à la maison de Gémûl que Jephté et Gad ont eu vent de la prophétie. Et c'est parce qu'il était le parent de Caleb que votre père s'est enquis de sa santé.

– Vous voulez dire, à Qumrân ?

– Oui. Jephté y venait pour obtenir l'appui des esséniens, mais une fois sur place, il a appris que son cousin était souffrant. Il s'est rendu à son chevet et a pu recueillir ses confidences ou je ne sais quel indice tandis que le scribe délirait. La menace que contenait la prophétie lui a semblé si réelle qu'il s'en est alarmé. D'où la conversation que vous avez surprise à son retour, où il était question d'un grand danger et d'un texte qu'il fallait absolument retrouver. Peut-être est-il même allé jusqu'à s'en ouvrir à Gad ?

– Et comme il redoutait qu'un de ces trois-là ne finisse par le percer à jour, le meurtrier a résolu de les exécuter, avança Bethsabée.

– C'est plausible... Bien que cela n'éclaire pas l'essentiel : que cherche l'assassin au fond ? Et en quoi ces trois meurtres l'aideront-ils à atteindre son but ?

– Ils illustrent la prédication de Michée, non ?

– Certes. Mais au-delà ?

Philon pensait à autre chose :

– Au fait, puisqu'ils étaient parents de votre père, vous connaissiez Gad et Caleb ?

– À peine. Ainsi que je vous l'ai expliqué, nos deux familles étaient de convictions opposées. Mon père n'a jamais aimé Gad, qu'il accusait d'utiliser sa charge à des fins surtout personnelles. Nous avons dû nous voir à deux ou trois reprises ces dernières années, et toujours dans des circonstances officielles. Quant à Caleb, il est passé à la maison quelques fois, mais c'était il y a très longtemps. Je me souviens d'un jeune homme effacé, plutôt timide, qui ne vivait que pour ses recherches et qui était capable de commenter des heures et des heures tel ou tel point du Livre. Mon père ne détestait pas ces échanges et je crois qu'il appréciait assez son goût de l'exégèse.

– Cela justifierait qu'il se soit inquiété de sa maladie en arrivant à Qumrân. Voire que Caleb lui ait fait certaines confidences.

– Comme il a pu les faire à d'autres. Car l'entourage des esséniens me semble le premier concerné par cette quête du Messie. Le tueur peut venir de leurs rangs.

Une image fugitive traversa l'esprit de Philon : Mandou qui se dirigeait vers l'une des grottes au-dessus de Qumrân, alors que lui-même s'apprêtait à rejoindre Bethsabée. Qui donc l'esclave allait-il ainsi visiter ?

– Savez-vous si Mandou était en relation avec certains sages esséniens ? demanda-t-il.

– Mandou ? Cela m'étonnerait. Il n'a suivi mon père là-bas qu'en un tout petit nombre d'occasions.

Le jeune homme réprima un bâillement :

– Alors je ne vois pas où cela nous mène, sinon à de nouvelles impasses. Et je crois que nous n'aurons pas trop d'une nuit de sommeil pour en sortir.

Philon aida Bethsabée à arranger la tente, puis vérifia que les dromadaires étaient convenablement attachés. Il scruta ensuite le campement des Nazaréens : tout paraissait calme. Beaucoup de pèlerins étaient déjà couchés en prévision de la rude journée du lendemain, et la rumeur devant Jérusalem s'était apaisée. Rassuré, Philon s'enroula dans sa couverture, les yeux alourdis de fatigue. Non, décidément, qui pourrait s'en prendre à un enfant de douze ans ?

21.

Il est ici. Je l'ai vu.

Il s'apprête, il se réjouit. L'innocent...

Bientôt, il ira vers le Temple, parmi les hommes et les bêtes. Bientôt, il ira vers l'autel, pour le sacrifice et le sang. Ainsi l'a voulu le Très-Haut. Ainsi l'a écrit le prophète : « Je ferai monter le Bélial depuis les abîmes, et avec lui la troupe d'Assur au sein d'Israël ! Pleurez ! Pleurez, filles de Jérusalem ! Le fléau de Dieu contre son guérisseur, la bouche du mensonge contre le reste de vérité, les fils des ténèbres contre les fils de lumière ! Et sept fois sept générations à celui qui vaincra ! »

Le temps désormais est consommé.

Ce soir, je servirai la Pâque du Messie.

Les yeux clos, dans un demi-sommeil, Philon se remémorait la dernière Pâque de son enfance, lorsqu'il avait juste douze ans. C'était dans la grande maison d'Alexandrie où toute sa famille, oncles, tantes et cousins, était réunie. La veille, ils avaient fouillé et retourné chaque pièce de la demeure pour s'assurer qu'il ne subsistait nulle part la moindre trace de levain. Au coucher du soleil, chacun avait revêtu les habits de l'Exode : ceinture aux reins, sandales aux pieds, bâton à la main, comme le prescrivait le Livre. Puis on s'était rassemblé autour de la table de fête et Philon, au seuil de l'âge adulte, avait reçu pour la dernière fois l'autorisation de poser la question rituelle : « En quoi cette nuit est-elle différente des autres nuits ? » Alors, son père, si distant d'habitude, se fit chaleureux et aimant. Il raconta comment, cette nuit-là, le Tout-Puissant avait jeté la malédiction sur l'Égypte. Comment les Hébreux avaient marqué leurs maisons du sang de l'agneau pour que l'ange de mort épargne leurs premiers-nés. Comment, à la hâte et sans attendre que le pain lève, ils avaient mangé la chair de l'animal sacrifié. Et comment, une fois le fléau accompli, ses premiers fils épargnés, le peuple de Moïse avait brisé ses chaînes et conquis sa liberté. Le récit achevé, son père avait passé les plats du *séder*, le repas de commémoration : l'agneau rôti, les herbes amères en souvenir de l'esclavage, les azymes, tout cela au milieu des bénédictions et du vin. Soirée heureuse que celle-là, où le jeune garçon s'était promis de partager un jour la Pâque des pèlerins. Et ce matin, il était à Jérusalem.

Philon se réveilla tout à fait. L'air était chaud et moite, le soleil caché par de gros nuages sombres. Il y avait la blancheur du Temple en face, l'ocre de la muraille, des rires autour des tentes, des marchands qui menaient les troupeaux, l'odeur forte de la terre. Le jeune homme cligna des yeux, prenant soudain conscience d'une présence derrière lui.

– Bonjour !

C'était l'enfant. Il tenait un bol de lait dans sa main et une crêpe roulée au miel.

– On ne peut pas dire que vous vous leviez tôt ! Bethsabée m'a demandé de vous porter ceci.

– Bethsabée ?

– Ma mère et ma tante l'ont aidée à descendre. Nous nous occupons d'elle.

– C'est très aimable à vous, je…

– C'est un plaisir pour nous. Son père était un grand pharisien, vous le saviez ?

– J'en ai entendu parler, oui.

L'enfant posa le bol et la galette sur un coin de la couverture.

– Je dois partir pour le marché aux bêtes, choisir un mouton. Vous viendrez ?

– Sans doute. Le temps de…

– Alors à plus tard.

Le garçon courut rejoindre les siens. Philon mangea de bon appétit, observant l'excitation qui montait du campement comme une houle joyeuse sur une mer de toile. Il rangea quelques affaires et décida, avant de s'occuper de l'agneau pascal, de rendre visite au vieil Élie. Il grimpa jusqu'au sommet du mont des Oliviers et gagna la cabane de pierre et de bois près du vieux figuier. Le chien sauvage ne s'y trouvait pas mais la porte était juste poussée et Philon n'eut aucun mal à entrer. Tout était obscur, volets fermés. Il fit quelques pas. La maison semblait vide, et seuls les tefillin accrochés au plafond oscillaient doucement. Dommage, il aurait aimé savoir ce qu'Élie pensait de Michée et des esséniens.

– Merci !

Une voix, venue de nulle part, le fit sursauter.

– Je n'ai pas eu l'occasion de vous le dire l'autre fois…

Un jeune homme, affligé d'une légère claudication, sortit de l'ombre. Samuel. Le rebelle de l'écurie d'Hakeldamach ! Le frère du géant roux !

– Vous ? Qu'est-ce que… ?

– Qu'est-ce que je fais ici ? Je pourrais vous retourner la question. J'aurais pu vous tuer, aussi. Mais je tenais d'abord à vous remercier. Je vous dois la vie.

– Et… Élie ?

– Élie est à la forteresse Antonia. Il a été arrêté il y a deux jours, après la mort du grand prêtre.

– Arrêté ? Pour quelle raison ?

– Pour interrogatoire. Quand la fille de Jephté a disparu, les Romains ont cherché des informations dans son entourage. Élie a refusé de coopérer et ils l'ont emmené.

– La fille de Jephté !

– Elle est partie avec vous, n'est-ce pas ? C'est ce qu'on a supposé, en tout cas. Quant à Élie, ne soyez pas inquiet, il sera libre pour les cérémonies.

– Ils recherchent donc la fille de Jephté ?

– Son départ brutal les a alertés. D'autant qu'elle habitait à quelques pas de la maison des rebelles. Même pour un légionnaire, cela fait beaucoup.

– Et vous, comment êtes-vous arrivé ici ?

– Une série de hasards. Après que nous nous sommes… séparés à l'écurie d'Hakeldamach, j'ai pu atteindre le village de Béthanie, un peu plus à l'est. Nous y comptons quelques partisans qui m'ont recueilli et soigné.

Il se massa la jambe :

– C'est encore douloureux, mais la blessure était superficielle. Lorsque j'ai appris que les Romains avaient investi notre repaire, j'ai voulu retourner à Jérusalem. Voir s'il était possible de sauver quelques-uns des nôtres. Hélas !

Il eut un geste d'écœurement et Philon remarqua qu'il tenait à la main un couteau et un bâtonnet de la taille d'un doigt.

– Comme il m'était interdit de demeurer à Jérusalem, Élie a accepté de m'héberger. Sa maison avait accueilli certaines discussions entre Judas le Galiléen et Jephté, c'est pourquoi nous nous connaissions. Malheureusement, les Romains n'ont pas tardé à se saisir de lui et j'ai eu beaucoup de chance de les éviter. J'étais avec le forgeron d'Hakeldamach quand ils l'ont appréhendé. En attendant son retour, j'occupe discrètement sa cabane.

– Et Judas ? Vous avez eu des nouvelles de Judas ?

– Pas vraiment. Je sais juste qu'hier nos troupes ont déclenché l'offensive dans la région de Béthel. Elles auraient enlevé plusieurs postes romains, ce qui expliquerait la nervosité des légionnaires. Mais je ne peux pas affirmer que Judas soit à leur tête. Depuis qu'il a fui Jérusalem, nous n'avons eu aucun contact, direct ou indirect. Il peut être à Béthel, comme à Jéricho ou à Gamala. À moins qu'il n'ait succombé à ses blessures dans quelque fossé.

Son ton mélangeait bizarrement amertume et exaltation. Philon se demanda s'il n'était pas sous l'emprise d'une bière un peu forte.

– Et aujourd'hui ? Vous avez l'intention de soulever le peuple dans le Temple ?

– Ce serait prématuré. Il y aura plus de mille légionnaires aux portes de Jérusalem. À quoi il faut ajouter quatre cents lévites, réquisitionnés pour fouiller les pèlerins et empêcher que des armes ne soient introduites dans le sanctuaire. Or, depuis la mort de Gad, c'est le commandant du Temple qui règne en maître. S'il souhaite devenir grand prêtre à son tour, il a tout intérêt à collaborer avec les Romains. Et en cas d'insurrection, nous n'avons aucune illusion : il donnera l'ordre à sa police d'intervenir. Tout cela est trop risqué pour le peuple et d'un bénéfice incertain.

Il joua avec le morceau de bois.

– Ce qui ne signifie pas que nous ne tenterons rien.

– Que voulez-vous dire ?

– Je vais tuer le tribun Julius.

– Vous allez…

– Cet après-midi, en profitant de la foule. Il doit diriger ses hommes et se tiendra quelque part sur le parvis des Gentils.

– C'est de la folie ! Même si vous parveniez à l'atteindre, vingt légionnaires aussitôt seraient sur vous ! Jamais vous ne réussiriez à vous échapper du Temple !

– Qu'ils me prennent et qu'ils m'exécutent ! Je n'ai pas peur de la mort. D'ailleurs, elle aurait dû m'emporter déjà. Une fois au moins à l'écurie, et une autre si j'avais été avec mes frères pendant l'assaut. Non, j'y suis préparé.

– Le meurtre de Julius n'obligera en aucune façon l'empereur à reculer ! Il nommera un nouveau tribun, la répression se fera plus dure, c'est tout.

– Peut-être. Mais j'aurai servi la volonté du Très-Haut. Je serai mort pour Lui. Et puis, si vous souhaitez une autre raison…

Il se baissa, ramassa quelque chose et entraîna Philon vers la sortie.

– Suivez-moi, ce ne sera pas long.

Ils prirent la direction du nord et, traversant le mont des Oliviers, contournèrent la ville de loin, en s'appliquant à éviter tout ce qui portait casque et pilum. Tandis qu'ils marchaient, Samuel lui tendit l'un des morceaux de bois décoré sur lequel il travaillait tout à l'heure. L'objet était joliment sculpté de formes géométriques, peint de rouge et de noir et attaché par un petit anneau à une cordelette en cuir. Samuel en passa un autre modèle, blanc et bleu, autour de son cou.

– Tenez, c'est un cadeau pour vous. Je vous dois bien ça.

– Un cadeau ?

– Ne m'avez-vous pas cédé votre cheval lorsque j'en avais le plus besoin ? Il vous attend à Béthanie, d'ailleurs.

– J'irai le reprendre après les fêtes. Et... vous réalisez aussi des pendentifs ?

– C'était mon premier métier, avant de suivre le Galiléen. Je suis originaire de Sichem. Ma famille vend des bijoux et des parures depuis des générations, notamment pour le Temple. Ce collier, en particulier, rappelle le chêne de Morè, tout près de Sichem, là où le Très-Haut est apparu à Abraham en lui promettant le pays de Canaan. Ce n'est pas celui que nous fabriquons le plus, mais il est assez décoratif. Il vous plaît ?

Philon le trouvait un peu lourd et massif.

– Il est d'une belle facture. La sculpture est habile, les couleurs lumineuses. Mais ce n'est pas pour m'offrir ce genre de présent que vous m'entraînez ici ?

Ils venaient de dépasser le niveau de la forteresse Antonia et longeaient maintenant la muraille vers l'ouest. Les pèlerins se faisaient plus rares, les vendeurs et les soldats aussi. Sous le ciel orageux, un vent léger remuait les herbes folles et les arbustes. Samuel l'arrêta en lui touchant le bras :

– Là-bas !

Sa voix sonnait comme une plainte. Au-delà du mur occidental de Jérusalem s'élevait une butte d'une vingtaine de coudées de hauteur, encerclée par un cordon de légionnaires. Au sommet de la butte était dressée une croix. Sur la croix, une silhouette puissante, vêtue d'un simple pagne, les bras écartés, la poitrine et les épaules ensanglantées, le visage incliné sur le côté, les cheveux collés par la chaleur. Le géant roux.

– C'est le rocher du Golgotha, murmura Samuel. C'est là que les Romains crucifient les séditieux.

– C'est votre frère, n'est-ce pas ? Je lui ai parlé à la prison. Il s'inquiétait pour vous. Je suis... je suis désolé.

– Ils ont commencé par le torturer, sans nourriture et sans eau, pendant deux jours. Puis ils l'ont condamné comme traître et insurgé, et ils l'ont flagellé. Ensuite, ils lui ont fait porter la poutre et l'ont crucifié ici, afin que tous ceux qui songeraient à aider les rebelles le voient. Ils lui ont cloué les poignets et les chevilles sur le bois. Il lui a fallu une journée entière pour mourir, jusqu'à ce qu'ils lui brisent les jambes. À la fin, il ne pouvait plus respirer, à cause de son poids.

Philon ne parvenait plus à quitter des yeux le corps écartelé du géant, brandi comme un avertissement par-dessus les remparts.

– Ils ne vont pas l'abandonner là, tout de même ?

– Il n'est pas rare qu'ils laissent pourrir les cadavres des factieux. J'ai pensé le délivrer, mais il y a dix soldats en permanence. Exécuter leur tribun me paraît la seule vengeance possible.

Il prononça ces mots avec une colère froide et Philon ne douta pas un instant qu'il irait jusqu'au bout.

– Si les pèlerins sont fouillés à l'entrée du Temple, vous n'aurez aucune arme et pas la moindre chance contre Julius.

Le rebelle montra le pendentif qui se balançait sur sa tunique :

– J'ai ceci.

Il tira le collier d'un coup sec et le morceau de bois se détacha de l'anneau, comme retenu par un minuscule couvercle. L'objet n'était pas seulement peint et sculpté à l'extérieur, il était aussi en partie évidé à l'intérieur. Samuel le pencha et le secoua : une lame effilée, d'un pouce et demi environ, glissa de son logement circulaire. Elle était renflée à la base et pivotait dans une encoche creusée pratiquement à l'extrémité du fourreau. Une fois bloquée, elle formait avec le manche un poignard redoutable que Samuel planta sans effort dans une racine de bougainvillée :

– Il suffit que je lui attrape la gorge sous le casque et je le saignerai comme un bœuf.

De retour au mont des Oliviers, les deux jeunes gens se séparèrent, non sans que Philon ait exhorté Samuel une fois encore à renoncer à son plan. En vain. Le rebelle lui adressa un clin d'œil et se fondit en boitillant au milieu de la cohue. Le marché aux agneaux battait son plein à cette heure, et des milliers de fidèles se pressaient pour offrir au Très-Haut le plus bel animal du sacrifice. Par groupes de quatre ou cinq, les hommes passaient et repassaient devant les bêtes, s'inquiétant de leur poids, commentant leur allure, jaugeant le port de tête ou la qualité des dents. L'agneau pascal se devait d'être exempt de défauts et les marchandages allaient bon train dès lors qu'une oreille était tachée ou qu'une patte semblait plus faible. Les animaux, apeurés, serrés les uns contre les autres dans des enclos de fortune, soulevés, mis à terre, évalués par des dizaines de paires d'yeux et de mains, bêlaient de manière presque ininterrompue. Si l'on ajoutait à cela qu'il y avait au plus fort de la matinée quinze ou vingt mille de ces bêtes, qu'un peu plus loin les changeurs avaient dressé leurs tables et convertissaient en s'égosillant la monnaie du Temple, que les enfants insultaient le plus souvent possible les légionnaires qui se tenaient pourtant à distance, on avait une assez bonne idée de ce que pouvaient donner les jours de marché dans la tour de Babel.

Pour sa part, Philon effectua plusieurs allées et venues d'un étal à l'autre afin de repérer les Nazaréens. Il n'était pas question en effet qu'il achète un agneau pour Bethsabée et lui seuls, dans la mesure où le sacrifice devait être consommé la nuit même et entièrement. En général, d'ailleurs, les fidèles se mettaient par compagnies de dix ou plus pour acquérir l'animal, le rôtir et le partager. Finalement, après avoir beaucoup piétiné, Philon reconnut le premier des Nazaréens auquel il avait eu affaire dans la caravane. Il le suivit et retrouva les autres hommes du village, avec lesquels il tomba d'accord pour négocier cinq agneaux au total. Il paya sa part, mais leur laissa le soin de sélectionner les bêtes, se sentant moins familiarisé qu'eux en la matière. Lorsqu'il les questionna au sujet de l'enfant, les Nazaréens répondirent qu'il devait être comme à son habitude avec ceux de Naïn. Décidément, le garçon était laissé plutôt libre de lui-même.

Philon allait repartir vers sa tente quand une main se posa sur son épaule :

– C'est vous, le philosophe d'Alexandrie ?

Il se retourna : un homme d'une bonne trentaine d'années, le visage amène, les cheveux couverts d'un voile immaculé et vêtu d'une tunique bordée de franges bleues, lui souriait.

– Je suis le rabbi de Naïn. Jésus m'a parlé avec beaucoup de chaleur de vous et de la jeune femme qui vous accompagne. Il m'a dit que vous lui aviez soufflé la solution pour les dromadaires et que vous l'aviez encouragé à chercher au-delà de l'énigme.

– C'est un garçon d'une grande finesse.

– Et d'une profondeur peu commune. Ce n'est pas la moindre de ses qualités que de savoir aimer ceux qu'il croise. Je veux dire, les aimer vraiment, d'un amour qui dépasse ce que l'on voit d'ordinaire. Jusqu'à s'intéresser davantage au païen de rencontre qu'au rabbi de son propre village ! C'est une chose rare à observer. Bref, je ne vous cache pas que je suis très attaché à cet enfant. Et c'est aussi la raison pour laquelle je me suis permis de vous aborder : son père m'a laissé entendre que vous étiez envoyé par Qumrân.

Philon prit le temps de répondre. Il vérifia qu'on ne les surveillait pas, mais, tout compte fait, la presse et le vacarme constituaient ses meilleurs alliés.

– Il est exact que j'arrive de Qumrân.

– Pour vous mettre à l'aise, sachez que c'est moi qui ai averti Caleb des qualités de l'enfant. J'ai supposé qu'un séjour parmi les esséniens pourrait affermir ses dispositions. Vous connaissez Caleb, bien sûr ?

À nouveau, Philon hésita. Devait-il avoir confiance, même en un rabbi ? Lui révéler la vérité et donc, tôt ou tard, la révéler aux parents, voire au garçon lui-même ? Gâcher leur Pâque et peut-être le reste de leur vie ? Il décida que non.

– J'ai vu Caleb il y a trois jours à peine, c'est vrai.

– Alors peut-être allez-vous m'expliquer ce qu'il a pensé de sa visite à Nazareth ? Et s'il envisage de prendre Jésus avec lui ?

– Je ne peux me prononcer à sa place. D'après ce qui m'est revenu, cependant, Caleb a été… impressionné, oui, très impressionné par son voyage à Nazareth. Mais les esséniens sont maîtres de leur choix et leurs décisions se prennent en assemblée.

Le rabbi de Naïn semblait franchement déçu.

– Je pensais que vous aviez rattrapé la caravane pour nous annoncer la bonne nouvelle !

– Ce serait prématuré, je crois.

– Dans ce cas… Je m'étonne malgré tout que Caleb n'ait pas souhaité m'en dire plus. Nous nous fréquentons depuis longtemps et j'avais songé un moment le rejoindre à Qumrân. Sans doute n'a-t-il pas eu l'occasion de me faire connaître son avis ?

– C'est à craindre, acquiesça prudemment Philon.

– Il m'avait posé une question, aussi. À l'époque, j'étais dans l'incapacité de lui répondre. Mais je me suis renseigné, depuis. Vous pourriez lui transmettre le message ?

L'Égyptien, mal à l'aise, hocha la tête.

– Tant mieux, se réjouit le rabbi. Caleb avait insisté là-dessus sans que je comprenne bien pourquoi : il voulait savoir ce qui se racontait sur le père du garçon. Au début, cela ne m'évoquait pas grand-chose, mais j'ai interrogé ses cousins de Naïn. Il y a eu effectivement des rumeurs autour de la naissance. Oh ! des ragots… Il paraîtrait cependant que sa mère était déjà enceinte avant d'être mariée. Je veux dire, avant d'être « légalement » mariée. Certains en ont fait des gorges chaudes. Hélas, on ne peut pas changer les gens… Son père a pu mal le prendre et préférer s'éloigner de Nazareth quelque temps. D'où cette naissance à Bethléem, qui intriguait si fort Caleb. Vous pensez que ces précisions lui suffiront ?

Le jeune homme n'eut pas l'occasion de mentir à nouveau, car une troupe d'enfants fonça sur eux en s'époumonant :

– Rabbi, rabbi ! Il faut se préparer pour aller au Temple !

22.

La file progressait lentement. Les règles de précaution imposées par l'occupant retardaient l'accès au Temple et ajoutaient encore à la fébrilité des pèlerins.

– Si c'est comme ça, grommela un Nazaréen devant eux, on ne restera pas longtemps ici. Demain, on lève le camp. Ces fichus soldats se croient tout permis alors qu'ils…

Sa femme lui lança un regard angoissé : c'était bientôt leur tour. L'homme finit par se taire avec un haussement d'épaules, mais sa mine en disait long sur son exaspération.

– Approchez, aboya un légionnaire. Vous deux, par là-bas !

Il leur désignait l'un des lévites qui parmi des dizaines d'autres fouillait les visiteurs sur le grand escalier de la façade sud du Temple. Le légionnaire se tourna ensuite vers Philon qui tenait Bethsabée dans ses bras.

– Qu'est-ce que… ?

– Elle est indisposée, répondit Philon.

– Indisposée ? Indisposée ! Ils amènent aussi les malades ! Prenez à gauche, en vitesse !

Ils s'exécutèrent et se soumirent à l'œil suspicieux d'un jeune prêtre qui appliquait visiblement les consignes à la lettre :

– Si vous transportez quoi que ce soit sur vous qui ressemble à une arme, prévint-il, c'est tout le sanctuaire qui sera fermé. Vous avez intérêt à y réfléchir.

Philon prit son air le plus innocent et assit Bethsabée sur l'une des marches afin que le lévite puisse procéder à l'inspection. Celui-ci toucha les bras et les mollets de la jeune femme, secoua vaguement sa tunique, puis s'intéressa à la besace sur ses genoux.

– Qu'y a-t-il là-dedans ?

Elle défit le sac et en sortit des linges roulés en boule :

– C'est une sorte de coussin, pour m'asseoir. Je ne peux pas marcher.

L'autre eut un geste imperceptible de recul et se détourna aussitôt vers Philon. Il vérifia avec brusquerie que le jeune homme ne cachait rien sous son vêtement et s'arrêta un instant sur le bois sculpté qui pendait autour de son cou.

– C'est un collier de Morè, c'est ça ?

Philon acquiesça, sentant sa gorge s'assécher. Le lévite eut un ricanement mesquin :

– Vous vous êtes fait avoir, il y en a de beaucoup plus beaux dans les boutiques du Temple. Allez, vous pouvez avancer.

Les deux jeunes gens s'éclipsèrent sans discuter. Ils gravirent les dernières marches et empruntèrent les galeries couvertes qui, passant sous le portique Royal, menaient par de nouveaux escaliers jusqu'au parvis des Gentils. Malgré le nombre de torches, la bousculade n'était pas moindre dans ces vastes corridors, et plus d'une fois Philon manqua buter sur un mouton apeuré ou un vieillard à bout de souffle. Parvenu sur l'esplanade, c'était encore pire. Nulle part le jeune homme n'avait vu un tel concours de population. Cent mille pèlerins, cent cinquante mille ? Plus encore ? Le parvis, qui lui était apparu si spacieux l'autre jour, semblait incapable de contenir le flot des fidèles qui montait du sud et de l'ouest par la ville, et de l'est par la vallée du Cédron. Pour la première fois, alors qu'il avait toujours vécu en exil, Philon ressentait physiquement ce qu'appartenir au peuple juif signifiait. Il en conçut une fierté immense : tous ces hommes et ces femmes, après des journées de route harassante, bravaient la légion et les brimades pour exprimer leur foi dans la nation d'Israël et dans le Dieu unique. Il frissonna, gagné par l'émotion.

– Ça va ? s'inquiéta Bethsabée. Si vous voulez me déposer maintenant, je…

– Non, non, tout est bien.

Et puis il y avait la jeune femme. Il se rendait compte qu'il pouvait de moins en moins se passer d'elle et qu'il n'aurait donné sa place pour rien au monde. Elle était là, contre lui, et tout son corps s'était habitué au sien : son poids, le hâle cuivré de sa peau, ses muscles souples et fermes, ses cheveux qui l'effleuraient dès qu'elle bougeait la tête, son haleine sur son cou…

– Restez pas là ! cria quelqu'un derrière.

Bethsabée le tira de sa rêverie :

– Peut-être devrions-nous éviter de bloquer le passage ? suggéra-t-elle.

– Hein ? Ah, oui !

– Ceux de Nazareth sont allés acheter leurs oblations d'huile et de farine. Je leur ai donné rendez-vous à l'entrée du parvis des Femmes. Nous avons le temps d'admirer les portes de votre frère, si vous voulez.

Les portes dorées… Il les avait presque oubliées, celles-là !

– Excellente idée, approuva-t-il.

Ils entreprirent de remonter vers l'enceinte du sanctuaire, jouant des coudes et de la voix pour se frayer un chemin. La police du Temple, avec ses bâtons et ses protections de cuir, se concentrait au pied de chacune des six tours pour en interdire l'accès. Les légionnaires, eux, étaient répartis en divers points de l'esplanade, armés de glaives, de lances et de boucliers. Les pèlerins les évitaient scrupuleusement, et chaque patrouille semblait comme un petit îlot de casques et de métal au milieu d'un océan de tuniques blanches, bleues et grises. Le tribun Julius se trouvait certainement quelque part sous l'une de ces cuirasses, sans doute à proximité de la forteresse Antonia. Quant à Samuel, le frère du géant roux…

Philon et Bethsabée parvinrent enfin à s'approcher de la première porte, celle qui débouchait, lorsqu'elle était ouverte, sur l'arrière du lieu saint. Elle était d'une hauteur impressionnante, trente coudées au minimum, et recouverte sur toute sa surface de lamelles d'or et d'argent soigneusement ouvragées. Chacun de ses battants devait peser le poids d'un énorme rocher, et Philon se demanda combien il fallait de lévites pour les manœuvrer. Ils revinrent ensuite vers l'entrée du sanctuaire et s'arrêtèrent devant trois autres portes identiques : la porte des Premiers-Nés, la porte des Eaux, la porte des Femmes, aussi somptueusement décorées. En comptant neuf portes en tout, on pouvait estimer à plusieurs dizaines de livres d'or et d'argent la générosité de son frère.

– Tiens, tiens ! s'exclama Bethsabée.

– Qu'y a-t-il ?

– Ce cher Ézéchias…

À quelque distance d'eux, en effet, le membre du Sanhédrin s'engouffrait dans la tour d'angle, celle-là même où Philon avait rencontré le grand prêtre Gad quelques jours plus tôt. L'Égyptien chercha à le héler, mais le brouhaha était tel que seuls les pèlerins les plus proches l'entendirent.

– Je savais bien qu'il fricotait avec ceux du Temple ! gronda la jeune femme. Et quel besoin a-t-il de les visiter aujourd'hui, il n'a pas mieux à faire ?

– Il enquête sur des meurtres. Cela l'oblige probablement à…

– Bah ! le coupa-t-elle. Il cherche surtout le moyen d'en tirer avantage. C'est exactement le genre d'individu que Mandou aurait hésité à dénoncer s'il l'avait vu avec mon père le soir du meurtre. Soit qu'il ait eu l'intention de le faire payer, soit qu'il ait craint des représailles.

Philon n'ignorait pas l'aversion de Bethsabée pour Ézéchias. Il ne la partageait pas :

– Vous ne croyez pas Ézéchias capable de commettre ces crimes, tout de même ?

– Et pourquoi non ? Les circonstances exceptionnelles et la présence des Romains auraient pu inciter mon père à le recevoir en cachette, cette nuit-là. Quant au jour où le grand prêtre a été tué, au lieu d'embarquer pour Césarée, Ézéchias était déjà de retour à Jérusalem. Et qui peut jurer qu'il ne se trouvait pas à Qumrân la semaine dernière ?

– Ézéchias s'occupe d'abord de préserver la paix dans ce pays. Il est peut-être faible ou vénal, mais il n'est pas mauvais.

La jeune femme eut un battement de paupières affligé :

– Vous êtes intelligent, mais ce que vous êtes naïf !

Ils continuèrent jusqu'à la balustrade qui barrait l'accès au parvis des Femmes. Plusieurs colonnettes, à hauteur d'homme, mettaient en garde les païens contre les risques qu'il y avait à passer cette limite :

« Défense à tout étranger de franchir la barrière et d'entrer dans le sanctuaire. Quiconque aura été pris sera lui-même responsable de sa mort. » L'affluence ici était considérable et l'on parlait toutes les langues qui se pouvaient rencontrer depuis la Mésopotamie jusqu'à l'Égypte. Ils scrutèrent un à un les visages, sans en reconnaître de familiers : les Nazaréens, notamment, restaient invisibles. En regardant du côté du portique Royal, Philon eut un choc : les boutiques des changeurs, celles des vendeurs d'animaux, de farine ou de colifichets, étaient littéralement assaillies. De longues files serpentaient entre les colonnes, et l'on s'apostrophait de l'une à l'autre, quand on n'en venait pas directement aux mains. Quelques moutons, qui avaient échappé à la vigilance de leurs propriétaires, détalaient sur l'esplanade, poursuivis par des enfants rieurs.

Philon sentit qu'on le tirait par la manche. C'était Jésus, qui arrivait avec les siens de l'autre extrémité du Temple :

– C'est une curieuse impression, n'est-ce pas ? Tout cet argent, tous ces marchands dans la maison du Seigneur…

– Les fidèles croient agir pour le mieux, lui objecta Philon.

– Les fidèles, sans doute.

Sa mère posa affectueusement une main sur le bras de Bethsabée :

– Il faut vous placer, maintenant, le deuxième groupe va sortir.

Les sacrifices, en effet, se déroulaient par vagues. Le sanctuaire lui-même était trop exigu pour accueillir l'ensemble des pèlerins et ceux-ci devaient se succéder pour effectuer le rite pascal. Ils franchirent la balustrade et montèrent les quelques degrés qui menaient au seuil du parvis des Femmes. La Belle Porte, qui marquait l'entrée véritable du sanctuaire, était plus haute encore que celles de l'enceinte, mais recouverte uniquement de bronze. Avec l'aide du garçon, Philon réussit à installer Bethsabée assez près de l'ouverture pour qu'elle puisse distinguer au moins la cour des Femmes. Les infirmes, considérés comme impurs, ne pouvaient malheureusement pas s'approcher davantage. Philon prit deux sicles d'argent et les donna à l'un des nombreux mendiants qui circulaient aux abords du parvis :

– Le double pour toi si tu veilles sur elle durant la cérémonie.

– Comme sur ma propre fille, mon prince, répondit l'autre avec une grimace édentée.

L'enfant se pencha sur Bethsabée et lui glissa quelques mots à l'oreille. Puis, se redressant vers Philon :

– C'est stupide. Elle n'est pas moins digne que n'importe qui de fouler le sol sacré.

Il semblait réfléchir :

– Je me tiendrai dans le coin, là-bas. De cette façon, je pourrai la voir.

À cette seconde, les trompettes des lévites retentirent et il y eut comme un très court répit dans le tumulte ambiant. Puis les conversations reprirent, les éclats de voix, les bêlements. Les fidèles réunis dans le sanctuaire commencèrent alors à sortir, encadrés par les policiers du Temple. Les femmes tenaient leurs enfants par la main et les hommes portaient à plusieurs de gros sacs en toile dans lesquels se trouvaient les restes des animaux sacrifiés. Il fallut un assez long moment avant que les parvis ne se vident et que les gardes autorisent de nouveaux pèlerins à investir le lieu de la Présence. Tout cela se régla cependant en bon ordre, comme si les discussions et l'indiscipline n'étaient plus de mise ici.

Philon suivit les Nazaréens sur le parvis des Femmes. Cette première cour était plutôt vaste, de forme quadrangulaire, bordée de galeries à colonnes surélevées comportant à chaque angle un magasin pour les produits du culte – le vin, l'huile, l'encens, les farines, etc. L'enfant se précipita vers l'une des colonnes qui se situait dans l'axe de la Belle Porte et lança un petit signe à Bethsabée depuis son poste d'observation. Il n'avait pas encore l'âge de gagner le parvis des Hommes, mais Philon supposa que s'il existait au monde un endroit où l'enfant ne risquait rien, c'était bien celui-là. Rassuré, l'Égyptien continua jusqu'à la porte supérieure qui ouvrait sur la dernière cour. Il en eut le souffle coupé : sur les marches en demi-cercle séparant les oratoires, deux rangées de musiciens formaient une haie d'honneur, saluant les pèlerins de leurs instruments. Une fois la porte franchie, on découvrait l'autel des sacrifices, si imposant avec ses quinze coudées de haut, et constitué pourtant d'un unique bloc de pierre que pas un marteau n'avait façonné. Tout autour de l'autel, l'espace était réservé aux deux ou trois cents prêtres qui patientaient dans leurs livrées brodées de couleur. Certains d'entre eux avaient un couteau à la main, d'autres des cuvettes en or et en argent qu'ils plongeaient chacun leur tour dans un bassin circulaire rempli d'eau. Derrière eux, majestueuse et brillante, s'élevait la masse sublime du Temple, la maison de l'Éternel proprement dite. Elle se dressait très au-dessus de l'enceinte, projetant vers le ciel ses colonnes dorées et son marbre blanc avec tant d'éclat que les fidèles devaient se protéger les yeux pour ne pas être éblouis. Seuls les prêtres attachés au culte avaient le droit d'y pénétrer, et, par-delà les douze marches et le porche corinthien, on n'apercevait de l'intérieur que quelques reflets irisés. La profanation du Saint, première des deux salles qui composaient le sanctuaire, ou pis encore, du Saint des Saints, là où résidait le vrai Dieu, était punie d'une mort immédiate. Couronnant le fronton, enfin, une grappe de raisin en or de la taille d'un homme offrait la promesse des récoltes à venir.

Toujours dans le sillage des Nazaréens, Philon se dirigea sur la gauche du Temple et s'appuya sur une balustrade qui marquait la frontière entre le domaine des prêtres et celui des hommes. Lorsque tous les fidèles se furent serrés de part et d'autre du parvis, les trompettes jouèrent, et l'officiant qui se tenait au sommet de l'autel alluma le gigantesque bûcher. Effrayés par le crépitement des flammes ou peut-être conscients du sort qui les attendait, tous les moutons gémirent en même temps. Les lévites firent alors claquer les cimbales. Une porte s'ouvrit sous l'une des galeries qui bordaient le sanctuaire, et le commandant du Temple apparut, coiffé du turban du grand prêtre. Pieds nus, il monta le plan incliné de l'autel et entama le chant du *Hallel* pour rendre hommage au Tout-Puissant. La foule entière reprit ses paroles, quelques-uns en pleurant de joie. L'hymne d'action de grâces achevé, un incroyable et sanglant ballet s'esquissa. Les pèlerins désignés s'avançaient jusqu'au parvis des prêtres, et, maintenant les moutons du mieux qu'ils pouvaient, les présentaient aux sacrificateurs. Ceux-ci, le geste sûr, posaient d'abord une main sur le front de leurs victimes, puis, les saisissant par le col, leur tranchaient la gorge d'un seul coup de lame. Un autre prêtre aussitôt se baissait pour recevoir le sang dans une cuvette argentée, avant d'aller le répandre au pied de l'autel. L'agneau était ensuite pendu à un crochet, écorché, et sa graisse – la meilleure part, consacrée au Tout-Puissant –, recueillie dans une bassine d'or pour être fumée sur le bûcher. Puis on enveloppait l'animal dans de grands sacs en toile confectionnés pour l'occasion. Il serait rôti le soir même à la broche et partagé lors du repas du séder.

Philon, qui n'était pas accoutumé à ce spectacle, se sentit bientôt transporté par l'admirable ferveur qui s'en dégageait. Le mélange des flûtes, des cimbales et des cors, les cris des animaux offerts au sacrifice, les chants qui passaient fiévreusement de bouche en bouche, le bourdonnement du feu, l'odeur puissante des combustions, tout cela faisait naître en lui un sentiment extatique, celui de communier avec la nation d'Israël et de s'unir au Très-Haut. Même les cieux, plus sombres et chargés que le matin, se teintaient désormais de mauve, comme si le Seigneur agréait la prière de Son peuple.

Soudain, vers la fin des libations, la cloche de la forteresse Antonia sonna à toute volée. Il fallut un certain temps avant qu'on l'entende sur le parvis et que l'on commence à s'interroger. Pourquoi les légionnaires déclenchaient-ils l'alerte ? Avaient-ils décidé d'interrompre les cérémonies ? Puis les policiers du Temple se déployèrent brusquement dans la cour, en faisant tournoyer leurs bâtons :

– Évacuation ! Évacuation ! Des insurgés sur l'esplanade !

Les prêtres, qui ne semblaient pas surpris outre mesure, se dépêchèrent de ramasser les couteaux et de vider les dernières bassines en encourageant les fidèles à sortir. Le commandant du Temple, descendu de l'autel, appuyait la manœuvre :

– Plus vite ! Tout le monde sur l'esplanade ! Il ne vous sera fait aucun mal !

Quelques pèlerins tentèrent bien de résister, mais les injonctions des prêtres les en dissuadèrent :

– Pas d'histoires, évacuez ! Il y aura d'autres sacrifices demain !

Bon gré, mal gré, la masse des hommes se pressa vers la porte supérieure.

– C'est un prétexte des Romains, maugréa un vieillard tout près de Philon. Ils veulent nous gâcher les fêtes de la Pâque !

Philon se doutait, lui, de quoi il retournait : Samuel, le frère du géant roux, avait dû s'attaquer au tribun Julius, et les soldats en avaient conclu à l'insurrection. Pauvre Samuel ! Au milieu de tous ces soldats, c'était du suicide. Mais aussitôt, une autre pensée chassa la première : Bethsabée ! Dans l'état où elle était, incapable de se mouvoir, avec cette foule qui se repliait en désordre…

Philon se mit à bousculer ses voisins pour forcer le passage :

– Place, place, je dois passer ! Question de vie ou de mort !

Il s'attira des quolibets, quelques bourrades, mais il n'en avait cure. Avec des mouvements de nageur, il déboula sur le parvis des Femmes, porté par la multitude des fidèles. Loin devant lui, à la Belle Porte, la cohue était à son comble. Il hurla :

– Bethsabée ! Attention !

Sa voix se perdit dans le concert des plaintes et des récriminations. Tout à coup, un éclair déchira le ciel. Une pluie fine et froide se mit à tomber, ajoutant encore à la confusion.

– La pluie ! L'Éternel est avec nous ! Gloire à Sa miséricorde, répétèrent plusieurs femmes.

Finalement, après s'être démené comme un beau diable, l'Égyptien réussit à atteindre le parvis des

Gentils. Luttant pour ne pas être entraîné vers le centre de l'esplanade, il regarda de tous côtés. Là, derrière la balustrade, cette silhouette à l'écart… Il s'élança pour sauter la barrière, mais l'un des cerbères du Temple le cueillit d'un coup de bâton :

– Hé ! Toi !

– Elle ne peut pas marcher, cria Philon en repoussant le policier et en désignant Bethsabée. On ne peut pas la laisser là toute seule !

L'autre suspendit son geste et le laissa faire. Le jeune homme se rua vers le mur d'enceinte.

– Bethsabée, je suis là ! C'est ma faute, je n'aurais jamais dû…

Il se pencha sur la jeune femme. Recroquevillée sur elle-même, elle semblait anéantie, la tête dans les mains.

– Ça va aller, murmura-t-il en s'agenouillant. Il n'y a plus rien à craindre. Je vais vous aider.

Elle tourna vers lui son beau visage, inondé de larmes :

– Le Messie… hoqueta-t-elle. On a enlevé le Messie !

23.

La pluie redoublait et formait de minuscules jets de vapeur en touchant le parvis surchauffé. Bien qu'il pût lire la détresse dans les yeux de Bethsabée, Philon conservait le mince espoir d'avoir mal compris :

– Enlevé ? On l'a enlevé ? Mais qui ?

– Une femme, sanglota Bethsabée. Enfin, non, ce n'était pas une femme.

Avec un coin de sa manche, il lui essuya délicatement le front.

– C'était une femme ou ce n'était pas une femme ? demanda-t-il.

– Je crois... Après votre départ pour la cour des Hommes, elle est passée devant moi. Elle m'a presque frôlée. Elle était trop grande, trop forte. J'aurais dû m'en douter !

– Vous avez aperçu son visage ?

– Non, bien sûr que non ! Elle avait... une sorte de capuche qui lui couvrait la tête. Ensuite, elle est allée tout droit vers le portique, peut-être à cinq ou six pas de l'enfant. Au bout d'un moment, je n'y ai plus prêté attention. Lorsque... lorsque la cloche a sonné, je ne sais pas pourquoi, j'ai senti qu'il y avait du danger et... c'était la panique, une bousculade indescriptible, tout le monde courait. Et là, je l'ai vue surgir de derrière la colonne. Elle s'est jetée sur lui en brandissant… je ne sais quoi, une espèce de flacon. Comment vous dire ? Elle n'avait pas des mains de femme ! J'ai crié, crié, mais personne ne m'a écoutée, évidemment. Elle l'a attrapé par le bras et elle l'a… elle l'a enveloppé dans sa tunique. Après… il y avait tellement de monde, je n'arrivais plus à suivre. Il m'a semblé qu'elle l'emmenait vers le fond du portique.

– Vers le fond du portique ?

– Je ne pouvais rien faire, rien. Si seulement j'avais eu mes jambes ! Alors je me suis collée contre le mur et j'ai observé les gens qui sortaient. Aucun ne portait l'enfant, j'en suis presque sûre.

– Il faut que j'aille vous chercher ? rugit la voix du policier depuis la balustrade.

– On vient, on vient, répondit Philon.

Les derniers pèlerins quittaient la cour des Femmes, accompagnés des prêtres et du commandant du Temple qui fermait la marche.

– Si celui-là nous reconnaît…, murmura Philon. Venez, il faut s'éloigner d'ici.

Il saisit la besace et souleva la jeune femme, tout en se dissimulant du mieux qu'il pouvait contre son épaule. Le policier leur fit signe de se hâter :

– Allez, dépêchez-vous ou c'est aux Romains que vous aurez affaire.

Effectivement, la légion avait pris position de chaque côté du sanctuaire et canalisait la foule vers les portes du sud et de l'est. Par chance, le commandant du Temple ne leur accorda pas même un regard. Il se dirigea tout droit vers l'un des centurions :

– Quels sont les ordres ? questionna-t-il d'un ton suffisant.

– On vide le Temple, expliqua le soldat. Vers la vallée du Cédron. Le tribun veut empêcher que les insurgés se répandent dans la ville. Pour ceux qui voudront y revenir, ce sont « nos » hommes qui les fouilleront. Et cette fois-ci, pas d'histoires de pureté ou je ne sais quoi.

Philon n'en entendit pas davantage, car les policiers se faisaient pressants. Il se hâta de rejoindre les autres fidèles, tout en essayant de reconstituer le fil des événements. Ainsi, l'assassin avait choisi d'agir pendant la Pâque. Il devait se douter que le garçon serait à Jérusalem pour les fêtes, et que, vu son âge, il ne pourrait passer le parvis des Femmes. Il s'était déguisé en conséquence, l'avait suivi dans la première cour et avait attendu l'instant propice. L'alerte, bien sûr, avait facilité sa tâche. Tandis que tout le monde s'agitait, il avait dû tirer une drogue quelconque de sa poche et avait entraîné l'enfant vers le fond du portique. Vers le fond du portique alors que l'on évacuait le saint lieu... ? Un épisode de la Genèse revint à l'esprit du jeune homme. Celui où le Tout-Puissant ordonnait à Abraham de sacrifier son fils Isaac : « Dieu dit : – Prends ton fils, ton unique, que tu chéris, Isaac, et va-t'en au pays de Moriyya, et là tu l'offriras en holocauste sur une montagne que Je t'indiquerai. » Cette montagne que le Très-Haut avait indiquée à Abraham, cette montagne du pays de Moriyya, c'était celle-là même où l'on avait bâti le Temple de Jérusalem. Et le meurtrier venait de s'y enfermer avec celui qu'il tenait pour le Messie... *Et sept fois sept générations à celui qui vaincra,* disait la prophétie de Michée... Quelle plus belle victoire, pour un fils des ténèbres, que d'immoler le Sauveur dans le Temple au jour même de la Pâque ?

Comme si elle devinait ses pensées, Bethsabée chuchota :

– Il est encore à l'intérieur, j'en suis certaine.

Ils jetèrent un œil sur le parvis des Femmes. Un groupe de lévites finissait d'actionner les deux lourds battants qui en interdisaient l'accès. Le sanctuaire serait bientôt bouclé.

– À moins de tout expliquer au commandant du Temple, lâcha Philon, jamais nous ne parviendrons à…

– Il ne nous croira pas et il s'empressera de nous arrêter. Mais il y a peut-être une autre solution. Oui, ça pourrait marcher.

Elle fixait intensément l'une des portes occidentales.

– C'est par là que nous devrons sortir. C'est la seule issue qui permette de gagner la ville…

– Mais vous avez vu les soldats ? Ils refoulent les pèlerins vers le Cédron, exactement à l'opposé ! Et d'abord, de quelle solution parlez-vous ?

Bethsabée ignora la question :

– Il n'y a pas un instant à perdre. C'est un risque à prendre, mais si faible à côté de ce qui se prépare !

Ils avançaient vers les passages couverts qui menaient au sud puis dans la vallée. Des dizaines de milliers de fidèles, silencieux ou levant le poing, s'agglutinaient autour des ouvertures, trempés par la pluie. Les légionnaires, eux, avaient toutes les peines du monde à conserver leur sang-froid :

– Avancez ! Avancez plus vite, bande de… !

Suivait une injure dans une langue étrangère.

– Le premier qui bouge, assura le légionnaire, il dort ce soir à la forteresse !

– À votre avis, reprit la jeune femme, ça prendra combien de temps ?

– Pour que le Temple soit vide ? La moitié d'une heure au moins. Mais si vous m'expliquiez…

D'un geste vif, elle roula sa besace en boule et la plaça sous sa tunique.

– Laissez-moi faire, ajouta-t-elle.

Et avant que Philon ait pu dire quoi que ce soit, elle se mit à hurler en se tenant le ventre comme si on lui arrachait les entrailles :

– Aaahhh ! Seigneur, il vient, je le sens ! Mon Dieu, il descend, il descend ! Vite, de l'eau chaude ! Vite ! Aahh !

Médusé, l'Égyptien vit deux soldats accourir promptement, le javelot à la main.

– Eh bien ! grogna l'un d'eux, qu'est-ce qui te prend…

– Centurion ! cria-t-elle de plus belle. Aahh ! Mon enfant arrive, vous allez m'aider à… Ahh ! Il pousse, il pousse !

Les deux Romains se trouvèrent tout à coup moins vaillants, d'autant que des voix féminines s'élevaient l'une après l'autre :

– Laissez-la passer !

– Elle va accoucher !

– Pas ici, pas dans le sanctuaire !

– Avec cette pluie !

L'expression des deux gardes reflétait une pénible indécision : fallait-il ajouter le chaos au désordre ?

– Centurion ! renchérit Bethsabée, je voudrais de l'eau chaude, vite. Ou bien…

Elle montra du doigt la porte occidentale.

– Mon mari et moi, nous habitons à deux cents coudées là derrière. Je vous en prie ! Si nous partons maintenant… Aahh !

Le plus petit des deux se décida le premier :

– Venez.

Il les escorta au pas de course jusqu'à la porte concernée, franchissant la haie de soldats sous les clameurs d'une partie de la foule.

– Si c'est un garçon, leur lança-t-il au seuil de l'escalier couvert, dites-lui bien que tous les Romains n'en veulent pas aux juifs !

Serrant Bethsabée très fort, Philon dévala une centaine de marches à la lueur des quelques torches qui éclairaient le passage. Une fois parvenus en bas, ils aboutirent dans la rue qui longeait le Temple, au fond de la vallée du Tyropéon. Elle se poursuivait à gauche en passant sous le viaduc principal et se continuait plus loin vers le quartier de l'hippodrome. À droite, la rue était impraticable, à cause des aménagements en cours sur les fondations du sanctuaire.

– Vous êtes incroyable ! haleta Philon.

Mais la jeune femme n'était pas d'humeur à se féliciter. Elle avait le visage fermé, tendu à l'extrême.

– L'établissement doit se situer là-bas.

Elle désignait une bâtisse en pierre dans la zone des travaux. Deux éclairs successifs vinrent illuminer le Temple qui leur apparut soudain gigantesque et menaçant. La rue et le viaduc étaient absolument déserts, signe que la stratégie des Romains fonctionnait : plus personne ne circulait dans Jérusalem.

– Quel établissement ? osa timidement Philon.

– Vous vous souvenez de ce que je vous ai dit à propos du frère de Mandou ? Il travaille avec les ouvriers du Temple. Ils viennent de finir de creuser le tunnel des prêtres.

L'Égyptien s'engageait précautionneusement sur la voie boueuse, encombrée de pierres et de gravats.

– Avant chaque cérémonie, reprit-elle, les prêtres qui officient doivent être en état de pureté absolue. Or il n'y a pas de bain rituel dans le saint lieu, on n'y dispose pas de l'eau courante exigée par la Loi. Ils ont donc fait percer ce tunnel pour relier le miqveh extérieur au parvis des Prêtres. Ainsi, ils éviteront de traverser l'esplanade et de se souiller, même involontairement.

– Et vous dites que ce tunnel est accessible ?

– Il le faut ! Lorsque je suis venue avec Mandou, il y a un mois, ils en avaient réalisé les trois quarts.

Elle se tut. Il faisait presque nuit désormais, tellement les nuages avaient obscurci le ciel. Le vent soufflait en rafales, leur mugissant aux oreilles et leur jetant des tourbillons de pluie aux yeux. Le jeune homme assurait ses foulées du mieux possible, profitant des éclairs pour distinguer quelque chose entre les madriers posés à terre, les énormes blocs de marbre ou les ornières qui défonçaient la route. Après des mois de sécheresse, un véritable déluge s'abattait sur la ville.

– Là ! indiqua Bethsabée.

Philon escalada avec difficulté un tas de silex qui se dérobait sous ses pas et atteignit enfin le perron de l'établissement de bains. C'était une maison circulaire d'un étage, sans apprêt particulier, dont la construction se terminait à peine. Il déposa Bethsabée sur un bloc de pierre et s'approcha de l'entrée, que l'on avait barrée de plusieurs planches clouées entre elles. Puis il s'arma d'un caillou pointu et s'employa à frapper le bois.

– Au moins, cet orage a du bon : il y a peu de chance qu'on nous entende !

– Pourvu qu'il soit toujours en vie… marmonna Bethsabée.

Le jeune homme chercha quelque raison d'espérer, mais n'en trouva aucune. L'assassin avait été sans pitié pour ses trois précédentes victimes.

– N'est-ce pas vous qui me reprochiez l'autre jour de manquer de confiance ? opposa-t-il simplement.

– Si la prophétie dit vrai, c'est le sort des générations qui se joue aujourd'hui. Le Bélial ou le Messie. Pour mille ans au moins ! Et cette fois, le Seigneur laissera faire.

L'une des planches se brisa dans un craquement, puis bientôt une autre. La brèche était assez grande pour leur permettre de se faufiler et ils purent pénétrer dans le bâtiment. À l'intérieur, tout était sombre, mais ils étaient au sec.

– On sent encore l'odeur du mortier, remarqua Philon. J'espère que tout cela est solide.

Bethsabée poursuivait son idée :

– Il y a forcément une pièce pour le miqveh. C'est de là que doit partir le tunnel.

Ils scrutèrent l'espace autour d'eux, leurs yeux s'accommodant lentement à l'obscurité.

– Il y a unc lucur ! cria-t-cllc.

Effectivement, un rai de lumière très pâle filtrait sous ce qui devait être une porte. Philon se précipita. La porte s'ouvrit sans mal, car elle n'avait pas encore de serrure.

– Le miqveh ! s'exclama-t-il.

La pièce de bains était éclairée par quelques lampes à huile qui brillaient parcimonieusement, sans parvenir à révéler le plafond en hauteur. Les murs étaient d'un blanc parfait, mais des lignes sinueuses traçaient le dessin d'une mosaïque à venir. La piscine de pureté formait un vaste rectangle auprès duquel s'ouvrait un corridor tout noir.

– Le tunnel, souffla la jeune femme.

– On dirait que les prêtres l'utilisent déjà, il y a des pagnes et des serviettes sur les bancs.

– Prenez une lampe et allez-y. Tout de suite ! Je ne ferai que vous retarder.

– Mais vous n'allez pas…

– Dépêchez-vous, il faut empêcher à tout prix qu'il le tue. Et quand vous arriverez là-haut, trouvez quelque chose pour vous défendre.

Son ton était sans réplique. Philon lui pressa affectueusement la main et s'engouffra dans le tunnel. Curieusement, celui-ci commençait par descendre d'une douzaine de degrés puis, après quelques pas, remontait d'autant. Il doit prendre sous la rue, supposa Philon. Le passage était à hauteur d'homme, à condition d'avancer en baissant légèrement la tête. Le sol et les murs étaient soigneusement stuqués pour respecter les prescriptions rituelles, néanmoins, par endroits, la voûte était encore étayée par de gros rondins de bois, comme s'il restait à la consolider. À intervalles réguliers, des niches étaient creusées dans la pierre, sans doute pour poser des lampes à huile du type de celle qu'il tenait. L'odeur, ici aussi, était celle du plâtre et de l'enduit : les ouvriers avaient dû se hâter d'achever leur travail afin que le tunnel soit prêt pour la Pâque.

Après un court moment de répit, il s'élevait à nouveau, mais en plan incliné, sur environ trente coudées. Puis venait une succession d'escaliers, assez raides, coupés par de brefs paliers. Il faisait plus chaud à cet endroit et Philon en déduisit qu'il devait progresser maintenant dans la structure même du Temple. Une volée de marches supplémentaire et il perçut un grondement sourd au-dessus de sa tête. Il plaqua sa joue contre la paroi. Il y avait là comme une rivière qui coulait de l'autre côté : la conduite qui collectait les eaux de pluie et évitait que l'esplanade ne se transforme en pataugeoire. Il passa son doigt sur la voûte : elle était un peu humide. Les ouvriers n'avaient sans doute pas prévu que le plafond du tunnel serait soumis si tôt à de tels débits ! Il reprit sa course en s'obligeant à bien respirer : escalier, palier, escalier. palier.

Enfin, l'obscurité se fit moins épaisse et il déboucha dans une salle aménagée en vestiaire, avec des tapis, des fauteuils frangés d'or et des patères en argent. Un long manteau pourpre était accroché sous l'une des trois lucarnes qui donnaient un peu de clarté. Philon glissa un œil à travers la vitre. Il déglutit péniblement : à quelques pieds de lui, le sanctuaire du vrai Dieu, cerné par un rideau de pluie. Immense, puissant, terrifiant.

Lorsqu'il entrouvrit la porte du vestiaire, son cœur battait à se rompre. C'est par là que le commandant du Temple avait fait son apparition au tout début de la cérémonie. Au loin, presque indistinctes dans la grisaille, se découpaient les tours carrées de la forteresse Antonia. Sur le parvis des Prêtres, de vagues fumerolles s'échappaient encore de l'autel, mais rien d'autre ne bougeait. La cour était vide.

Philon courut vers le parvis des Femmes, près de la colonne où tout à l'heure se tenait l'enfant. Un peu en retrait sous le portique, il découvrit les fragments éparpillés d'une fiole en terre cuite. Les débris exhalaient un parfum entêtant d'alcool et de plantes aromatiques. Bethsabée avait vu juste. Mais si l'enfant n'était ni dans la cour des Hommes ni dans celle des Femmes, cela ne pouvait signifier qu'une chose : le Temple.

La peur au ventre, Philon rebroussa chemin en direction du bûcher. Il y avait par terre les bouts de corde qui avaient servi pour les moutons, mais rien qui ressemblât à une arme. Il fit un pas sur le parvis des Prêtres. Sacrilège ! s'indigna une petite voix intérieure. Désormais, la maison de la Présence n'était plus qu'à quelques pas. Il contourna l'autel, les yeux rivés sur la douzaine de marches qu'il faudrait bien se résoudre à gravir.

Il y eut à cet instant un violent coup de tonnerre et ce fut comme si la foudre s'abattait dans son dos. Il ressentit une douleur cuisante à la nuque et crut que son crâne éclatait en mille morceaux. Puis les marches, l'escalier, le sanctuaire, tout cela disparut en tournoyant. Il s'effondra au pied du bûcher.

24.

Un coulis d'air frais sur le visage. Une odeur appuyée d'encens. Dehors, les bruits de la tempête qui se déchaînait. Le son d'une voix, un peu lointaine, qui psalmodiait en hébreu. Une lumière douce et tremblante qui filtrait à travers ses yeux entrouverts. La douleur, aussi, qui se réveillait, remontait le long de la colonne et lui embrasait le crâne. Et puis, les idées, malgré le brouillard, qui revenaient une à une. Le tunnel, les parvis, la fiole. On l'avait assommé devant l'escalier du Temple. Et maintenant... Ses mains, ses pieds, étaient repliés sous lui, attachés ensemble avec une corde à mouton. Il se trouvait contre un mur, de toute évidence, le nez écrasé sur le parquet. Il bougea légèrement la tête. C'était bien ce qu'il craignait. Le pire de tout. On l'avait conduit dans la maison du Seigneur. Le Temple du Temple ! À droite, une haute porte à lamelles d'or donnait sur le vestibule, l'*Oulam*, fermé par une tenture de pourpre, d'azur et d'écarlate, qui battait avec le vent. Le Saint, la deuxième salle où il se trouvait, était moins élevé, bien qu'assez grand pour accueillir trois étages de galeries qui formaient comme un déambulatoire. Au milieu de la pièce, un chandelier en or à sept branches, presque de la taille d'un homme, gravé de fleurs et de boutons d'amandier, portait sept lampes dorées, toutes allumées. En face, l'autel des parfums, recouvert d'or lui aussi, avec ses quatre cornes aux angles, d'où montaient les fumées odorantes de l'encens. Sur la table voisine... Philon esquissa un mouvement. Malheureusement les nœuds étaient solides et il ne put que se tortiller. Sur la table voisine, les douze pains de proposition, offrande sacrée pour l'Éternel, avaient été déposés à terre. À leur place, l'enfant, allongé sur le ventre. Il paraissait dormir, mais lui aussi était entravé par des liens qui lui comprimaient les bras, le ventre et les jambes. Juste devant, mains ouvertes vers le ciel, un homme récitait d'un ton monocorde :

– « Et Toi, Tu as créé le Bélial pour la Fosse, l'Ange d'hostilité et de reniement, avec son plan et avec son dessein, pour qu'on commît des impiétés et pour qu'on commît des fautes ; et tous les esprits de son lot sont des anges de destruction : dans les décrets des ténèbres ils marchent, et vers les ténèbres tend leur désir... »

Philon eut beau écarquiller les yeux, l'assassin était de dos, vêtu d'une belle robe de lin et d'un turban de sacerdoce. Impossible de savoir qui se cachait sous ces vêtements de prêtre. Pourtant, ce timbre, cette diction... Ils lui étaient presque familiers. On aurait dit...

– « ... Et les liens de mort ont enserré sans qu'on pût s'échapper ; et les torrents du Bélial ont débordé sur toutes les berges élevées, tel un feu qui dévore toutes leurs rives... Et la terre crie à cause de la calamité survenue dans le monde, et tous ses recoins poussent des clameurs, et tous ceux qui sont sur elle sont dans l'affolement, et ils chancellent en proie à un grand malheur... »

La voix de Gad ! Oui, on aurait dit la voix de Gad ! Pourtant, c'était impossible, le grand prêtre était mort et…

Emporté par la surprise, l'Égyptien remua trop fort et fit crisser ses semelles sur le plancher de cyprès. L'assassin s'arrêta net et se tourna vers lui. Les traits décidés, la barbe fine, les cheveux tirés en arrière, ce regard hautain… Et sur sa poitrine, les douze pierres précieuses de l'éphod, une pour chaque tribu d'Israël. Philon était frappé de stupeur. L'autre lui adressa un sourire venimeux :

– Ah ! Vous voilà de nouveau parmi nous, cher ami. C'est heureux. Je ne sais combien de temps mettra la police pour réinvestir le Lieu. Peut-être une heure. Peut-être moins. Il faut que je commence. Je n'imaginais pas qu'il y ait de l'assistance, mais à vous voir courir sur le parvis, j'ai réalisé que c'était là sans doute la volonté du Très-Haut. Soyez flatté, mon ami, vous faites désormais partie du plan.

– Du… du plan, articula Philon.

– Je m'étonnais aussi de cette obsession à me suivre, à me traquer partout où j'étais. Car vous êtes allé jusqu'à Qumrân, n'est-ce pas ? Eh bien, je tiens aujourd'hui ma réponse : c'est Lui qui vous guidait. Il vous a envoyé ici pour être le témoin de mon triomphe.

Effaré, abasourdi, Philon tâchait de réfléchir. La police et les prêtres. Une fois les vérifications faites, ils obtiendraient forcément l'autorisation de passer. Ce n'était qu'une question de temps. D'ici là, il fallait réussir à tenir.

– Vous… vous croyez vraiment qu'Il m'aurait guidé jusqu'à vous ?

– Bien sûr ! N'avez-vous pas lu la prophétie ? Si, évidemment, vous l'avez lue : ... *le fléau de Dieu contre son guérisseur, la bouche du mensonge contre le reste de vérité*... Je suis ce fléau et voilà votre pauvre guérisseur... Le moment est venu d'attribuer la victoire aux yeux de Celui Qui Est Tout !

Il eut un geste de déférence envers le Saint des Saints, séparé d'eux par un double voile coloré. Le jeune homme, lui, n'osa pas même un regard : surprendre la Présence était plus sacrilège encore que de profaner le Saint. Seul le grand prêtre, une fois l'an, avait le droit d'y pénétrer afin de prononcer Le Nom de l'Ineffable... Mais le grand prêtre était apparemment devenu fou.

D'ailleurs, il continuait :

– Je m'aperçois aujourd'hui que nous ne pouvions rester entre nous. Il s'agit du châtiment des hommes, après tout, de l'expiation de leurs péchés et de leurs faiblesses. Il faut bien que l'un d'eux porte témoignage de la gloire infinie du Bélial. Et cet homme, ce sera vous.

– Mais je n'ai aucunement l'intention de...

– Allons, allons, ne vous méprenez pas. Ce dont vous avez l'intention ou pas n'a plus aucune importance. Une fois le Messie défait, je régnerai pour les générations à venir. Et votre vie sera brève.

Il s'approcha de l'Égyptien, la mine doucereuse, afin de l'obliger à mieux s'asseoir. Tandis qu'il avançait dans la lumière, Philon eut l'impression que Gad était plus jeune et plus efflanqué que dans son souvenir. Que ses yeux aussi avaient d'étranges reflets verts qu'il ne lui connaissait pas. Puis son impression se mua en certitude. Non, cet homme n'était pas Gad. Malgré l'éphod et le turban, malgré la ressemblance des voix...

Alors, tout devint clair :

– C'est vous que j'ai croisé l'autre nuit, quand le grand prêtre a été tué, n'est-ce pas ? J'arrivais près de son palais et il s'est mis soudain à fuir. Il m'a dénoncé ensuite à la patrouille romaine qui m'a emprisonné. Je n'ai jamais compris pourquoi il avait agi ainsi. Mais ce n'était pas le grand prêtre, ce soir-là. Ce n'était pas Gad. C'était vous, Caleb.

Le scribe s'esclaffa :

– Philon, mon ami, je suis heureux que l'Éternel vous ait désigné pour me rendre justice. Un esprit plus lourd m'aurait, disons, froissé. Il est vrai que nous nous sommes rencontrés ce soir-là. Je venais juste de… de me séparer de Gad. Il n'aurait pas été raisonnable de vous laisser traîner dans les parages, avouez-le.

– Vous avez… vous avez assassiné votre propre frère !

– Eh bien, sans doute. Mais avais-je le choix, en définitive ? Lorsque j'ai découvert à quoi j'étais destiné…

Il jeta un œil vers le vestibule et sembla se livrer à quelque sombre calcul.

– Peut-être serait-il préférable que vous ayez une vue plus large des dispositions du Très-Haut ? Votre témoignage devant les hommes n'en sera que plus impartial.

Il s'assura que l'enfant était toujours assoupi et revint vers Philon :

– Au départ, on a certainement dû vous l'apprendre, rien ne me préparait à ce… retournement. Je suis entré à Qumrân à l'âge de douze ans, dévoré par la passion de l'Éternel. Mes parents estimaient en outre qu'il ne serait pas mauvais d'avoir un fils chez les esséniens puique l'autre était promis au Temple. C'est ainsi qu'à dix-sept ans je suis devenu membre de la secte à part entière et que l'on m'a initié au secret de Michée. J'avais ouï-dire qu'une telle prophétie existait : l'histoire d'Uzziel, bien que vague et incomplète, s'était transmise dans la maison de Gémûl à laquelle j'appartenais. Mais en découvrant le texte pour de bon, en tenant l'original entre mes mains, j'ai senti, je ne peux l'exprimer autrement, que j'étais fait pour lui. J'ai travaillé d'arrache-pied, étudié chaque rouleau de la bibliothèque, me suis abîmé dans le livre comme dans un océan de délices. Pour devenir scribe et être celui qui donnerait un jour son véritable sens à la prédication de Michée.

Philon restait parfaitement immobile, priant pour que les policiers du Temple fassent au plus vite. Caleb mit un genou à terre, comme s'il voulait se faire mieux comprendre :

– Il y a cinq mois, après avoir achevé le commentaire d'Habacuc, je me suis senti enfin prêt. Par une incroyable coïncidence – c'est du moins ce que je pensais alors – le rabbi de Naïn s'est présenté à Qumrân vers la même époque. Il m'a parlé de ce garçon, de ses aptitudes exceptionnelles, de l'intérêt qu'il y aurait à l'éduquer chez nous. J'étais, moi, fasciné surtout par le nom de son village : Nazareth. Le Nazaréen… Et si la prophétie recelait plus encore que nous ne l'avions imaginé ? La description minutieuse et irréfutable du Sauveur ? J'ai fait le voyage de Galilée pour interroger le rabbi de l'endroit, un vieillard à moitié sénile qui n'a rien décelé de mon projet. Ce qu'il m'a révélé m'a cependant convaincu : un Nazaréen, né à Bethléem, dernier rejeton de David et venant d'Égypte. J'ai décidé de suivre l'enfant quelque temps sans me faire connaître. Il montrait une intelligence si naturelle de la foi, un amour si évident de l'autre : « Tu aimeras ton prochain comme toi-même », enseigne le Lévitique. Il faut bien admettre que tout en lui incarne ce précepte. Et moi, Caleb, premier scribe de Qumrân, je venais enfin d'identifier le Messie !

À la lueur des sept lampes, sa figure reflétait tour à tour des sentiments contradictoires : la satisfaction, la peur, la haine, la frustration, la fierté, tout cela rehaussé d'une exaltation mauvaise.

– Que fallait-il que je fasse ? ajouta-t-il. J'avais souhaité me ménager le temps de la réflexion, mais à peine revenu à Qumrân, voilà que j'étais secoué par des fièvres violentes. Mon corps était en fusion et l'eau ruisselait de ma tête. Il me semblait voir une femme, très belle, qui se penchait sur moi en répétant : « Tu as été choisi, toi aussi ! Tu as été choisi ! »

Il s'interrompit, le regard perdu dans le vide. Philon craignit qu'il ne se taise tout à fait et que ses pensées le ramènent brusquement à l'enfant. Il le relança :

– Jephté s'est rendu à votre chevet, c'est cela ?

Caleb opina lentement :

– Jephté, oui. Mais ensuite, plus rien n'était comme avant. C'est là où j'ai vraiment réalisé…

Il plongea à nouveau ses yeux dans ceux de Philon. Il avait l'air d'un dément.

– C'est là où j'ai réalisé que depuis l'origine le hasard ne tenait nulle part dans ma quête. Car le Très-Haut a suscité le Bélial en même temps que le Messie. Il m'a choisi tout jeune pour étudier et comprendre, afin qu'au jour voulu je puisse reconnaître le Sauveur, le défier et l'affronter ainsi qu'il était écrit ! Et selon que les hommes l'auraient mérité ou non, il suffisait que la prophétie s'accomplisse pour que j'enlève la victoire ! Moi, le Bélial !

Sa voix avait tout à coup grimpé dans les aigus. Il dut s'en rendre compte, car il reprit plus bas, sur le ton de la confidence :

– Mais encore devais-je me montrer digne du prophète et donner chair à sa prédication... *Qu'ainsi soit connue la parole de Moréshèt, le souffle de YHWH Sabbéot son Dieu*, tel me parut être le premier commandement. Il fallait faire savoir aux juifs le contenu de la Menace. Votre présence ici prouve si nécessaire que j'y suis parvenu. Quant à la condition de l'affrontement : *... si le sang de Jacob verse son propre sang...*, ce n'était qu'une confirmation nouvelle de mon élection. Vous l'ignorez sans doute, mais Jephté, mon frère et moi, sommes tous du même sang, celui de la maison de Gémûl. Or dans Sa prévoyance infinie, le Créateur nous a fait naître tous les trois d'un même aïeul, un grand-père dont le nom était Jacob : *... si le sang de Jacob verse son propre sang...* J'étais instruit sans erreur possible de la conduite à tenir : il me fallait tuer mon frère et mon cousin. Sur ce point, d'ailleurs, je n'ai pas éprouvé grande difficulté. L'un et l'autre étaient avides d'en apprendre davantage sur la prophétie. Il semble que Jephté ait surpris certaines allusions que j'avais faites tandis qu'il me veillait. Et qu'il en ait discuté ensuite avec Gad. Tous deux étaient donc ravis de me recevoir et prêts à m'ouvrir leur porte aux conditions que je souhaitais. Mais de tous ces détails, vous êtes averti, je présume.

Derrière Caleb, il sembla à Philon que l'enfant venait de bouger. Ce n'était surtout pas le moment qu'il se réveille !

– Et... et le cadavre de la grotte des scribes, bafouilla l'Égyptien. Il a bien fallu...

– Ah ! oui, ce cadavre. Eh bien, comme pour le reste, le Tout-Puissant y a pourvu. Nombreux sont les hommes qui, chaque mois, montent à Qumrân dans l'espoir de rejoindre les esséniens. J'ai fait croire à l'un de ces malheureux que je pourrais l'y aider s'il venait me trouver discrètement à la grotte des scribes. Il avait à peu près ma taille, ma corpulence. Je lui ai passé mes habits. J'ai songé aux faucons, aussi, qui nichent en couples dans ces hauteurs. Là encore, la vision de Michée m'a servi de modèle. Je vous l'ai dit, tout cela ne doit rien au hasard.

– Et l'éphod ? Pourquoi l'avoir volé ?

– Il me sied à merveille, n'est-ce pas ? Et puis j'ai ce soir le rôle du sacrificateur... Surtout, si quelqu'un du Temple s'avisait de me surprendre... Les cheveux et la barbe coupés comme ceux de Gad, la parure sacrée sur la poitrine, je suppose qu'il hésiterait à se dresser sur ma route. Il est probable même qu'il se prosterne en chantant le miracle de ma résurrection.

Sa ruse avait toutes les chances de réussir, en effet, et Mandou lui-même avait dû s'y laisser prendre : le soir du crime, lorsqu'il avait aperçu le scribe en compagnie de Jephté, il l'avait en réalité confondu avec Gad. D'où sa stupéfaction et son silence. N'importe quel esclave y aurait réfléchi à deux fois avant d'accuser de meurtre le grand prêtre en personne !

Philon s'efforça de conserver l'attention de Caleb :

– Mais agir ainsi pendant la Pâque, demanda-t-il, n'était-ce pas un risque inconsidéré ?

Le scribe se gaussa :

– Un risque ? Allons ! Je n'ai fait que me soumettre à la prophétie, au contraire, et bien m'en a pris. Savez-vous ce qu'est cette table, où aura lieu le sacrifice ? La table des pains de proposition. Et savez-vous comment on l'appelle aussi ? La table de la Face, car les pains y sont offerts à la Face même du Très-Haut.

Or souvenez-vous des prescriptions de Michée : ... *si le sang de Jacob verse son propre sang, s'il pèche à nouveau à la Face de son Dieu...* Eh bien voilà la dernière condition qu'il me restait à remplir : immoler le Sauveur à la Face du Très-haut. C'est-à-dire, ici, dans le Saint, sur ce pupitre couvert d'or. L'enfant venant au Temple pour la Pâque, vous voyez qu'il n'y avait pas de lieu ni de moment plus propices.

– Et les Romains, la police ? Sans l'ordre d'évacuation, jamais vous n'auriez pu l'entraîner avec vous...

– J'aurais patienté jusqu'à la nuit, si besoin était. Je détiens certaines clés que j'ai rapportées de chez Gad. Et puis cet ordre d'évacuation... Disons qu'il était prévisible.

– Prévisible ?

– Élie m'est apparenté, tout comme Jephté. Il est à part moi le dernier héritier mâle d'une famille maudite, la maison de Gémûl. Cependant, comme il n'était pas issu de Jacob, la prophétie n'imposait pas que je le tue, lui.

– Élie ? Quel rapport ?

– J'ai fait chez lui la connaissance d'un jeune rebelle, Samuel, je crois. Il était désespéré par l'exécution de son frère, crucifié sur le Golgotha. Vous n'imaginez pas comme il est facile de pousser un homme à des actes extrêmes dès lors qu'il est habité par l'esprit de vengeance. Nous sommes convenus tous les deux qu'assassiner le tribun militaire Julius serait une juste revanche.

– Samuel... Vous avez persuadé Samuel de...

– J'ignore comment il s'y est pris, mais je dois avouer qu'il s'est montré à la hauteur.

C'est l'instant que l'enfant choisit pour soupirer doucement. Un rictus de triomphe déforma le visage de Caleb :

– L'effet de mes plantes se dissipe, on dirait. Pardonnez-moi, il est temps que je recueille les fruits de ma victoire.

– Mais vous vous trompez, s'insurgea Philon. En aucun cas le Créateur ne peut vouloir la mort de ce garçon ! Pas plus qu'il ne peut désirer le règne du mal !

– Pour un philosophe, vous me décevez. Auriez-vous oublié les mots si justes d'Isaïe ? « Je forme la lumière et Je crée les ténèbres, Je réalise la paix et Je fais le mal : Moi, l'Éternel, Je réalise tout cela. » Le mal et le bien ne sont jamais que l'œuvre de Dieu, n'est-ce pas ? Les deux rênes indissociables qu'Il emploie pour guider Son peuple. Or qui peut connaître à l'avance le chemin qu'Il a tracé ? Les hommes vont être punis pour leur inconduite, certes. Mais qui peut savoir si dans mille ans il n'en sortira pas un bien plus considérable encore ? Je ne suis moi que le Bélial… Et c'est mon tour de régner.

Sans plus écouter, Caleb fit volte-face. Tandis que la pluie crépitait de plus belle sur le toit du Temple, il approcha de la table et s'empara du couteau de sacrifice.

25.

Philon n'avait que quelques instants pour agir. Caleb lui tournait le dos et brandissait l'arme du sacrifice, invoquant dans une sorte d'extase la puissance irrésistible du Bélial. Philon pressa sa tête contre ses cuisses. En l'obligeant à s'asseoir, le scribe lui avait involontairement rendu service. Calé contre le mur, il prit appui sur un pied puis sur l'autre, réussit à faire passer successivement ses mains derrière ses chevilles et à les ramener devant lui. Il tira sèchement sur le collier de Morè. Le bois sculpté se détacha avec un petit bruit de succion qui se perdit dans le grondement de l'orage. Il l'inclina, laissant maladroitement tomber le fer sur son ventre et évitant de justesse qu'il ne glisse jusqu'au plancher. Il coinça alors le fourreau entre ses genoux repliés et entreprit de bloquer la lame dans l'encoche. Il tremblait un peu et se coupa le pouce. Une fois le couteau assemblé, il scia tant bien que mal la corde qui lui liait les poignets, en prenant garde de ne pas appuyer trop fort car le manche n'était pas stable et menaçait de basculer par terre. Il libéra ensuite ses pieds d'un trait de lame.

– Reçois celui dont tu as décidé le sort, s'exclama le scribe en levant très haut son arme.

Philon s'élança. Il franchit d'un bond les trois pas qui le séparaient de Caleb et lui planta la lame dans l'épaule à la seconde précise où il allait frapper l'enfant. Le scribe hurla de douleur et se retourna, les yeux exorbités :

– Misérable chien ! éructa-t-il.

Il passa son énorme couteau dans l'autre main et voulut se jeter sur Philon, mais celui-ci avait déjà pris son élan et le cueillit d'un coup de talon musclé au visage. L'arête du nez céda dans un craquement sinistre et le tueur s'effondra sur le parquet en se tenant la tête. L'enfant, pensa Philon, détacher l'enfant ! Il attrapa la corde qui entravait sa poitrine et la trancha sans difficulté. Le garçon ne semblait pas réagir, comme s'il était toujours sous l'effet de la drogue. L'Égyptien lui attrapa les jambes et commença à cisailler le chanvre au-dessus du mollet. Du coin de l'œil, il vit une ombre se redresser. Il crut que Caleb allait se ruer sur lui et s'apprêtait à esquiver sa charge quand il réalisa que le scribe contournait la table pour mieux revenir à sa victime. Le couteau de sacrifice s'éleva à nouveau pour s'abattre, et Philon n'eut d'autre ressource que de plonger en étendant les bras pour protéger l'enfant. Il ressentit aussitôt une brûlure cuisante au coude. La lame avait dévié de sa trajectoire et l'avait entaillé presque jusqu'à l'épaule.

– Tu crois pouvoir t'opposer aux arrêts du Très-Haut ? cracha Caleb. Tu le crois vraiment ? Mais qui es-tu, pauvre créature ? Qui es-tu devant le Bélial ?

Mû par une rage meurtrière, il saisit de son bras blessé les cheveux de l'enfant et fit le geste de l'égorger. Philon n'était pas certain de parvenir cette fois à l'en empêcher. Sans réfléchir, il lança son poignard en visant le front de Caleb. Malheureusement, l'arme n'était pas équilibrée : elle se déporta vers la droite et ne lui frôla que l'oreille. L'assassin éclata d'un rire sonore :

– Bien sûr ! Comment n'y ai-je pas songé ? Cela aussi était voulu par le prophète : … *la bouche du mensonge contre le reste de vérité, les fils des ténèbres contre les fils de lumière…* Avant de vaincre le guérisseur, briser d'abord le dernier fils de lumière ! Écraser le tout petit reste de vérité ! Et ensuite…

Il avança sur l'Égyptien, une mousse blanchâtre aux lèvres. Un sursis pour l'enfant, c'était déjà ça. Philon se mit à courir en direction du vestibule. Il gardait son bras gauche plaqué sur sa hanche pour diminuer les élancements. Si seulement la police du Temple avait la bonne idée d'apparaître maintenant ! Mais non, personne dans l'Oulam, juste les pas de Caleb qui sonnaient derrière lui.

Arrivé sous le porche du sanctuaire, la fraîcheur de la pluie lui cingla le visage et lui fit oublier un instant sa souffrance. Où aller ? Le parvis des Femmes ? L'accès à l'esplanade des Gentils était fermé. Essayer l'une des salles du portique ? Si Caleb le perdait de vue, il risquait de revenir à l'intérieur du Temple, achever ce qu'il avait commencé.

– Tu peux fuir, vociféra Caleb. Jamais tu n'échapperas à ce qui est écrit !

Philon déboucha hors d'haleine au pied de l'autel. Il lui fallait quelque chose pour se défendre. L'autel. Peut-être que… Il gravit le plan incliné en haletant, le scribe toujours à ses trousses. Du sommet de l'autel, on dominait la cour d'une quinzaine de coudées, avec un panorama sur l'ensemble de l'édifice. Mais ce n'était pas le moment d'admirer la vue… Le bûcher lui-même occupait l'essentiel de la plate-forme, une sorte de rectangle grossièrement découpé. Il était entouré d'une margelle en pierre d'une coudée et demie environ, qui permettait de circuler, d'amener les bêtes et d'alimenter le feu. À l'opposé se trouvait une réserve de bois soigneusement agencée. Le jeune homme aurait préféré un couteau de sacrifice abandonné par un prêtre, mais il n'avait guère le choix. Il progressa aussi vite que possible sur la margelle luisante de pluie, s'efforçant de ne pas prêter attention à l'odeur de cendre et de graisse brûlée qui se mêlait aux trombes d'eau. Le foyer débordait cependant d'une boue noire et repoussante où il n'aurait pas aimé tomber.

Enfin, il atteignit l'empilement de bûches qui s'étendait sur une moitié de l'autel et lui arrivait à hauteur de poitrine. Elles étaient toutes d'une rondeur parfaite, débarrassées de leur écorce et retenues aux extrémités par deux montants de cuivre. Philon empoigna la première qu'il put attraper et pivota vivement. Il était temps... Caleb fondait sur lui, lame tendue, et le jeune homme para son coup *in extremis*.

– Je t'ai manqué une fois chez Ézéchias, siffla Caleb. Je ne te manquerai pas deux.

Il porta une nouvelle attaque en sautant brusquement en avant. Le couteau fouetta l'air et déchira la tunique de Philon au-dessus du genou. Celui-ci faillit déraper et heurta l'une des bûches qui s'enfonça légèrement au milieu des autres. Cela lui rappelait l'un de ses jeux d'enfant à Alexandrie, où il s'agissait, avec deux bâtons épais, de...

– Tu n'as aucune chance, ricana Caleb. Tu ne pourras pas aller bien loin.

– Et moi je crois que tu ne vaux pas mieux comme assassin que comme scribe, riposta Philon. Regarde-moi, je suis toujours là, toujours debout. Si vraiment tu étais le Bélial...

Il ne put terminer sa phrase, car l'autre tentait de lui faucher les jambes pour le faire trébucher. Philon le repoussa à deux reprises en utilisant le rondin comme bouclier et en reculant de plusieurs pas. Il touchait maintenant le montant de la réserve de bois. S'il parvenait à attirer Caleb au bon moment et si les rondins étaient suffisamment lisses…

– Tu t'es trompé sur moi, le provoqua Philon. Tu t'es trompé sur la prophétie et sur toi-même. Le Seigneur n'a jamais voulu ces meurtres. Ils sont le produit de ta jalousie et de ton imagination dépravée.

Il vit le bras ensanglanté de Caleb se raidir et son autre main se crisper sur le manche de l'arme. Les dents serrées, il s'approcha de l'Égyptien avec un masque de haine pure. Lorsqu'il ne fut plus qu'à trois pas, Philon entra prestement dans la boue noirâtre du foyer, passant de l'autre côté du tas de bois.

Une moue de satisfaction se dessina aussitôt sur les lèvres du scribe :

– Tu viens de commettre ta dernière erreur.

Il se précipita, mais à l'instant où il allait tourner le coin de la réserve, Philon projeta son rondin de toutes ses forces et assena un coup puissant dans l'une des bûches située à mi-hauteur. Celle-ci s'éjecta violemment de la pile, frappant Caleb de plein fouet au ventre. Le scribe fut comme soulevé du sol, la bouche grande ouverte, incapable de proférer un son. Puis il s'abîma dans le vide et il y eut un choc sourd. Philon s'arracha tant bien que mal à la masse gluante et nauséabonde du foyer pour se pencher par-dessus la margelle : quinze coudées plus bas gisait le corps du meurtrier, les bras en croix. Une petite flaque rouge s'élargissait à l'arrière de sa nuque et se mélangeait à l'eau de pluie.

Philon respira longuement. Il ne sentait plus son bras gauche et son genou le tiraillait. Il embrassa le Temple du regard : s'il avait pu deviner, en venant à Jérusalem, qu'il se retrouverait ici sur l'autel en train de… Il se figea net. Au nord, du côté de la forteresse Antonia, un groupe de silhouettes descendait vers l'esplanade des Gentils. Malgré la pénombre et l'abondance de pluie, il distingua des formes blanches parmi elles : des prêtres ou des lévites, qui venaient reprendre possession du sanctuaire. Ils allaient rouvrir la Belle Porte, traverser le parvis des Femmes, entrer sur celui des Hommes, découvrir le cadavre de Caleb, le Saint profané, l'enfant endormi, Philon blessé. Comment pourrait-il les convaincre de ce qui s'était passé ? D'autant que leur seule présence avait irrémédiablement souillé la maison de l'Éternel. Il vaudrait mieux éviter d'être là lorsque…

Philon s'aplatit sur la margelle. À quatre pattes, il regagna le plan incliné et ne se releva qu'une fois certain qu'on ne pourrait plus le repérer. S'il parvenait à conduire Jésus jusqu'au tunnel, personne n'aurait l'idée de les chercher là-bas. Il pénétra dans le vestibule du Temple, se demandant aussi s'il serait capable de porter le garçon avec un seul bras. Mais dès qu'il entrevit le Saint, une angoisse nouvelle balaya la précédente : l'enfant n'était plus sur la table de proposition. Et autant qu'il pouvait en juger, il n'était pas non plus près du chandelier ou des encensoirs. Il avait disparu ! Philon voulut accélérer encore, mais en s'engageant dans la pièce sacrée il dut subitement ralentir, le souffle coupé. Il avait sans doute présumé de ses forces, ou bien sa blessure était plus grave qu'il n'y paraissait, car son cœur battait la chamade et une lourde vague de sang lui montait aux tempes. Sa vision s'obscurcit et il dut même se courber en deux pour aspirer un peu d'air. Il ne voyait plus rien, toute sa tête bourdonnait de manière lancinante et des sons étouffés résonnaient au rythme effréné de son pouls. Il tomba à genoux et crut s'évanouir. Puis d'un seul coup, il se sentit mieux. Il pouvait à nouveau respirer et ouvrir les yeux. Son malaise n'avait pas duré plus de… plus de quelques secondes ?

Il fit le tour de la salle en ramassant les morceaux de cordes qui traînaient, ainsi que son couteau de Morè tombé derrière l'autel des parfums. Un léger froissement agitait le double voile du *Debir*, le Saint des Saints. Son estomac se noua davantage. L'enfant n'aurait tout de même pas osé ! Pas le Saint des Saints, pas le lieu de l'Éternel ! Aucun homme au monde, aucun prêtre… Surtout hors de Kippour ! Un tel sacrilège…

Il allait se résoudre malgré tout à appeler quand il perçut un doux frottement sur le sol et que le voile s'écarta brutalement. Il ne fut pas assez prompt pour fermer les yeux et vit distinctement, au-delà du garçon, le seul ornement du Debir : la dalle de pierre qui accueillait la Présence. Un instant, il resta pétrifié.

– Merci, chuchota l'enfant.

Son visage reflétait une forme de sérénité.

– Merci ? bredouilla Philon.

– Il fallait que je vienne ici.

– Il fallait que tu… ? Écoute, les prêtres ne vont pas tarder, nous devons absolument…

– Les prêtres ? Justement j'ai des questions à leur poser.

– Pas aujourd'hui, non.

Il prit le garçon par le bras et celui-ci examina le sang sur sa manche.

– Vous êtes blessé ?

– Une estafilade. Viens.

L'enfant ne faisait pas mine d'obéir :

– Que m'est-il arrivé ? Je veux dire, avant que je me réveille ?

Il sembla à Philon entendre un grincement lointain, comme celui d'un vantail imposant qu'on ouvrait. Mais peut-être n'était-ce que le bruit du tonnerre ?

– Après, je t'expliquerai. Si les prêtres nous surprennent ici, ils nous feront exécuter.

– Je ne le crois pas, dit-il avec conviction. Je ne le crois pas, mais je veux bien vous suivre. Où allons-nous ?

– Il y a un tunnel qui mène vers l'extérieur.

Ils sortirent au pas de course. Le parvis des Hommes était vide et Philon se débrouilla pour que le garçon n'aperçoive pas le corps de Caleb sur la gauche de l'autel. Ils atteignirent sans encombre le vestiaire et purent récupérer la lampe à huile qui y brûlait toujours. La première chose qu'ils remarquèrent en empruntant le passage fut le bruit assourdissant de l'eau. Comme un bouillonnement ou une cascade.

– Qu'est-ce que c'est ? s'enquit l'enfant.

– Sans doute une fuite du collecteur de pluies. Le tunnel a été terminé à la hâte et la voûte est encore poreuse par endroits. Quoi qu'il en soit, nous n'avons pas le choix : c'est la seule issue possible. Tiens, prends la lampe et méfie-toi des marches.

Ils avancèrent avec prudence, mais, dans la portion où ils se trouvaient, le sol était complètement sec.

– Il fait presque nuit, dehors, n'est-ce pas ? Il a dû s'écouler au moins deux heures depuis les cérémonies.

– Tu ne te souviens de rien ?

– Rien. Ou plutôt si, juste avant. J'étais sur le parvis des Femmes à écouter les chants. Une cloche a sonné et les policiers du Temple ont hurlé des ordres. Il y a eu une bousculade, quelqu'un m'a tiré en arrière et j'ai senti une odeur épouvantable. Quand j'ai ouvert les yeux…

Il paraissait gêné.

– Vous promettez de n'en parler à personne ?

Sa voix était démultipliée par l'écho et les ombres folles de la lampe vieillissaient ses traits.

– À personne.

– Jamais ?

– Jamais.

– Dans ce cas. C'était exactement comme dans mon rêve.

– Ton rêve ?

– Oui, un rêve que je fais depuis des années. Je suis sur un lit couvert d'or et quand je me réveille, tout est flou. Au début, je ne distingue rien de précis dans la pièce, et pourtant, je suis sûr de la connaître. Devant moi, il y a un double voile avec des couleurs, et… c'est très curieux. Je sais que toutes les réponses à mes questions sont derrière.

– Quel genre de questions ? interrogea Philon en courbant la tête sous un étai de bois.

– Eh bien, par exemple… pourquoi les gens me considèrent-ils à ce point différent d'eux ? Pourquoi sont-ils si perdus ? Pourquoi je n'arrive pas à les aider davantage ? Pourquoi ces questions-là me préoccupent-elles sans cesse ? Et pourquoi moi, en particulier ?

Le vacarme de l'eau les enveloppait de plus en plus. Philon dut forcer sa voix :

– Et alors ?

– Dans mon rêve, cria l'enfant en se retournant à demi, je reste longtemps devant le rideau. Très longtemps. J'aimerais l'ouvrir, seulement mes bras, mes jambes, tout mon corps, refusent de bouger. Quand je me suis réveillé tout à l'heure, c'était bien le même voile, les mêmes couleurs, le même doré. Mais cette fois, j'ai pu enfin me lever.

Philon l'agrippa par l'épaule :

– Attention !

Il attrapa la lampe juste avant qu'elle ne soit noyée par un filet d'eau qui dégoulinait du plafond. Après avoir vérifié qu'elle n'avait pas perdu trop d'huile, Philon souleva la coupelle en terre cuite pour éclairer le tunnel. À trois coudées environ, la voûte était éventrée et l'eau de l'esplanade se déversait furieusement sur les marches, formant une espèce de petit torrent.

– Je vais passer devant, décida-t-il.

Il couvrit la lampe du mieux qu'il put avec sa main et sa tunique et avança en se plaquant contre la paroi.

– Ça va ?

Le garçon, trempé de la tête aux pieds, fit signe que oui. Ils reprirent leur descente en s'appliquant à chaque pas, car le courant qui leur glissait entre les chevilles rendait leur progression délicate. Des morceaux de pierre jalonnaient aussi les marches et Philon se demanda si les maçons du Temple n'avaient pas un peu surestimé leur travail. Trois paliers plus loin, une poutre de soutènement avait d'ailleurs été emportée et des bouts de bois flottaient çà et là. Même s'il n'y avait plus qu'un ou deux escaliers pour parvenir sous la rue qui longeait le Temple et rallier le miqveh, Philon n'était pas franchement rassuré. À ce niveau, en effet, le tunnel formait une espèce de cuvette dans laquelle il fallait descendre une douzaine de degrés, parcourir quinze ou vingt coudées à plat et remonter douze marches encore. Or, où donc tous ces paquets d'eau allaient-ils s'accumuler, sinon dans cette réserve improvisée ? Et vu l'importance de l'écoulement, on pouvait supposer que…

Une volée de marches plus tard, ses pires craintes se révélaient justifiées : le dernier escalier était à moitié sous l'eau et le passage vers la sortie quasiment inondé. Le flot qui dévalait la pente venait se briser rageusement sur les montants de la voûte et refluait en roulant sur lui-même. Une fissure d'un demi-pouce zébrait la poutre de soutien.

– Tu sais nager ? questionna Philon, mouillé jusqu'à la taille et levant la coupelle au plafond.

– Je me suis déjà baigné dans le lac de Tibériade.

– Parfait. Ce n'est pas compliqué, tu verras : il suffit de bien prendre son souffle et d'avancer tout droit jusqu'à l'escalier suivant. C'est l'affaire d'un instant. Et s'il y a quoi que ce soit, je serai juste derrière.

L'enfant hocha la tête : il ne semblait pas impressionné le moins du monde, comme si, depuis sa visite dans le Debir, plus rien ne pouvait l'atteindre.

– Tu auras tout le temps ensuite de me dire ce qu'il y avait de l'autre côté du voile, d'accord ?

Le garçon ne répondit pas et avala une grande goulée d'air. D'un coup de reins rapide, il s'enfonça sous l'eau en se servant des marches pour prendre de l'élan. Il était à son aise, manifestement.

Philon se prépara à le suivre et adressa un ultime regard au tunnel des prêtres qui continuait de se remplir : pas sûr que le commandant du Temple puisse le réutiliser de sitôt ! Son sourire fut cependant de courte durée. Deux marches au-dessus de lui, une forme surgit de l'ombre sans un bruit. La tunique déchirée, le visage tuméfié et taché de sang, le nez curieusement tordu, une lèvre éclatée qu'il suçait du bout de la langue : c'était Caleb, comme revenu d'entre les morts, son couteau à la main. Il était hideux et ressemblait cette fois à l'image que l'on pouvait se faire du Bélial.

– Et si c'était toi qui t'étais trompé, l'Égyptien ? l'apostropha-t-il. Et si depuis le début c'est toi qui n'avais rien compris ?

Comme au ralenti, Philon le vit se détendre et sauter vers lui en pointant la lame à hauteur de sa gorge. Instinctivement, le jeune homme plongea en arrière, donnant un coup de pied désespéré sur l'appui en bois de la voûte. Simultanément, il éprouva une douleur foudroyante à l'aine et eut l'impression que le tunnel autour de lui s'écroulait. Il y eut des remous terribles, des blocs entiers qui s'effondraient, de l'eau qui lui entrait dans la bouche et les poumons, une sorte d'entonnoir qui l'aspirait…

Après…

Il doutait qu'il pût y avoir un après.

26.

Philon reprit conscience dans une chambre éclaboussée de lumière. Il était nu, allongé sur une paillasse moelleuse couverte d'un drap blanc, entouré de lampes et de flacons odorants. Le soleil du matin entrait par les arcades du jardin, illuminait le pupitre et le fauteuil en bois ciré, embrasait la mosaïque sur le mur et s'étendait à ses pieds en une multitude de gouttelettes d'or. Bethsabée était accroupie non loin de lui, vêtue d'une tunique légère qui laissait voir ses jambes, les cheveux négligemment dénoués sur les épaules. Elle semblait fatiguée mais rayonnante.

– Je suis… je suis vivant ? articula-t-il.

– Vous êtes vivant, oui. Et vous…

Elle rougit et ramena promptement le drap à la naissance de son ventre.

– Et vous allez beaucoup mieux.

– J'ai cru…

– Il s'en est fallu de peu, en effet. Le tunnel s'est écroulé sous la rue et l'on vous a retiré de justesse.

– On ?

– Moi. J'attendais depuis un moment en haut de l'escalier et lorsque l'enfant est sorti de l'eau sans vous, je me suis douté qu'il se passait quelque chose. J'ai plongé et… Je vous ai dit que j'adorais nager, n'est-ce pas ? Je vous ai aperçu à l'instant où la voûte se mettait à trembler. Seule la partie qui se trouve du côté du Temple s'est effondrée, c'est ce qui vous a sauvé.

Il lui prit la main :

– C'est donc vous qui…

– Le… le garçon m'a aidée à vous hisser sur les marches. La chance a voulu que le fracas alerte l'équipe d'ouvriers cantonnée un peu plus haut sur le chantier. La plupart sont des esclaves et ils ne participaient pas aux cérémonies. Je leur ai déclaré que nous avions été surpris par l'affaissement de la route et que nous nous étions réfugiés dans l'établissement de bains.

– Ils vous ont crue ?

– Ils étaient préoccupés surtout par l'état de leur tunnel ! D'après eux, si les prêtres les avaient écoutés, ils auraient patienté quelques semaines avant de l'utiliser. Le temps que tout soit achevé. Quand je leur ai dit que je connaissais le frère de Mandou, ils sont allés le chercher et c'est lui qui vous a transporté jusqu'ici.

– Chez Ézéchias…

La jeune femme baissa les yeux.

– Je ne savais plus quoi faire. Vous étiez évanoui, blessé, vous perdiez du sang. J'ai supposé aussi que ma maison devait être surveillée. Et puis j'ai pensé que Nertari saurait mieux que moi comment vous soigner. Vous respiriez à peine, vous étiez tout blanc. Elle est parvenue à limiter les saignements et à nettoyer vos plaies. Quand finalement Ézéchias est rentré, il a fait venir le meilleur médecin de Jérusalem et c'est lui qui vous a recousu.

Philon souleva le drap. Il avait une longue balafre qui tirait entre le violet et le grenat au-dessus de la cuisse. Il tenta de bouger la jambe mais ressentit comme une morsure virulente et la reposa. Par ailleurs, il avait l'impression que son bras gauche était parcouru de milliers d'insectes à l'appétit féroce.

– Je suis resté longtemps inconscient ?

– Deux jours et demi pour ainsi dire. Mais selon le médecin, il n'y a plus de risque d'infection. Vous serez debout après le prochain sabbat.

– Tant mieux. Et au Temple, il y a eu des suites ?

– Après l'évacuation, le commandant a consacré une journée de sacrifice et de purification au sanctuaire. Il semble que la tempête ait causé quelques dégâts, mais rien de grave. Concernant le tunnel, par contre, ils devraient renoncer à le reconstruire dans l'immédiat. D'autres travaux d'envergure sont prévus sur l'esplanade.

Philon en déduisit que les prêtres n'avaient rien découvert d'anormal, ou bien qu'ils préféraient ne pas affoler davantage les fidèles. La Pâque avait été suffisamment mouvementée !

– Ils ont arrêté Samuel ?

– Hélas ! Comment aurait-il pu leur échapper ? D'après ce que l'on raconte, il s'est jeté sur le tribun militaire en plein milieu de la foule. Dix légionnaires lui sont tombés dessus avant qu'il ne l'approche vraiment. Ils n'ont eu aucun mal à le maîtriser. Quant à Julius, il s'en sort avec une éraflure à la joue et les félicitations du procurateur Coponius qui vante partout son courage.

– Bien sûr, la fouille des pèlerins n'a rien donné ?

– C'est ce qui a le plus déconcerté les soldats. Ils imaginaient une révolte, mais il n'y avait qu'un seul révolté.

– Ils l'ont… ils l'ont déjà condamné ?

Le ton de Bethsabée n'avait rien d'optimiste :

– Ils ne se décideront pas avant la fin de la semaine, lorsque Jérusalem se sera vidée. Quoi qu'il en soit, la démonstration de force tourne plutôt en leur faveur.

– Et la rébellion, justement ?

Elle lança un coup d'œil vers la porte ouverte sur le couloir, comme si elle craignait de voir apparaître Ézéchias :

– Malheureusement, les nouvelles là non plus ne sont pas très bonnes. Si les hommes de Judas ont enlevé un ou deux postes romains au début, ils sont maintenant sur la défensive. Leurs pertes sont conséquentes et, qui plus est, de nouveaux contingents doivent arriver de l'Empire.

– Judas lui-même ?

– Ézéchias veut espérer qu'il se repliera avant qu'il ne soit trop tard. Ce dont je doute. Il a la réputation d'être le premier à mener l'assaut.

– Eh bien ! soupira Philon. Il n'y a pas là de quoi se réjouir.

Elle serra ses doigts entre les siens :

– Vous êtes en vie, non ? L'enfant aussi. C'est le plus important.

Sa gravité le toucha :

– Vous n'avez pas changé d'idée sur lui, n'est-ce pas ? Vous pensez toujours qu'il est le Messie ?

Elle eut un étrange sourire :

– Je ne le pense pas, affirma-t-elle, je le sais. Comme je sais qu'il a besoin de temps. Et qu'il nous faudra le lui laisser. Se taire. Se taire jusqu'au jour où…

Elle s'interrompit un bref instant avant de reprendre :

– Et vous, vous doutez encore ?

Philon, indécis, observa le soleil qui jouait sur la mosaïque :

– Difficile à dire. Tout est si compliqué… Où se trouve-t-il, aujourd'hui ?

– Je crois que ses parents désiraient retourner à Nazareth au plus vite. Mais lui m'a confié qu'il s'emploierait à rencontrer les sages du Temple. Il souhaite obtenir certains éclaircissements de leur part. Après ce qui s'est passé…

Il y eut un silence gêné, pourtant Bethsabée ne lâcha pas la main du jeune homme. Il y vit un encouragement :

– Et vous. Quels sont… quels sont vos projets, désormais ?

– Continuer à veiller sur vous, du moins le temps que vous soyez rétabli, répondit-elle. J'ai dû prendre goût aux onguents et aux crèmes, sans doute ! Ensuite… ensuite, je pense que je vais quitter Jérusalem.

Son regard s'assombrit d'un seul coup :

– J'ai tout perdu ici et… Oui, je pense que je vais partir. J'ai obtenu d'Ézéchias qu'il règle quelques affaires pour moi. Mon père avait un peu de bien et il gérait ceux de l'oncle Élie qui a renoncé à l'argent depuis très longtemps. Or je ne peux pas abandonner complètement mon oncle. Et comme je ne veux pas non plus être à la charge de quiconque…

Malgré la déchirure qui lui vrillait la cuisse, Philon se tourna vers elle :

– Vous… viendriez avec moi en Égypte ?

Une lumière joyeuse éclaira à nouveau le visage de la jeune femme :

– C'est une invitation ?

Il l'attira à lui tendrement et lui caressa l'épaule.

– Nous avions commencé quelque chose à Qumrân, chuchota-t-il. Nous pourrions reprendre là où nous nous étions arrêtés…

Il approcha ses lèvres des siennes, respira le parfum de sa bouche, mais, à la dernière seconde, elle parut se dérober :

– Rien que tous les deux, alors…

Elle se leva doucement et marcha jusqu'à la porte pour la fermer.

Ses parents se rendaient chaque année à Jérusalem pour la fête de Pâque. Et lorsqu'il eut douze ans, ils y montèrent, comme c'était la coutume pour la fête. Une fois les jours écoulés, alors qu'ils s'en retournaient, l'enfant Jésus resta à Jérusalem à l'insu de ses parents. Le croyant dans la caravane, ils firent une journée de chemin, puis ils se mirent à le rechercher parmi leurs parents et connaissances. Ne l'ayant pas trouvé, ils revinrent, toujours à sa recherche, à Jérusalem.

Et il advint, au bout de trois jours, qu'ils le trouvèrent dans le Temple, assis au milieu des docteurs, les écoutant et les interrogeant ; et tous ceux qui l'entendaient étaient stupéfaits de son intelligence et de ses réponses. À sa vue, ils furent saisis d'émotion, et sa mère lui dit :

– Mon enfant, pourquoi nous as-tu fait cela ? Vois ! ton père et moi, nous te cherchons, angoissés.

Et il leur dit :

– Pourquoi donc me cherchiez-vous ? Ne saviez-vous pas que je dois être dans la maison de mon Père ?

Mais eux ne comprirent pas la parole qu'il venait de leur dire.

Évangile de Luc, I, 41-50

Références

Toutes les citations de l'Ancien et du Nouveau Testament sont tirées de *La Bible de Jérusalem*, éditions Pocket, 1998.

Les passages des textes de Qumrân : *Commentaire d'Habacuc*, cité pp. 232-233 et *Règlement de la Guerre et Hymnes*, cité pp. 341-342, sont extraits de *La Bible, écrits intertestamentaires*, traduction André Dupont-Sommer, Bibliothèque de la Pléiade, NRF, Gallimard, 1999.

Achevé d'imprimer sur les presses de

BUSSIÈRE

GROUPE CPI

à Saint-Amand-Montrond (Cher)
pour le compte des Éditions 10/18
en janvier 2007

N° d'édition : 3930. — N° d'impression : 070274/1.
Dépôt légal : février 2007.

Imprimé en France